レプリカだって、恋をする。2
Even a replica falls in love
榛名丼
[イラスト] raemz

「文芸部は
廃部になるかもしれません」

どうして私には、感情なんてものがあるのだろう。
なんにも知らないロボットのように、
生まれてきたら良かった。
プログラムであれば良かった。
そうしたら私はきっと、
明日をおそれることなんてなかった。

駿河青稜高校文芸部
広中律子
あだ名はりっちゃん
ナオ
愛川素直のレプリカ
アキ
真田秋也のレプリカ

はじめての、
廃部宣告!?

はじめての、
文化祭。

レプリカだって、恋をする。2

Even a replica falls in love

榛名丼
［イラスト］raemz

C o n t e n t s

第1話　レプリカは、揺れる。

この季節は、私の好きな人と同じ名前をしている。

そのせいか、昨年よりもずっと、私は秋が好きになってしまったように思う。

頰《ほお》に当たる柔《やわ》らかな日射《ひざ》し。ふくふくとした丸っこい日だまりに包まれると、親しい人からぎゅっと抱《だ》きしめられているような、そんな安心感を覚える。

かさかさと枝先で揺《ゆ》れる木の葉は、はしっこが赤く色づいている。誘《さそ》われるように鼻を動かしてみれば、どこからか風に乗って香《こう》ばしいにおいがした。

贔屓《ひいき》しているのが伝わるのか、秋の陽光も、爽《さわ》やかな風も、ずうっと私に優《やさ》しくなったような、そんな気がしている。

九月三十日、木曜日。

中間試験が終わった日の放課後、私は正面玄関前《しょうめんげんかんまえ》の掃除当番《そうじとうばん》に当たってしまった。

最初は数日ぶりの部活に早く行きたいな、と思っていたけれど、ローファーをとんとんして、竹箒《たけぼうき》を持って外に出てきたら、太陽に見守られて掃除《そうじ》をするのが楽しくなってきてしまった。

大きくて扱《あつか》いづらい竹箒《たけぼうき》を両手で握《にぎ》って、落ち葉や埃《ほこり》を集めているつもりでも、箒《ほうき》に連れられて顔を見せるのは、無垢《むく》な砂や石ころばかり。

空飛ぶ魔女《まじょ》みたいに器用に箒《ほうき》を扱《あつか》うのは、私には難しい。

「愛川《あいかわ》さん。ごみ、こっちまで持ってきてー。まとめて棄《す》ててきちゃうから」

振《ふ》り返《かえ》ると、同じく掃除当番《そうじとうばん》のクラスメイトが軽く手を振《ふ》っている。その足元には、大きく口を開けたごみ袋《ぶくろ》が待ち受けている。

頷《うなず》き返《かえ》した私は、さて、と箒《ほうき》を構え直す。昇降口《しょうこうぐち》までは、ざっと見積もって七メートルくらいだ。

剝《む》きだしの二《に》の腕《うで》にぐっと力を込《こ》める。揺《ゆ》らめくスカートの裾《すそ》からつむじ風が起こる。私は竹箒《たけぼうき》と力を合わせて、えっちらおっちら移動していく。

正面玄関《しょうめんげんかん》の掃除《そうじ》用具《ようぐ》入《い》れには、なぜかちり取りがひとつもなかったのだ。今頃《いまごろ》、どこかで優雅《ゆうが》な秋のお散歩を楽しんでいるのかもしれない。

巻き込みそうになったダンゴムシに、心の中でごめんねと謝って、少しだけ進路を変える。余波を浴びたダンゴムシは、ころんと丸くなり、私という嵐《あらし》が過ぎ去るのを今か今かと待ちわびているようだった。

手を伸《の》ばしても届かない、青く澄《す》んだ空の下。

四苦八苦する私と反対方向に進む生徒にはちらほら、紺色《こんいろ》が交じってきている。今週から少しずつ肌寒《はださむ》くなってきたので、セーターやブレザーをまとう生徒が多くなってきた。

新しい月を迎《むか》える明日には、私や他の生徒も、そちらに仲間入りすることになるだろう。

そう自然と考えたところで、やんわりと首を振《ふ》る。明日の私がブレザーに袖《そで》を通すかどうかは、私には決められないことだった。

魔女《まじょ》でもダンゴムシでもない。私の名前は、ナオという。

私は人間ではない。愛川素直《あいかわすなお》という女の子が生みだした模造品《レプリカ》である。

七歳の頃《ころ》、年下の友人とちょっとしたことで喧嘩《けんか》をした素直《すなお》は、私を生んだ。それからの私はときどき呼ばれては、素直《すなお》のやりたくないことを肩代《かたが》わりするようになった。友達に謝る、試験を受ける、マラソンを走る……。

素直《すなお》は、とてもきれいな女の子だ、と私は思う。これには彼女のレプリカとしての贔屓目《ひいきめ》が、多少は含《ふく》まれているのかもしれないけれど。

腰《こし》まで伸《の》びた、さらさらと艶《つや》めく茶色の髪《かみ》。長い睫毛《まつげ》に守られた、ぱっちりとした瞳《ひとみ》。人嫌《ひとぎら》いの子猫《こねこ》みたいに、つんとした顎《あご》のライン。バランスのいい身体《からだ》つき。

深淵《しんえん》に臨《のぞ》むまでもなく、トイレにある鏡や、アルファベットのNを描《えが》くように乱暴に雑巾《ぞうきん》で拭《ふ》かれた窓を覗《のぞ》き込《こ》んだなら、そこには私を一心不乱に見つめる愛川素直《あいかわすなお》がいる。

右足を前に出せば、素直《すなお》は左足を持ち上げている。

私が左に首を傾《かし》げれば、右に首を傾《かし》げる。

違《ちが》うのはハーフアップの髪型《かみがた》ばかり。生まれたてのロボットのようにぎくしゃくした私は、渡《わた》り廊下《ろうか》を通って特別棟《とくべつとう》への道を辿《たど》っているうちに、歩き方を少しずつ思いだしていく。

部室に到着《とうちゃく》する頃《ころ》には、心臓の調子は元通りになっていた。

「ナオ先輩《せんぱい》、お久しぶりです。会いたかった！」

文芸部のドアを開けるなり大袈裟《おおげさ》に出迎《でむか》えられ、はにかんでしまう。

「久しぶり。私も会いたかったよ」

抱《だ》き合《あ》うりっちゃんの肩越《かたご》しに、彼の姿がある。私のクラスメイトで、彼氏《かれし》、のアキくん。

この三人が、文芸部の数少ない部員である。

「りっちゃん、試験はどうだったの？」

「ん？　試験なんてありましたっけ？」

身体《からだ》を離《はな》したりっちゃんが首を捻《ひね》る。勉強が苦手な後輩《こうはい》は、早くも記憶《きおく》ごと抹消《まっしょう》したようだ。

「いいんですよ中間試験なんて。過ぎ去った過去の話ですから──！」

と言いつつ、やっぱり覚えていたらしい。両手をきゅっと握《にぎ》り合《あ》い、くるくるくる、と勢いよく床《ゆか》を回転していくりっちゃん。

ぶわっと広がるスカートは、大輪の花に似ている。スカートの下にはきっちりスパッツを穿《は》いていて、鉄壁のガードだ。

テンション高めの後輩《こうはい》を見守りながら、私はスクールバッグを長机の下に置いた。読書するアキくんの隣《となり》の席が、私の定位置だ。

「お疲《つか》れ」

うん、と私は頷《うなず》く。同じクラスのアキくんは、私が掃除《そうじ》当番《とうばん》だったのだと知っている。

低いアキくんの声は、秋の陽《ひ》射《ざ》しを思わせる。そう伝えようと思い立って、でも直前になって恥《は》ずかしくなったものだから、私はごまかすように彼の腕《うで》を肘《ひじ》でつついた。

まだみんな、ブレザーじゃない文芸部。

十月になったら私の肘《ひじ》は、夏の色をした筋肉質な腕《うで》に会えないのだと思うと、ちょっとだけ寂《さび》しくなった。

「なに読んでるの？」

黙《だま》って文庫本の表紙を向けられる。『雁《がん》』。

前傾姿勢《ぜんけいしせい》で立ち上がった私が、パイプ椅子《いす》を後ろ手で持ち上げて移動しようとすると、アキくんは不思議そうな顔をする。

「どこ行くの」

「『雁《がん》』を読んでいるときなんて、ぜったい話しかけられたくないと思って」

森鷗外《もりおうがい》の中編小説だ。高利貸しの愛人になったお玉《たま》が、医学生の岡田《おかだ》を慕《した》うようになるけれど、思いを伝えられないまま岡田《おかだ》は洋行してしまい、永遠の別れとなる。読み終えると、お玉《たま》さんの心境を思って、やるせなくて、しょんぼりしちゃう。

それでも、胸を焦《こ》がすような切なさを孕《はら》んだ名作であるのは変わりないので、アキくんにも存分に浸《ひた》ってほしい。

そうして逃《に》げようとする私だったが、進んでも進んでも、パイプ椅子《いす》が後ろをついてこない。

どうしたのかと確かめてみると、頼《たよ》りない背もたれのところを、彼の片手に摑《つか》まれていた。

大して力が入っていないように見えるのに、びくともしない。

「離《はな》してアキくん」

「いやだけど」

いやだとは、これいかに。

「久々の部活なのに遠いとか、罰《ばつ》ゲームじゃん」

唇《くちびる》を尖《とが》らせて言われたら、私は椅子《いす》を床《ゆか》に下ろすしかない。さっきより、心なし近い位置に。

満足そうに手を離《はな》したアキくんが、再び文庫本に目を落とす。

「ところで先輩方《せんぱいがた》、来月は待ちに待った青陵祭《せいりようさい》ですよっ」

視界の隅《すみ》でくるくるしていたりっちゃんが、すちゃっと着地のポーズを決めた。

読書の秋。食欲の秋。スポーツの秋。そして静岡市立《しずおかしりつ》駿河青陵高校《するがせいりようこうこう》、略して駿青《スルセイ》に通う生徒にとっては、秋は文化祭の季節でもあったりする。

スルセイでは、十月末の土日に二日間連続で青陵祭《せいりようさい》という文化祭が開催《かいさい》される。明日は午後の授業時間を二時間充《あ》てて、出し物について話し合うことになっている。

「去年は見学と息抜《いきぬ》きを兼《か》ねて二日目に参加したんですけど、楽しかったなぁ。どこ歩いても暑苦しくて、騒《さわ》がしくて」

一学年ずつ、約四十人のクラスが五つあるので、全校生徒は六百人ほど。そこに加えて一般《いっぱん》来場者数《らいじょうしゃすう》は、毎年三千人から三千五百人ほどだという。

「ナオ先輩《せんぱい》はどうでした？」

問いかけられて、首を横に振《ふ》る。

「私は、参加できなかったから」

昨年は一日目も二日目も、素直《すなお》が参加した。

準備期間中はちょこちょこ登校していたから、十一月になってから素直《すなお》に呼ばれたとき、目の前に見えていた看板が急に失われたような、心許《こころもと》ない気持ちになったのを今でも覚えている。

去年の青陵祭《せいりょうさい》。素直《すなお》は、どこかでりっちゃんとすれ違《ちが》っていたのだろうか。

ふと思う。もしも桜舞《さくらま》う文芸部室じゃなく、黄金に色づいた文化祭で、素直《すなお》とりっちゃんが再会していたら。

詮《せん》のないことを考えていたら、りっちゃんが不満げな顔をしている。

「それで会えなかったわけですね。素直先輩《すなおせんぱい》にも会えなかったし、ツイてません」

その言葉に、私はひっそりと頰《ほお》を緩《ゆる》める。

たぶん、順番が逆だったとして、りっちゃんは何も変わらなかったのだろう。年下の友人の朗《ほが》らかさに、私はいつも救われているような気持ちになる。素直《すなお》も、きっとそう。

せっかくの青陵祭《せいりょうさい》の話題だ。もっと何か話していたくて、私は口を開き直した。

「去年ね、私のクラスはチュロス売ってたよ。文芸部は例年通り、部室で部誌の販売《はんばい》」

専門店から大量に取り寄せて、自然解凍《しぜんかいとう》したものを販売《はんばい》したのだ。前日にお試《ため》しで味見したチュロスは、全身に砂糖がたっぷりとまぶしてあって、甘さという単語だけで揚《あ》げたような味がした。

小首を傾《かし》げたりっちゃんが、はっと目を見開く。

「チュロス！　あっ、食べた、食べました。チョコレート味！」

「あとバニラ味とストロベリー味！」

「そう！　バニラ味と迷いました！」

無意味に私たちはハイタッチ。狭《せま》い部室に、ぱちん、と小気味よい音が響《ひび》く。

「ていうか自分、部誌も買いに行ったんです」

「そうだったの？」

よくよく考えてみると、体験入部が始まったその日に部室を訪ねてきたりっちゃんである。早い段階でスルセイに文芸部があると知り、どんな活動をしているか気にしていたのだろう。

「でもなぜか文芸部の部室、閉まってたんですよ。時間を変えて二回行ってみたけど、二回とも振《ふ》られちゃって」

当時のことを思いだしてか、渋面《じゅうめん》になっているりっちゃん。

「わざわざ来てくれたのに、ごめんね」

「いえいえ。今年になって部誌は読めましたし」

去年の文芸部も、部員は私を含《ふく》めて三人しかいなかった。

私のいない二日間。素直《すなお》が文芸部の出し物を手伝ってくれるはずもなく、先輩《せんぱい》たちは二人で協力して部誌を販売《はんばい》していた。食事やトイレ休憩《きゅうけい》を踏《ふ》まえると、部室を開けていた時間は限られていたはずだ。

りっちゃんが、アキくんに水を向ける。

「アキ先輩《せんぱい》は？」

文庫本が、ぱたんと音を立てて閉じられる。

「俺も参加してないから」

そうだった、とはっとする。

真田《さなだ》くんがアキくんを生みだしたのは、今年の六月のことだという。アキくんも私とおんなじで、青陵祭《せいりょうさい》に参加したことがないのだ。

でもアキくんは特に気にした様子もなく、顎《あご》に手を当てている。

「秋也《しゅうや》なら、バスケ部でたこ焼きやってたらしい。クラスの出し物はステージで踊《おど》るやつ」

「おお。秋也《しゅうや》先輩《せんぱい》、なに踊《おど》ったんですか？」

「『おどるポンポコリン』」

「あー、それも見た！　ももクロの振《ふ》りつけのやつ！」

りっちゃんは、昨年の青陵祭《せいりょうさい》を隅《すみ》から隅《すみ》まで満喫《まんきつ》したようだ。

『ちびまる子ちゃん』の作者、さくらももこ先生の出身地は静岡の清水《しみず》。ドライブ中に窓の外を眺《なが》めていたら、運転席の父に「そこ、さくらももこの実家があったとこだよ」と言われてびっくりしたことがある。

実家が八百屋だったのは有名な話らしい。パッパパラパ。

そこで期待するような私の目に気がついたアキくんが、顔を顰《しか》める。

「言っとくけど、踊《おど》らないから」

そんな無体な。頭の中では、あの特徴的《とくちょうてき》なイントロがとっくに流れだしていたのに。

「手振《てぶ》りだけでもいいよ」

「覚えてない」

ぜったい、嘘《うそ》だ。

アキくんが頬杖《ほおづえ》をついて目を逸《そ》らす。丘《おか》のように盛り上がった頰《ほお》を、いつだって私はつつきたくなってしまう。

「いやだろ、フツーに。恥《は》ずかしい」

「なら、自分が踊《おど》ってしんぜましょう」

スケートリンクに見立てた床《ゆか》でくるくるを再開したりっちゃんが、弓なりに反り返る。

「ピーヒャラピーヒャラ、出《い》でよビールマンスピン！」

「えーと、これはですね、せいぜいレイバックスピンですね」

解説の物真似《ものまね》をすると、アキくんが「判定厳しい」と笑っている。

試験終わりの高揚感《こうようかん》もあって、そうして好き勝手に盛り上がっていると。

「ごめんね、入ってもいい？」

鼓膜《こまく》を、控《ひか》えめなノック音が叩《たた》いた。

私は慌《あわ》てて立ち上がった。りっちゃんも「あちゃー」という顔で口元を押さえている。

たぶんちょっと前から、廊下《ろうか》から呼びかけていたのだろう。声の主は、会話の切れ目を見計らって声をかけてきたようだった。

「ご、ごめんなさい」

謝罪しながらドアを開けると、そこには男女二人組が立っていた。

「こちらこそ、盛り上がってるときに邪魔《じゃま》してごめんね」

柔和《にゅうわ》に微笑《ほほえ》まれ、いいえ、と私は首を横にぶんぶん振《ふ》った。

細い眉《まゆ》に、切れ長の大きな瞳《ひとみ》。毛先にウェーブがかかった黒髪《くろかみ》は、肩口《かたぐち》のあたりで軽《かろ》やかに揺《ゆ》れている。

大人びた雰囲気《ふんいき》を持つ彼女の後ろには、二センチほど低い、つり目の男子が立っている。目つきは鋭《するど》いけれど、こちらは顔立ちが幼げだからか、警戒心《けいかいしん》の強い小型犬のような印象がある。

そんな二人を見つめて私は小首を傾《かし》げた。

ひょっとするとアキくんに続く、季節外れの入部希望者だったり？

「もりりん！　森の妖精《ようせい》もりりんだ！」

りっちゃんが興奮して叫《さけ》ぶ。

気恥《きは》ずかしげに、もりりんと呼ばれた女の人が下を向いた。大人っぽい美人という最初の印象が、粉雪のようにふわりと溶《と》けていく。

「今さらだろ。そろそろ慣れろよ」

「他人事《ひとごと》だと思って言ってくれるよね。恥《は》ずかしいものは恥《は》ずかしいんだって」

男子に指摘《してき》され、もりりんと呼ばれたその人は落ち着きなく横髪《よこがみ》を撫《な》でている。

立《た》ち尽《つ》くす私に、りっちゃんが耳打ちしてくる。

「ナオ先輩《せんぱい》、もりりん知らないんですか？　五月の全校集会でお披露目《ひろめ》された妖精《ようせい》さんですよ」

「えっと、森先輩《もりせんぱい》のことは知ってるんだけど」

私は苦《くる》し紛《まぎ》れにそう答えた。

レプリカの仕組み。

素直《すなお》は、興味がないことにはとことん関心が向かない。素直《すなお》が見聞きしたものをおぼろげに共有する私には、もりりんなる妖精《ようせい》の記憶《きおく》がなかった。

ただ、森先輩《もりせんぱい》が前生徒会長であるのは分かっている。彼女の胸元《むなもと》を彩《いろど》るのは、会長だけに支給されるワインレッドのリボンである。

それに、後ろの男子も生徒会役員だったはずだ。駐輪場《ちゅうりんじょう》に入るとき、挨拶活動《あいさつかつどう》に勤《いそ》しむ姿を何度か見かけたことがあった。

「俺も知らない」

六月生まれのアキくんがはっきりと言う。森先輩《もりせんぱい》の表情は変わらないが、男子のほうは胡乱《うろん》げにしている。不真面目な生徒だと思われたのかもしれない。

無知な先輩《せんぱい》二人に向けて、りっちゃんが身振《みぶ》り手振《てぶ》り、分かりやすく教えてくれる。

「前に全校集会で、生徒会がちょっとした出し物をやったんですよ。風紀の乱れた高校生たちを嘆《なげ》かわしく思った森の妖精《ようせい》もりりんが、校則にぎりぎり引《ひ》っ掛《か》からないラインの制服の着方を教えてくれるっていう」

入学や進級を迎《むか》える四月は、みんなそれなりに気を張るものだけれど、五月になるとそれもだんだんと緩《ゆる》くなっていく。髪《かみ》の毛《け》を明るくしすぎたり、スカートを折りすぎたり、リボンやネクタイを緩《ゆる》めたり、ボタンを開けていたりなどなど、羽目を外す生徒が増えてくるのだ。

生徒に注意喚起《ちゅういかんき》しようにも、押しつけがましいだけでは余計な反発を招く。そこで先生たちではなく、生徒会が中心となって馴染《なじ》みやすい演劇を披露《ひろう》した、ということらしい。

演劇の内容はそれなりにウケた。森先輩《もりせんぱい》が緑色の着ぐるみを着て、もりりんなる神秘の妖精《ようせい》を演じた点も生徒の間では話題になった。

その出来事から、森先輩《もりせんぱい》は下級生から親しみを込《こ》めて「もりりん先輩《せんぱい》」と呼ばれるようになったという。校則を違反《いはん》する生徒も三割減ったというから、もりりん効果は相当なものだったようだ。

「恥《は》ずかしがりながらも健気に演じるもりりん先輩《せんぱい》の姿に萌《も》えた、という声が多数聞かれましたね。校内じゃ、ふじっぴーより人気かも分かりません」

ふじっぴーは静岡県のイメージキャラクター。その名のとおり、富士山《ふじさん》に手足が生えていて、眉毛《まゆげ》が濃《こ》いのが印象的だ。

はい、と私は手を上げる。

「今川《いまがわ》さんよりも？」

「涙目《なみだめ》でかわいいですよね、今川《いまがわ》さん」

今川義元《いまがわよしもと》の生まれ変わりとされる今川《いまがわ》さんは、静岡市の非公認《ひこうにん》キャラクターだ。つり目からこぼれる涙《なみだ》と、への字口が特徴的《とくちょうてき》である。

「うおっほん」

教頭先生みたいな厳《いか》めしい咳払《せきばら》いが聞こえて、脱線《だっせん》していた私たちは我に返る。ゆるキャラで盛り上がっている場合じゃない。今は生徒会のお二人が来ていたのだった。

今さらながら席を勧《すす》めてみる。長机を囲んで廊下側《ろうかがわ》に文芸部が並び、窓側に生徒会が並ぶ格好になった。なんだか面接のようだ。

「それじゃあ改めまして、森《もり》すずみです。前生徒会長です。三年四組です。よろしくね」

森先輩《もりせんぱい》がお辞儀《じぎ》をする。つられて私たちも揃《そろ》って頭を下げた。

先輩《せんぱい》が自身を前生徒会長と称《しょう》したのは、十月からは二年生を中心とした新たな生徒会が発足《ほっそく》しているからだろう。

生徒会役員選挙は中間試験前に行われた。選挙とは名ばかりの信任投票である。もともと生徒会役員として奮闘《ふんとう》してきた生徒が立候補するので、名乗りを上げた時点でほぼ当選確実となる。

十月の青陵祭《せいりょうさい》は一大行事なので、九月に任期を終えた前生徒会も、十月から始動する新生徒会も、運営側として駆《か》りだされるのがお決まりである。引《ひ》き継《つ》ぎのための一か月、と言ってもいいかもしれない。

「ご紹介《しょうかい》いただいた通り、わたしは下級生からもりりん先輩《せんぱい》とか、もりりん会長って呼ばれることが多いかな？　文芸部のみんなも好きに呼んでね」

そこでもりりん……森先輩《もりせんぱい》が、自身の髪《かみ》を撫《な》でつける。

「あっ、この髪《かみ》は天然パーマだから、校則違反《こうそくいはん》じゃないもりりん。天パ仲間の生徒さんは、担任の先生に一言伝えてくれるとありがたいもりんよ」

「ファンサービスだ！」

りっちゃんが拍手《はくしゅ》をする。私とアキくんもぱちぱちすると、森先輩《もりせんぱい》は恥《は》ずかしそうに咳払《せきばら》いをしてから横を向いた。

「はい次、望月《もちづき》くんね」

つい先ほど、うおっほんしていた男子は腕組《うでぐ》みをしてこちらを見据《みす》えている。

「僕は前生徒会副会長の望月隼《もちづきしゅん》だ。三年二組」

眉間《みけん》の皺《しわ》が厳《いか》めしい。にこりともしない自己紹介《じこしょうかい》は、そこで終わりのようだった。

「ところで前生徒会役員のお二方は、文芸部になんのご用で？」

りっちゃんは生徒会相手にもまったく気後《きおく》れしていない。

そう問いかけると、森先輩《もりせんぱい》と望月先輩《もちづきせんぱい》が目を見交《みか》わす。

私は、いやな予感を覚えた。簡単なアイコンタクトの意味が伝わってきたからだ。僕が言うか。ううん、わたしから言うよ。

予感は当たっていたらしい。「言いにくいんだけど」と前置きした上で、森先輩《もりせんぱい》は一息に言ったのだ。

「文芸部は廃部《はいぶ》になるかもしれません」

あまりに唐突《とうとつ》すぎる通告に、私たちは面食《めんく》らう。

隣席《りんせき》の望月先輩《もちづきせんぱい》が、溜《た》め息《いき》のような声で言う。

「赤井《あかい》先生には夏休み前に知らせてあったんだけどな。それ以降、音沙汰《おとさた》ないもんだからこっちから改めて伝えに来た」

赤井《あかい》先生は、文芸部の顧問《こもん》の先生だ。ただし剣道部《けんどうぶ》の顧問《こもん》と兼任《けんにん》なので、こちらは放置されているのが実情である。

私は、のんびりとした赤井《あかい》先生の顔を思《おも》い浮《う》かべる。夏休み中、赤井《あかい》先生は剣道部《けんどうぶ》の練習にかかりきりだ。たぶん、生徒会からの話を忘れてしまったのではないだろうか。

森先輩《もりせんぱい》は眉尻《まゆじり》を下げて、手を合わせている。

「部活動の予算案、年々厳しくなってってね。部員が少なくて活動実績のない部は、徐々《じょじょ》に廃止《はいし》にしていこうって流れがあって」

「まさに文芸部のことだな」

アキくんの一言が、ぐさりと胸に突《つ》き刺《さ》さる。

「でも、あの、文芸部にはほとんど予算が割《わ》り振《ふ》られてません」

私がどうにか言うと、口答えするなというように望月先輩《もちづきせんぱい》に睨《にら》まれてしまう。そこに慌《あわ》てたように森先輩《もりせんぱい》が割って入った。

「愛川《あいかわ》さんの言いたいことは分かるんだけどね。予算の件だけじゃなくて、人気のない部はなくして、管理を簡単にしていこうというお上の意向があってね」

「悩《なや》める中間管理職って感じっすね」

「馬鹿にしてんのか、二年坊主《ぼうず》」

アキくんの呟《つぶや》きに、望月先輩《もちづきせんぱい》が突《つ》っ掛《か》かっていく。森先輩《もりせんぱい》が額を押さえる。

そのとき、それまで黙《だま》っていたりっちゃんが、バンッと机を叩《たた》いて立ち上がった。

「そんな、突然《とつぜん》の廃部宣告《はいぶせんこく》だなんて！」

「お、落ち着いてりっちゃん」

そう言いながら私も焦《あせ》っていた。

文芸部は大切な居場所だ。こんな形で急に失うだなんて、信じられないことだった。

「これが落ち着いていられますか。だってこんなの、こんなの」

天を仰《あお》ぐりっちゃんが小刻みに震《ふる》えている。

あまりの事態にショックを受けて、泣いているのかもしれない。立ち上がった私はその肩《かた》を支えようとしたが、それより早く首の角度を戻《もど》したりっちゃんが、鼻息荒《あら》く言い放った。

「こんなの、興奮するじゃないですかぁ！」

「……えっ」

興奮？

「アニメとかラノベとかでよく見る展開ですよ。唐突《とうとつ》に訪《おとず》れる廃部《はいぶ》の危機、超《ちょう》アツいです」

りっちゃんはおもしろいものを見つけた小学生のように目を輝《かがや》かせている。

私は、後輩《こうはい》のポテンシャルを見誤っていたらしい。というのも私に限った話ではないようで、みんながみんな、ぽかんとしてりっちゃんに視線を奪《うば》われている。

結果的にりっちゃんの興奮ぶりは、その場の平穏《へいおん》を取《と》り戻《もど》すのに一役買ってくれたのだった。

ずれた眼鏡をちゃきっと直すなり、無敵の後輩《こうはい》は口元に挑戦的《ちょうせんてき》な笑《え》みを浮《う》かべる。

「それで、どうすれば文芸部は廃部《はいぶ》を免《まぬが》れるんですか？」

問答無用で廃部《はいぶ》になるのなら、この段階で生徒会が通告に来るわけがない。そう見抜《みぬ》いてみせたりっちゃんに、森先輩《もりせんぱい》が弛緩《しかん》した笑《え》みを返す。

「話が早くて助かるよ」

その目の真ん中には、すでに私ではなくりっちゃんが映っている。紙面上の部長は無力であることを早々に悟《さと》られてしまったらしい。

私はちょっと後ろのほうに、邪魔《じゃま》にならないようにすすすっと移動した。ついさっき引き留めてくれたアキくんにも、同情の目で見送られる。余計に悲しい。

その間に森先輩《もりせんぱい》は本題を口にしていた。

「生徒会から文芸部に提案させてもらうのは、青陵祭《せいりょうさい》での実績作り。青陵祭《せいりょうさい》で、部誌を百冊販売《はんばい》してもらいたいの」

「百冊、ですか」

りっちゃんがうむむ、と唸《うな》る。畳《たた》みかけるように森先輩《もりせんぱい》は続ける。

「廃部《はいぶ》にするっていうのも、偶然《ぐうぜん》文芸部に白羽の矢が立っただけの話だから。今回その条件をクリアできれば、先生たちも無理に廃部《はいぶ》にさせようと働きかけたりはしないと思う。どうかな」

りっちゃんは、すぐに答えるものかと思われた。

でも、違《ちが》っていた。彼女は真っ先に私の顔を見てきたのだ。

「どうします、ナオ先輩《せんぱい》」

アキくんも同じだった。その目は、私に任せると言っている。

……そうなのだ。私はこれでも一応、文芸部の部長なのだ。

名ばかり部長でも、ここで答えるのは私の役目だろう。息を大きく吸い、吐《は》くと、私は文芸部総意としての返答を伝えた。

「わ、分かりました。がんばります」

ぐっと拳《こぶし》を握《にぎ》る。

選手宣誓《せんしゅせんせい》っぽくなってしまったけれど、がんばろうという気持ちは本物だ。

森先輩《もりせんぱい》が三人の顔を見回してから、小さく頷《うなず》く。

「何かわたしたちに手伝えることがあったら、遠慮《えんりょ》なく言ってね。できる限りのことはさせてもらうから」

「森《もり》、そういうのやめろって」

「えー？　小さい頃《ころ》の隼《しゅん》くんだったら、同じこと言ったんじゃない？」

からかうような笑《え》みを向ける森先輩《もりせんぱい》に、望月先輩《もちづきせんぱい》の頬《ほお》は真っ赤になった。

「昔の話はやめろ！　あと学校で隼《しゅん》くん呼び禁止だって何度も言ってて」

「人んちの部室でラブコメするなー！」

りっちゃんが一喝《いっかつ》すると、森先輩《もりせんぱい》は困ったような、望月先輩《もちづきせんぱい》は怒《おこ》ったような赤い顔で黙《だま》り込《こ》んでしまう。

ふんっ、とりっちゃんが鼻を鳴らす。

「そんなの一組で間に合ってますから」

「りっちゃん！」

そんな悶着《もんちゃく》もあったが、それで話は済んだらしい。先輩《せんぱい》たち、正しくは森先輩《もりせんぱい》だけが手を振《ふ》って部室を出て行く。

嵐《あらし》のような生徒会を見送った私たちは、再び席に戻《もど》った。

いったん場を和《なご》ますためか、りっちゃんが口を開く。

「クラスの子が言ってたんですけど、あの二人って幼なじみなんですって。幼稚園《ようちえん》からの付き合いだそうで」

「へぇ。仲良さそうだったもんね」

気の知れた間柄《あいだがら》なのだろう。生徒会にも一緒《いっしょ》に入るくらいなのだ。

「にしても大変だな。廃部《はいぶ》になるかもとか自分たちで伝えに来るの、勇気いるだろうに」

「確かに。生徒会って、みんながいやがる雑用ばっかりやらされてるイメージあります。挨拶《あいさつ》活動《かつどう》とか、体育館に椅子《いす》並べたりとか。さっきのあれも、新生徒会がいやがる仕事を引き受けたのかもですね」

アキくんとりっちゃんの会話を聞きながら、思い返す。

廃部《はいぶ》のことを告げるとき、森先輩《もりせんぱい》の上半身は強張《こわば》っていた。私が「がんばります」と言ったときは、目に見えて力が抜《ぬ》けていた。

本当はあんなこと、言いたくなかったのだろう。今まで個人的に話したことはなかったけれど、優《やさ》しい人なのだと感じた。

「アニメとか漫画《まんが》だと生徒会って絶大な権力を持ってて、教師にすらおそれられてて、学校を裏から牛耳《ぎゅうじ》る存在だったりしますけど」

「そんな生徒がいたら怖《こわ》すぎるだろ」

呆《あき》れるアキくんに、いやいやとりっちゃんが片手を振《ふ》る。

「ガチでそういう設定多いんですって。そうだ、次は闇《やみ》の生徒会が跋扈《ばっこ》する学園異能力バトル物を……」

りっちゃんはいつものノリで原稿用紙《げんこうようし》を取りだそうとしているが、今日はそういうわけにもいかない。

「それで青陵祭《せいりょうさい》、どうしよっか」

大きめの声で言えば、四つの眼球が私のほうを向く。

嵐《あらし》は過ぎ去ったわけではない。またすぐにUターンして戻《もど》ってくるのだ。このまま手を拱《こまぬ》いていたら、文芸部は廃部《はいぶ》になってしまう可能性が高い。

森先輩《もりせんぱい》から、文芸部が生き残るための道は示された。あとはそれを達成するための道筋を考えなくてはならないのだ。

アキくんが首を傾《かし》げる。

「文芸部の部誌って、毎年どれくらい売れてる？　それと、何円くらいで売ってた？」

私は、昨年のことを思い返してみる。販売《はんばい》を手伝わなかったことを先輩《せんぱい》たちに平謝《ひらあやま》りしたとき、売れ行きについても聞いていた。

「うーん……二年以上前のことは分からないけど。去年は三十冊くらい刷って、一冊百円で設定して五冊売れたらしいよ。残った部誌は、赤井《あかい》先生が裏庭でもみ殻《がら》と一緒《いっしょ》に燃やして、焼《や》き芋《いも》作ってくれたの」

二人が沈痛《ちんつう》な面持《おもも》ちで黙《だま》ってしまう。私は大事なことを付け足した。

「あっ、おいしかったよ」

「重要なのはそこじゃないです！」

りっちゃんが長机に突《つ》っ伏《ぷ》す。

「五冊しか売れてないって、激やばですよ。ややばやばですよ。今年は、その十五倍売らないといけないってことじゃないですか！」

「二十倍だろ」

アキくんが冷静にツッコむ。

「より悪いじゃないですか！」

でも私は、そこまで悲観していなかった。

「百冊くらいなら、すぐ売れるんじゃないかな。りっちゃん、小説書いて載《の》せるつもりなんでしょ？」

昨年の部誌は、今振《ふ》り返《かえ》ってもひどい出来だった。むしろ私は、五冊も売れたと聞いて嬉《うれ》しいくらいだったのだ。

ちっちっち、とりっちゃんが立てた人差し指を横に振《ふ》る。

「甘いですね。昨日食べたショートケーキより甘いですよ、ナオ先輩《せんぱい》！」

「ケーキ食べたの？　いいなぁ」

「母の誕生日だったんで。おいしかったです。って、そうじゃなーい！　ド素人《しろうと》が本を出したって、いきなり百冊も売れるわけないって話です」

「でも、りっちゃんの小説おもしろいよ」

ぱっと顔を上げたりっちゃんが、照れくさそうに鼻の頭に触《ふ》れる。

「あ、ありがとうございます。でも、自分の小説を読んでくれてるのはナオ先輩《せんぱい》とアキ先輩《せんぱい》くらいです。他の人は、そもそも素人《しろうと》の小説に興味なんて持ってくれませんよ」

そう言い切られてしまうと、強く反論できない。おもしろいと知らない人は、わざわざ足を運んで買いに来てくれることもないのだ。

「じゃあ、どうしたらいいのかな」

歴代の部誌の内容を頭の中で吟味《ぎんみ》しても、基本的には毎年似たり寄ったりなので、ノウハウは学べそうもない。

青陵祭《せいりょうさい》はおよそ一月後に迫《せま》っている。

どんなことをしたら、どんな内容にしたら、たくさんの人が興味を持って、手に取ってくれるような部誌になるのだろうか。

三人で、うーん、と唸《うな》りながら身体《からだ》を傾《かたむ》ける。全員が同じ方向に傾《かたむ》いているので、部室ごとひっくり返ってしまいそうだ。

輪唱するみたいにうんうん唱えていたら、りっちゃんがぽつりと言った。

「あれだ。いざとなったら、ナオ先輩《せんぱい》にメイド服姿で接客してもらうしかないな」

「え？　メイド服？」

なんでいきなりメイド服？

困惑《こんわく》する私に、斜《なな》めのりっちゃんが指を立てながら早口で説明する。

「部誌を買うと、ナオ先輩《せんぱい》との握手券《あくしゅけん》がもらえるんです。五冊買うとチェキも撮《と》れる。十冊買うとなんと」

「却下《きゃっか》」

きっぱりと、アキくんが遮《さえぎ》る。気がつけば彼の椅子《いす》はまっすぐに戻《もど》っている。

それがあまりにも頑《がん》とした拒絶《きよぜつ》だったからか、りっちゃんは口元ににやにやとした笑《え》みを浮《う》かべた。

「そんなこと言って、アキ先輩《せんぱい》だってナオ先輩《せんぱい》のメイド服姿、見たいんじゃないですか？」

「そりゃー」

そこまで言って、アキくんが押し黙る。

「そりゃー、まで言っちゃったら、ほぼ答えですよー」

「うるせ」

これ見よがしに囃《はや》し立《た》てられ、アキくんが舌打ちする。

「とにかく、ナオを客寄せパンダにするのは禁止」

「ちぇー。分かりましたよ」

りっちゃんは渋々《しぶしぶ》、納得《なつとく》したようだ。

そのあとも優《すぐ》れた案は出ず、とりあえず明日までにそれぞれ何かしら考えてこようという話になる。

明日から十月。しかもちょうど金曜日だ。

十月末に青陵祭《せいりようさい》が開かれることを考えると、あまり時間がない。

それに、私には大きな懸念《けねん》があった。

「ごめん。明日から私、そもそも学校来られないと思うんだよね」

今日、中間試験は終わった。私が素直《すなお》の代わりに学校に行く理由が、なくなったのだ。素直《すなお》が学校に行く間、私は彼女の中で眠《ねむ》っている。出てこられる日は、素直《すなお》の体調が優《すぐ》れない日に限られるだろう。

文芸部廃部《はいぶ》の危機だというのに、部長の私が作戦会議に参加できないというのは、なんとも情けない話だ。

語尾《ごび》が尻窄《しりすぼ》みになっていく私に向かって、りっちゃんが首を横に振《ふ》った。

「謝るようなことじゃないですよ。むしろ素直先輩《すなおせんぱい》や真田先輩《さなだせんぱい》も知恵《ちえ》を貸してくれたら、ありがたいですけどね」

真田《さなだ》くんの名前を出したのは、りっちゃんも彼の状況《じょうきょう》が気に掛《か》かっているからかもしれない。真田《さなだ》くんはレプリカを生んでから、自身は一度も学校に来ていないのだ。

察したアキくんが言葉少なに言う。

「秋也《しゅうや》は、最近ちょくちょく外出してる。夜か、土日くらいだけど」

「へぇ。どこにお出かけしてるんですか？」

「さぁ」

「さぁって！」

小首を傾《かし》げるアキくんは、特に行き先を気にしていないらしい。

レプリカとして生まれながら、一度もオリジナルに仕舞《しま》われた経験のない彼は、六月以降の真田《さなだ》くんの記憶《きおく》を一切《いっさい》共有していない。それだからか、私と素直《すなお》の関係と、彼らとはぜんぜん違《ちが》う形をしている。

その日、時計の針はよっぽど仕事に精を出していたらしい。いつの間にか午後六時が近づいてきて、部活の時間は終わりに差《さ》し掛《か》かっていた。

りっちゃんがお手洗いに出て行ったので、二人きりになる。

アキくんとの間に漂《ただよ》う沈黙《ちんもく》は、いつも心地《ここち》いいくらいなのに、今日はなぜだか落ち着かない。

夕暮れ空には絹雲《けんうん》が浮《う》かんでいる。魔女《まじょ》になれない誰《だれ》かが竹箒《たけぼうき》で、右に左に好き勝手に掃《は》いたような雲。

カーテンの隙間《すきま》から入り込んでくる風が、囁《ささや》いてくる。数分前、アキくんが喉奥《のどおく》に引っ込めた言葉の続きを教えてくれる。

そりゃー。

そりゃー、見たい。

「さっきの続きだけど」

話しかけられた私は、ぴくりと肩《かた》を上げた。

「俺がお願いしたら、着てくれんの」

太ももの間に両手を置いたアキくんが、横目でこっちを見ている。

不意打ちのように蒸《む》し返《かえ》されて、どう反応していいか分からない。

もしかしてアキくんの耳元にも、鼓舞《こぶ》するような風が吹《ふ》いてきたのだろうか。私が、こそばゆく囁《ささや》かれて頬《ほお》を熱くしていたみたいに。

傾《かたむ》いたパイプ椅子《いす》をかったん、と戻《もど》す。揺《ゆ》れるハーフアップの髪《かみ》の毛《け》が落ち着かないうちに、もごもごと答えた。

「えっと、アキくんも着てくれるなら、考える」

でも頭はまだ、回っていなかったみたい。

「俺が？　メイド服？」

アキくんがからかうような笑《え》みを浮《う》かべる。「見たい？」

私は目蓋《まぶた》の裏側に挨拶《あいさつ》して、ちょっと考えてみる。

メイド服姿のアキくん。無愛想なお帰りなさいませ。苦々しい顔で、オムライスにケチャップで何かを書いている。

なんだろうと読んでみる前に、額をつつかれた。

隣《となり》にはメイド服ではない、夏制服を着たアキくんが座っている。

「なんか変なこと考えてたろ」

額を撫《な》でながら、ふるふる、と首を横に振《ふ》る。

「メイド服じゃなくても、いいなと思っただけ」

心にもないことを言ってから、想像してみると、やっぱり心にもあるな、と思った。

執事服《しつじふく》とかも、きっとかっこいい。アキくんは背が高くて、整った顔立ちをしているから、いろんな衣装《いしょう》が似合うだろう。

想像すると楽しくなってくる。どのアキくんも渋《しぶ》い顔つきをしているのが、おもしろい。むすっとしていても私が手を合わせて頼《たの》むと、いやいや着てみせてくれるのだ。

「二着、用意しておきましょうか？」

同時に目を向ける。

お手洗いから戻《もど》ってきた後輩《こうはい》は、部室の外でちゃっかり聞き耳を立てていたらしい。

「だから、いらないって」

言い返すアキくんに、ぐふふと不気味にりっちゃんが笑う。蛍光灯《けいこうとう》に反射する彼女の額は今日も、つるつるの茹《ゆ》で卵《たまご》のようだ。

そういえば、と思う。卵を四つも使った幻《まぼろし》のオムライスに、気難しい顔のアキくんはいったい何を書いていたのだろう。

読み取れなかったのが今さらになって悔《くや》しくなるけれど、手当《てあ》たり次第《しだい》にノックしてみても、もう、目蓋《まぶた》の裏はうんともすんとも言わなかった。

◇◇◇

その日の夕方。

家に帰った私は、部室で起こった出来事を素直《すなお》に話していた。

以前は、私がいちいちその日のことを報告するのを素直《すなお》は嫌《きら》っていた。でも最近は私が帰ってくると、部屋の鍵《かぎ》を開けて、小さな声でおかえりを言ってくれるようになった。

私が学校に行く日の素直《すなお》は、家で勉強をしている。勉強机には手のひらの置き場もないくらい、問題集やノートが散らばっていて、ノートパソコンまで鎮座《ちんざ》していたりする。

お父さんの部屋から持ってきたそれで、素直《すなお》はときどき動画を観《み》ている。遊んでいるわけではなく、もっぱら家庭学習用の勉強動画を流しているのだ。といってもたまに、癒《い》やしのアニマル動画を眺《なが》めていたりもする。私にスマホを持たせる間の代替品《だいたいひん》なのだろう。

椅子《いす》に座った素直《すなお》はこちらに目を向けてくることはしないし、相槌《あいづち》を打つこともないけれど、手にしたシャープペンを休ませて、無言で耳を傾《かたむ》けてくれている。

私はそれが嬉《うれ》しくて、引き延ばすつもりではないのに、たまに気が抜《ぬ》けてまごついてしまうことがある。

生徒会からの通達について話し終えると、素直《すなお》はキャスターつきの椅子《いす》ごと振《ふ》り向《む》いた。

額の真ん中に形のいい眉《まゆ》が寄っている。

「文芸部、大変じゃん。大丈夫《だいじょうぶ》？」

「うーん」

小さく唸《うな》ってから、私は答える。

「大丈夫《だいじょうぶ》かどうかは、分からないけど……でも、りっちゃんがいるから」

「そうだね。りっちゃんがいるもんね」

制服姿の素直《すなお》が、大きく頷《うなず》く。クッションを敷《し》いた絨毯《じゅうたん》の上に座る私も、こくこくと頷《うなず》いた。

きっと明日あたり、お母さんは絨毯《じゅうたん》替えるから手伝ってよ、と素直《すなお》に声をかけるだろう。夏用のやつじゃ薄《うす》くてそろそろ肌寒《はだざむ》いもんね。秋用のやつ、土日のどっちかで出そうね。そうお母さんにせっつかれると、素直《すなお》は面倒《めんどう》くさいと唇《くちびる》を尖《とが》らせるけれど、部屋に戻《もど》ったあとはせっせとコロコロで夏用の絨毯《じゅうたん》をきれいにしておくのだ。

私が空を見上げて四季の移り変わりを確かめるように、お母さんは月が変わると行動を起こすことが多い。変化をきっちりと、月の初めに意識して持ってきている。

素直《すなお》はどちらでもない。いつも、ふと思いついたような顔をして動きだす。

この日もそうだった。

「でもそれなら、ちょうど良かったか」

「え？」

訊《き》き返《かえ》す私に答えず、素直《すなお》はその双眸《そうぼう》に私を映しだした。

軽く首を傾《かし》げる。指通りのいい髪《かみ》が、彼女の華奢《きゃしゃ》な肩《かた》を撫《な》でながら滑《すべ》り落《お》ちていく。

するり、と流れる涼《すず》しげな音が聞こえてきそう。でもその音より早く私の耳に届いたのは、思いがけない言葉だった。

「ねぇ。しばらく私の代わりに学校行ってくれない？」

「え……」

私は、固まった。

なんて答えたらいいか分からず黙《だま》り込《こ》む合間も、頭の中でぐるぐるとリフレインする。

しばらく私の代わりに学校行ってくれない？

聞《き》き間違《まちが》いではない。素直《すなお》は、そう言ったのだ。

「どうして？」

だから、問うのにも勇気が要《い》った。

頷《うなず》くのが私の仕事。私の仕事、なんだけれど。

試験期間は終わった。来週からは青陵祭《せいりようさい》の準備が始まる。

今の素直《すなお》は、生理痛に苦しんでもいない。私がここにいていい明確な理由が、今は地上のどこにもないのに。

動揺《どうよう》は、傍目《はため》にも明らかだったのだろう。素直《すなお》は長い髪《かみ》を耳にかけ、言葉を選ぶ素振《そぶ》りを見せている。

「まだ、詳《くわ》しくは話せない。けどお互《たが》いにいいんじゃない。ナオは文芸部が廃部《はいぶ》にならないよ

う動き回らないといけなくて、私は今、学校に行っている場合じゃないんだから」

これって利害の一致《いっち》でしょ。素直《すなお》は、至極《しごく》あっさりとまとめる。

「でも」

否定らしき断片《だんぺん》を口にして、そこで私は口を閉じた。

うまく言えない。考えがまとまらない。

そんな私を見下ろして、素直《すなお》が目を細める。LEDのペンダントライトに照らされる眼球は、淡《あわ》く光っているように見える。きれいだと、反射的に思った。

親が子を見ても、老人が若いものを見ても、美しいものは美しい。そして美しいものが人の心を和《やわら》げる威力《いりょく》の下には、親だって、老人だって屈《くっ》せずにはいられない。

『雁《がん》』のその文章を読んだとき、私は、素直《すなお》のことを頭に浮《う》かべた。心を柔《やわ》らかくはしなくとも、素直《すなお》がその顔で命じれば、いつだって私は服従してきた。

きれいなものには威力《いりょく》があるから、従いたくなるのだ。正しさじゃなく、その美しさだけを灯台のように頼《たよ》りにしたくなる。

「行きたくないなら、いい。無理にとは言わないし」

「い、行きたい」

私は揃《そろ》えた膝《ひざ》の上で、ぎゅっと両手を握《にぎ》る。

それは、だって、そうに決まっている。

学校に行きたい。授業を受けたい。お弁当を食べたい。アキくんやりっちゃんと、もっとたくさん、飽《あ》きるまで話をしていたい。

部室で本を読みたい。窓の外を眺《なが》めたい。掃除《そうじ》をしていたい。やりたいことだらけで、途方《とほう》もなくて、でも私は、自分がレプリカだって知っている。

愛川素直《あいかわすなお》の人生だ。

私は決してそれを、邪魔《じゃま》したいわけじゃ、ない。

口の中がねばつく。汗《あせ》ばむ拳《こぶし》がぞわぞわする。ダンゴムシが這《は》っているみたい。不安になって開いてみても、そこには何もなかった。

白い手のひらにもっと、もっと不安になった。

汗《あせ》ばむ額に不快感を覚えながら、私は鈍《にぶ》い唇《くちびる》をなめして動かした。

「本当に、いいの？」

「いいよ」

見上げた先で素直《すなお》は、気怠《けだる》げに言葉だけで首肯《しゅこう》する。

その肘《ひじ》に当たった問題集が、机の下に落ちる。あーあ、と彼女の漏《も》らした溜《た》め息《いき》みたいな欠伸《あくび》が、無機質なテキストの表面を愛《め》でていく。私はその様子を、声もなく見つめていた。

現代文。筆者の考えとして、当てはまるものを答えよ。

「でも、無理しなくていいから。フツーに学校行ってくればいい。行きたくないときは、休めばいいんだし」

私は項垂《うなだ》れたように肩《かた》を落としたまま、屈《かが》んでテキストを拾い上げる白い指先を眺《なが》めている。

素直《すなお》の言うフツーが、私にはどんなものか分からない。

私はいつも、フツーに学校に通えてる？　フツーに、愛川素直《あいかわすなお》ができている？

確認《かくにん》しようとして、諦《あきら》める。物わかりの悪い奴だと素直《すなお》に思われたくない。呆《あき》れられるのは、いやだった。

何も言わないでいると、素直《すなお》が片方の口角だけ上げる。

「私がこんなこと言いだしたら、不気味？」

なんとも肯定《こうてい》しづらい問いが飛んでくる。

九月の土曜日。私とアキくんが映画館に行ったあの日、素直《すなお》はりっちゃんとファミレスに行った。そこでりっちゃんは懐《なつ》かしい昔話と共に近況《きんきょう》についても語り、私の話もしたようだ。口数の少なくなる素直《すなお》相手に、踏《ふ》み込《こ》んだことはひとつも言わなかった。その上で、何か相談に乗れることがあればいつでも頼《たよ》ってほしいと素直《すなお》に伝えていた。

りっちゃんは素直《すなお》と私のことを、それぞれ友人だと思ってくれている。そんな彼女の言葉が、素直《すなお》を少し変えたのかもしれない。素直《すなお》の心に、何かを芽吹《めぶ》かせているのかもしれない。

それがなんなのか、私には見当がつかない。詳《くわ》しく話せないと言われた以上、真っ向から問う道も鎖《とざ》されていた。

「青陵祭《せいりようさい》には、行くんだよね？」

苦《くる》し紛《まぎ》れ。質問に質問で返せば、素直《すなお》は「まぁ」と言葉を濁《にご》す。

「たぶんね。でもあんたも」

素直《すなお》は、失言をしたというように顔を顰《しか》めてから言い直す。

「ナオも、行きたいんでしょ？」

こくりと頷《うなず》く。

「なら今年は一日ずつ参加ね。日程はまた今度決める。それでいい？」

「うん、分かった」

返事をする声が覚束《おぼつか》ないのは、なんだかすべてが、私の希望通りに進んでいるように思えたからだ。

でも、順調なのは怖《こわ》い。コインがひっくり返るように、何もかも台無しになる瞬間《しゅんかん》がこの先に待ち受けているような気がする。

素直《すなお》の言葉を借りるなら、私はそこはかとない不気味さを感じ取っていたのだろう。

「今日はどうする。お風呂《ふろ》入りたい？」

そこで青陵祭《せいりようさい》の話は終わったというように、素直《すなお》は恒例《こうれい》となった儀式《ぎしき》を始める。

「ううん」

「夕食は？」

「それも、大丈夫《だいじょうぶ》」

「ベッドで寝《ね》るのは」

「いいの。へーき」

彼の口癖《くちぐせ》を借りて、どうにか笑顔《えがお》で答える私に、そう、と素直《すなお》が頷《うなず》く。

前とは違《ちが》う。今まで言葉にしなかったものを少しずつ整えていくように、素直《すなお》は私のことを慮《おもんぱか》ってくれるようになった。

朝は顔を洗い、朝ごはんを食べて、制服に着替《きが》えてから私を呼ぶことが多くなった。夏制服を一着だめにした出来事が、素直《すなお》にその選択《せんたく》を余儀《よぎ》なくさせたのかもしれない。

お母さんが近所の卒業生からお古の夏制服をもらい、失ったローファーを買い直してくれたとき、素直《すなお》は申し訳なさそうに『ありがとう』と口にしていた。私が言わせてしまった言葉だった。

私は、ベッドにぐったりと寝転《ねころ》ぶ素直《すなお》をあまり見なくなった。呼びだされたとき、胃の底が温かく満たされていることが多くなった。パジャマを脱《ぬ》いでいちいち制服に着替《きが》える必要が、なくなった。スクールバッグを手にするだけであっさりと登校できるレプリカを、素直《すなお》は事前に用意してくれるようになった。

お母さんやお父さんに不審《ふしん》がられない程度に気をつけながら、可能な限り私に便宜《べんぎ》してくれる。尊重してくれる。質問の形をした優《やさ》しい儀式《ぎしき》だって、執《と》り行《おこな》ってくれる。

最近の素直《すなお》は、ぎこちない温かさを身にまとっていて、でも芯《しん》にはひやりとした冷たさがある。しびれた舌の上に載《の》せた氷砂糖みたいで、溶《と》けていく合間も私をはらはらさせている。

しばらく、はいつまで、とか。

まだ、はいつまで、とか。

鮮明《せんめい》な記憶《きおく》だけを記録として引《ひ》き継《つ》げても、素直《すなお》の胸に秘めた感情を共有できない私は、彼女の中の天秤《てんびん》が傾《かたむ》く瞬間《しゅんかん》を見定める術《すべ》を持たない。

「勉強、よく分からないところとか、あった？」

私が返せる質問は、ひとつだけだ。なんにも持っていない私が、素直《すなお》の力になれるのは、努力し続けてきた勉学くらいのものだった。

昨日の素直《すなお》は、首を縦に動かした。今日は、逆だ。

「特になかった」

「そっか」

「じゃあ、また、明日の朝ね」

「……うん」

少し言いにくそうにしながら、素直《すなお》がその先を口にする。

「ナオ、消えて」

素直《すなお》は秋の顔をしていない。春でも夏でも、まして冬そのものでもない。

少しだけ、昔みたいに近づいた気がしても。

私には未《いま》だに、愛川素直《あいかわすなお》がよく分かっていない。だから今日も、うん、と答えるまでもなく、私はどこへともなく消えるのだ。

◇◇◇

翌日の五限と六限では、青陵祭《せいりょうさい》に向けての話し合いが開かれていた。

手元に返ってきた、赤ら顔の解答用紙のことなんて誰《だれ》も気にしていない。心は、十月末の青《せい》陵祭《りょうさい》に向けてとっくに走りだしている最中だ。

教壇《きょうだん》にはクラス委員長である気の強い佐藤《さとう》さんと、じゃんけんに負けて副委員長になった気の弱そうな大塚《おおつか》くんが立っている。

すっかり紺色《こんいろ》に染まった教室は、ちょっぴりよそよそしくて落ち着かない。慣れた教室の香りに、ブレザーの番人をしていた防虫剤《ぼうちゅうざい》のにおいが混じり合っている。

「王道は飲食店か、あるいは展示とか。体育館でダンスや演劇をやるのもありです」

指折り、佐藤《さとう》さんがはきはきと話す。ブレザーは腕《うで》が動かしにくいからか、彼女はシャツにニットベストを重ね着している。

「近くの人と好きに話してもらって大丈夫《だいじょうぶ》なので、何か意見があったら挙手してください。では、話し合いスタート」

待ってましたとばかりに、教室内がにわかに騒《さわ》がしくなる。

でも他も似たようなものらしい。隣《となり》のクラスから「シンデレラー！」と誰《だれ》かの叫《さけ》び声《ごえ》が聞こえてきて、クラスメイトがくすりと笑う。

こういうとき、素直《すなお》は自分の意見を言ったりしない。あんまり興味なさそうに、窓の外に目をやったり、枝毛を探したりしている。

窓際《まどぎわ》の席の私は、同じようにしてみようと思ったけれど、どうしても興味を引かれて教室の中を見つめていた。

「はいはい。おれら、メイド喫茶《きっさ》やりたいです！」

前の席の男子がふざけて叫《さけ》ぶ。私はちょっとだけ肩《かた》を揺《ゆ》らしてしまった。

メイドという単語に、過敏《かびん》になっているのかも。頬《ほお》をむにむにしてから、ちらりとアキくんのほうに目を向けると、彼も横目で私のほうを見ていたのでびっくりした。

すぐに視線を逸《そ》らして、黒板に意識を集中する。佐藤《さとう》さんは白いチョークを黒板に向けて、かかかっと勢いよく走らせていた。

佐藤梢《さとうこずえ》さん。剣道部《けんどうぶ》に所属する彼女は引《ひ》き締《し》まった身体《からだ》つきをしている。襟足《えりあし》もすっきりと短くて、うなじはほっそりとしている。彼女の姿を見るたびに、花は折りたたし梢《こずえ》は高し、のことわざが頭に浮《う》かぶ。女の子の目から見ても、かっこいい女の子だ。

剣道部《けんどうぶ》は毎年のように、体育館ステージで演舞《えんぶ》を披露《ひろう》している。今年の私は、佐藤《さとう》さんたちの演舞《えんぶ》を観《み》られるのだろうか。

何かを書き終えた佐藤《さとう》さんは機敏《きびん》に振《ふ》り返《かえ》り、黒板をばしんと叩《たた》く。付着していた白いチョークの粉が舞《ま》う。

ぼやんと手のひらの跡《あと》がついた黒板には、「メイド喫茶《きっさ》！」と力強く書かれていた。

「メイド喫茶《きっさ》、あり！」

ありなんだ。

それを皮切りに、あちこちから声が上がる。

メイド喫茶《きっさ》、執事喫茶《しつじきっさ》、チャイナ喫茶《きっさ》などのコンセプト喫茶《きっさ》。焼きそば、フライドポテト、タピオカとかの飲食系に、コーヒーカップ、脱出《だっしゅつ》ゲーム、スタンプラリーなどなどなど。

黒板に書かれた文字列を追うだけで、わくわくして心が弾《はず》む。

気を抜《ぬ》くと青陵祭《せいりょうさい》当日まで、風船のように意識が飛んでいってしまいそうだけれど、今は文芸部存続の危機なのだった。私は夢とヘリウムガスが詰《つ》まった風船を、爪楊枝《つまようじ》でちょんちょんしなければならなかった。

話し合いは四十分近く白熱し、最終的に一組ではおばけ屋敷《やしき》をやることに決まった。

といってもまだ、第一希望になっただけだ。第二希望は脱出《だっしゅつ》ゲーム、第三希望は執事喫茶《しつじきっさ》。他のクラスと希望が重なりすぎた場合は、じゃんけんバトルで雌雄《しゆう》を決することになる。三年生は受験を控《ひか》えているので、手間が少ない展示などを希望することが多いという。おばけ屋敷《やしき》を選ぶ可能性は低いと佐藤《さとう》さんは分析《ぶんせき》しているようだ。

「安心して、顔見知りの一年生なら敵じゃないから。グーを出してと言えば、正直者の後輩《こうはい》たちはグーを出してくれるんだよね。ほら、こんな風にさ」

佐藤《さとう》さんが右手と左手を、交互《こうご》にぐーぱーして競《きそ》わせる。笑顔《えがお》で怖《こわ》いことを言いだしたので、クラスがどよめく。しかし頼《たの》もしいのも事実だった。

佐藤《さとう》さんたちは五限の休み時間になるなり生徒会室に向かった。競争率の高い屋台や企画《きかく》を希望する場合、今日中に第三希望までを伝えに行くことになっている。青陵祭《せいりょうさい》は、生徒会と青陵祭《せいりょうさい》実行委員が一丸となって運営するイベントなので、作戦本部は生徒会室だ。

話し合いが円滑《えんかつ》に進んだので、六限ではおばけ屋敷《やしき》のテーマを決めることになった。気が早いような気もするけれど、みんなクラスの勢いを止めたくないのだろう。

テーマやコンセプトについては、わりと円滑《えんかつ》に決定した。

「では、おばけ屋敷《やしき》のテーマは『呪《のろ》われし廃病院《はいびょういん》』でいきます」

「廃病院《はいびょういん》って、ほぼ富士急《ふじきゅう》じゃん。戦慄迷宮《せんりつめいきゅう》じゃん」

茶々を入れるのは、先ほどメイド喫茶《きっさ》をやりたがっていた前の席の吉井《よしい》くんだ。

「戦慄迷宮《せんりつめいきゅう》は倒《たお》すべき敵よ。打倒《だとう》・戦慄迷宮《せんりつめいきゅう》！」

壮大《そうだい》すぎる目標に、みんなざわついている。

「狙《ねら》え、青陵祭最優秀賞《せいりょうさいさいゆうしゅうしょう》！」

次は身近なやつに言い直されたので、まばらな拍手《はくしゅ》が起こる。

二日目は片づけをあらかた終えたあと、体育館に全校生徒が集められる。後夜祭とは名ばかりの、生徒からお疲《つか》れ様会《さまかい》と呼ばれているちょっとしたイベントがあるのだ。

お疲《つか》れ様会《さまかい》では表彰式《ひょうしょうしき》が行われる。模擬店《もぎてん》部門、イベント部門、ステージ部門の優秀賞《ゆうしゅうしょう》が発表され、その中から最優秀賞《さいゆうしゅうしょう》が選ばれる。

最優秀賞《さいゆうしゅうしょう》に輝《かがや》いたチームの代表者は、壇上《だんじょう》で賞品のくじを引く。去年のクラスはハーゲンダッツギフト券を引いたという。抽選箱《ちゅうせんばこ》の中にはディズニーチケットが入っているという噂《うわさ》もあるが、真偽《しんぎ》のほどは不明だ。

おばけ屋敷《やしき》の仕掛《しか》けについては、次々と案が出る。佐藤《さとう》さんがみんなの意見を聞き取り、美術部の大塚《おおつか》くんが黒板に貼《は》った模造紙に大まかな図を描《えが》いて、書き込みを加えていく。意外と二人の息が合っているのもあり、思っていた以上に順調な滑《すべ》りだしだ。

班分けも早々に決められた。私はちょっとした小道具や切り絵作りを担当する、女の子だけの班に配属されることになった。企画書《きかくしょ》や衣装《いしょう》作りでは役立てそうもないので、良かった。

アキくんは運動部だらけの大道具製作に参加することになったようだ。足の調子もいいようで、最近はほとんど引きずらずに歩いているから、体調的にも問題ないのだろう。

そう思っていたら席の間を歩いていた佐藤《さとう》さんが近づいてきて、耳打ちされた。

「愛川《あいかわ》さん、真田《さなだ》くんと同じ班じゃなくていいの？」

「えっ」

「ユーたち、付き合ってるんでしょ」

私はしばし硬直《こうちょく》した。

私とアキくんは、基本的に教室ではあまり話さないし、お互い呼び方についても気をつけている。タイミングが合えば一緒《いっしょ》に部室に向かうくらいで、お昼だって別々だ。

クラス内にも付き合いたてのカップルがいたり、他クラスや他学年の生徒と交際している人もいるけれど、彼らに比べたらよっぽどさりげなくしている自信があった。佐藤《さとう》さんからの問いかけに驚《おどろ》いてしまったのは、そのせいだ。

安心させるように、佐藤《さとう》さんが微笑《ほほえ》む。

「大丈夫《だいじょうぶ》、たぶんあたしの他に気づいてる人いないから」

安心する要素がまったくない。私が頷《うなず》きを返したら、愛川素直《あいかわすなお》と真田《さなだ》秋也《しゅうや》が付き合っていることになってしまう。

「付き合ってないよ」

「ふぅん。そういうことにしてあげようか」

見透《みす》かすような笑顔《えがお》にぞくりとする。

「おばけ屋敷《やしき》、一緒《いっしょ》にがんばろうね」

私は踏《ふ》ん張《ば》って笑《え》みを返した。

「うん、よろしくね」

青陵祭《せいりょうさい》では、生徒会や実行委員だけじゃなくて、みんなが多忙《たぼう》になる。というのもクラスのみならず、部活や委員会など、いろんな集まりで屋台や出し物があるからだ。

佐藤《さとう》さんが中心となり、一組では暇《ひま》な人が中心となって準備を進めていく方針だ。その代わり当日の当番は、全員が一時間から二時間ほど、持ち回り制で担当することになる。

練習を優先したいと早めにアピールしていた合唱部や吹部《すいぶ》の子は、目に見えてほっとしている。私も、放課後は文芸部のほうに時間を割《さ》く許可がもらえた。

六限の終わり頃《ごろ》になると、生徒会から連絡《れんらく》が入った。

クラス中で歓声《かんせい》が上がる。二年一組の出し物は、無事おばけ屋敷《やしき》に決定したのだった。

◇◇◇

放課後の文芸部室もまた、作戦会議の場である。

しかも文芸部存亡を懸《か》けた会議、なんだけれど。

「へぇ、おばけ屋敷《やしき》。楽しそう、ぜったい遊びに行きます」

「うん。来て来て」

私とりっちゃんはといえば、決まったばかりのクラスの出し物について話していた。

「先輩方《せんぱいがた》はおばけ役、やるんですか？　頭から血流して、うーらーめーしーやー、みたいな」

白目をむいて舌を出したりっちゃんが、両手を顔の横でぐわぐわ揺《ゆ》らす。

「ううん、断っちゃった」

「えー、残念」

私は暗いのがあんまり得意じゃない。素直《すなお》もたぶん同じだ。眠《ねむ》りにつくとき、必ずオレンジ色の小さな明かりを残しているから。

おばけが暗闇《くらやみ》にびくびくしていたら興が削《そ》がれるだろうから、遠慮《えんりょ》したのは英断だと思う。

「りっちゃんちは何やるの？」

「一年五組はクレープです。超絶技巧《ちょうぜつぎこう》で焼いてみせますから、食べに来てくださいよ」

りっちゃんが握《にぎ》り込《こ》んだ両手をせっせと動かしてみせる。たぶんクレープの生地《きじ》を焼く仕草なのだろうけど、ヘラで焼きそばをかき混ぜているようにしか見えない。

「焼きそば、いいなぁ。おいしそう」

「じゃなくてクレープですからね。ちなみに具材のお好みは？」

「いちごと生クリーム！」

甘酸《あまず》っぱいいちごと、甘く蕩《とろ》ける生クリームのマリアージュ。想像するだけで、口の中がじわじわ甘くなってくる。

「いちごかぁ。予算的にいちごジャムになっちゃうかもですけど」

「それもあり！」

私は佐藤《さとう》さんの真似《まね》をして、力強く頷《うなず》く。

「りっちゃんのお好みは？」

「自分はバナナチョコホイップですね」

「いいね。王道だね」

「俺はツナとかチーズ」

がらりとドアが開いて、アキくんが現れた。さっそく大道具班は話し合うことがあったようで、教室に残っていたのだ。

「しょっぱい系を選ぶなんて、大人ですね」

りっちゃんに感心されつつ、アキくんがいつもの席につく。

私はちょっと悩《なや》んだ。佐藤《さとう》さんのことを、アキくんにも報告すべきだろうか。私のほうが空《から》振《ぶ》りだったからと、彼女はアキくんにも突撃《とつげき》するかもしれない。

「それで先輩方《せんぱいがた》、部誌の件なんですがね」

しかし、その件について話している暇《ひま》はなかった。

三人が揃《そろ》ったとたん眼鏡を光らせるりっちゃんに、私は唾《つば》を呑《の》み込《こ》む。

「何か思いついたの？」

「ええ、これならいけるかと」

言い訳するつもりじゃないけれど、素直《すなお》に消されている間、私は物を考えることができない。明日までに何かしら考えてこよう、とか言いながら無策でのこのこ部室にやって来た自分が、だいぶ恥《は》ずかしい。

「さっそくですが、生徒会室に行きましょう」

「え？　生徒会室？」

「ですです。さっ、全員で行きますよ」

勢いのあるりっちゃんに促《うなが》されるまま部室を出る。案の内容については、事前に教えてくれないようだ。

まさか、廃部《はいぶ》の件はなしにしてほしいと直談判《じかだんぱん》するのだろうか。百冊を、もう少し控《ひか》えめな冊数にしてもらうとか？

考えを巡《めぐ》らせてみるけれど、りっちゃんの小さな背中は自信に満ちている。そのどちらも、外れのような気がした。

生徒会室は教室棟《きょうしつとう》の四階にある。ほんのり空気が薄《うす》い廊下《ろうか》を突《つ》っ切《き》ると、生徒会室のプレートが見えてきたが、ドアはノックするまでもなく最初から開け放たれていた。

「たのもー!」

威勢《いせいよ》良くりっちゃんが踏《ふ》み込《こ》んでいく。

さすがに道場破りはできないので、私は「失礼します」と唱えた。

初めて入った生徒会室は、想像より雑然としていた。あちこちに堆《うずたか》い書類の山ができている。

でも、それも無理はないのかもしれない。青陵祭《せいりようさい》を主導するのは生徒会だ。円滑《えんかつ》な進行や、

生徒や参加者の安全確保のため、確認《かくにん》すべきことはいくらでもあるのだろう。

「なんだよ、文芸部か」

書類やファイルの山から、にょきっと頭が生えてきた。望月先輩《もちづきせんぱい》だった。

出払《ではら》っているのか、他の生徒会役員や実行委員の姿はない。私がきょろきょろしたのを誤解してか、望月先輩《もちづきせんぱい》が釘《くぎ》を刺《さ》してくる。

「森《もり》は仕事で外出中だ。言っとくけど、僕相手に泣き落としは通じないからな」

私が考えたようなことを、望月先輩《もちづきせんぱい》もまた想定していたらしい。

しかしりっちゃんは怯《ひる》まない。

「いいえ、今日は望月先輩《もちづきせんぱい》に用があったんです」

「僕に?」

書類を手にしたまま、訝《いぶか》しげにする望月先輩《もちづきせんぱい》。

構図は必然的に、生徒会ヴァーサス文芸部。後者だけ総掛《そうが》かりである。

「まず、質問です。文芸部の他にも廃部《はいぶ》の危機を迎《むか》えている部活はありますか？」

何が気に障《さわ》ったのか、望月先輩《もちづきせんぱい》は眉《まゆ》を顰《ひそ》めつつも答えた。

「あるよ。ひとつ」

どこだろう、と私は首を傾《かし》げる。

そのとき、りっちゃんの目がきらんと光った。

「演劇部、ですよね」

まるで物語の最終章で犯人を言い当てる探偵《たんてい》のような、確信めいた口調。

「演劇部は、助《すけ》っ人頼《とだの》みの弱小部として知られてますから」

「弱小部で悪かったな」

その忌々《いまいま》しげな口調で、私はようやく気がつく。

「まさか」

「僕が演劇部唯一《ゆいいつ》の部員だ。つっても、そっちの一年は知ってたみたいだけど」

「ええ、知ってますとも。演劇部が、文芸部よりまずい状況《じょうきょう》に立たされていることは」

ぎろりと、望月先輩《もちづきせんぱい》はりっちゃんを睨《にら》みつけたが、やがて身体《からだ》から力を抜《ぬ》くようにふぅと息を吐《は》いた。

「まぁ、別にいいんだ。どうせ僕はもうすぐ卒業するし、廃部《はいぶ》になるにしたって来年度以降の話だ。今回の青陵祭《せいりょうさい》で有終の美を飾《かざ》れれば、別に不満はない」

あくまで淡々《たんたん》と望月先輩《もちづきせんぱい》は言うが、りっちゃんにとっての本題はそこからだった。

「そこでご提案です。この青陵祭《せいりょうさい》、演劇部と文芸部で手を組むのはどうでしょう」

「なに？」

啞然《あぜん》とする先輩《せんぱい》に向けて、腰《こし》に手を当てたりっちゃんはにんまりと笑う。

「自分が台本を書いて、その台本を演劇部が青陵祭《せいりょうさい》のステージで演じるんです。そのスピンオフ的なお話を小説に仕立てて、文芸部では部誌として販売《はんばい》します」

りっちゃんは歌うようにすらすらと続ける。

「もちろん舞台《ぶたい》のお手伝いもします。ステージ部門優秀賞《ゆうしゅうしょう》か、あるいは最優秀賞《さいゆうしゅうしょう》が獲得《かくとく》できれば、演劇部にとっても大きなプラスになるはずです。必要であれば、うちの美女を役者として貸しだすことも厭《いと》いません。自分も微力《びりょく》ながら助太刀《すけだち》しましょう」

ぽけっとしていたら、強めに肩《かた》を叩《たた》かれた。

「頼《たの》みますよ、美女」

「ええっ」

狼狽《うろた》える私だったが、望月先輩《もちづきせんぱい》は一考の価値ありと考えたのか、顎《あご》に手を当てている。

「……悪くはないけどな。いつもは既成台本を使ってるから、台本を提供してもらえるってんなら単純に助かる。美女が舞台《ぶたい》に出れば話題作りにもなるだろうし」

書類を机に置いた望月先輩《もちづきせんぱい》が、私を見やる。ふざけているのか本気なのかさっぱり分からず、引きつった笑《え》みを返すしかない。

先輩《せんぱい》は鋭《するど》くりっちゃんを見据《みす》える。

「けど、つまんねえ台本じゃ話にならない。演目は決まってるのか？」

「はい。『かぐや姫《ひめ》』で行きたいと思います」

私は驚《おどろ》いた。もう演目についても考えていたなんて。

りっちゃんの一日は、六十時間くらいあるのかもしれない。あとで確認《かくにん》しなければ。

「『かぐや姫《ひめ》』、つまり『竹取物語』か。無難ではあるな」

知名度のある話なので、観客にも受け入れられやすいと望月先輩《もちづきせんぱい》は考えたようだった。


今は昔、竹取の翁《おきな》といふ者ありけり。野山にまじりて竹を取りつつ、よろづのことに使ひけり。名をば讃岐《さぬき》のみやつことなむいひける。

その竹の中に、もと光る竹なむ一筋ありける。あやしがりて寄りて見るに、筒《つつ》の中光りたり。それを見れば、三寸ばかりなる人、いとうつくしうてゐたり。


そんな有名な序文から始まるお話。『竹取物語』の作者は分かっていないけれど、平安時代に書かれたものとされている。

光る竹の中から現れた、小さなかわいい女の子。すくすくと美しく育った彼女は都中の男を魅了《みりょう》するのだが、その正体は月からやって来たお姫様《ひめさま》だと明かされていく。

中学校の国語の教科書にも載《の》っていて、素直《すなお》のクラスでは、掲載《けいさい》された部分を暗誦《あんしょう》するのが授業課題のひとつになった。一時期はクラスのみんなが、顔を合わせるたびに今は昔、と難しい顔をして口々に語りだしていたものだった。

「台本は？　さすがにまだないか」

「残念ながら。でも、ここにはもうその断片《だんぺん》がありますよ」

とんとん、とりっちゃんが自身のこめかみを軽く叩《たた》く。仕草がやたらかっこいい。

「まぁ、異能力バトルのパートとかありますが」

「ちょっと待て、『竹取物語』だよな？」

望月先輩《もちづきせんぱい》が目元をひくつかせるが、りっちゃんは力強く解説する。

「ステージ時間は最大五十分でしょう？　五人の求婚者《きゅうこんしゃ》全員に見せ場を作るには、血で血を洗うバトルが相応《ふさわ》しいと考えたんです。それぞれ火鼠《ひねずみ》の皮衣《かわごろも》や蓬莱《ほうらい》の玉の枝を使って戦うんですが、戦ううちに次第《しだい》に綻《ほころ》んできたりして、そうか、すべてニセモノだったんだ、と真実が明らかになっていくわけです。五人相打ちで一気に退場させられるので、尺の省略にもなるかと」

水を得た魚みたい。力説は分かりやすく、理に適《かな》ってもいた。それに『竹取物語』に大胆《だいたん》なアレンジを加えていて、単純に楽しそうだ。

「それ以外の部分は、おおむね原典をなぞっていく感じにします。いかがでしょうか」

双方《そうほう》に得があり、お互《たが》いの弱点を補い合って協力できる提案。

それに対し、望月先輩《もちづきせんぱい》は頭の中で吟味《ぎんみ》をしていたのだろう。しばらくはなんともいえない顔をしていたが、観念したように呟《つぶや》く。

「いろいろ言いたいことはあるが……わりとおもしろそうだな」

「本当ですかっ?」

「その路線でやってみるか」

「やった」

りっちゃんがその場でぴょんと跳《は》ねる。満面の笑《え》みに、私まで嬉《うれ》しくなってしまう。

「では善は急げということで。さっそくですが配役を決めましょう」

目顔に応じたアキくんが、何も書かれていない隅《すみ》っこのホワイトボードを引っ張り起こすと、登場人物の名前を黒マーカーで書いていく。かぐや姫《ひめ》、おじいさん、おばあさん、帝《みかど》……。

そこで望月先輩《もちづきせんぱい》が言いにくそうに口を開いた。

「あー、それについてはこっちから一部だけ指定させてもらいたい」

「ほう。どの役です?」

「かぐや姫《ひめ》を、森《もり》にくれ。僕は帝役《みかどやく》だ」

一瞬《いっしゅん》、生徒会室を沈黙《ちんもく》が満たす。

「やめろ、そのにやにや笑い。なんか誤解してるだろ」

「してないですー。ね、ナオ先輩《せんぱい》？」

「うん。してないでーす」

望月先輩《もちづきせんぱい》は、森先輩《もりせんぱい》のことが好きなのかも。というかやっぱり、付き合っているのかも？

にやにやを並べていると、望月先輩《もちづきせんぱい》がこれ見よがしな溜《た》め息《いき》を吐《つ》く。

そうして彼が語ったのは、かぐや姫《ひめ》を望む理由だ。

「僕と森《もり》は幼なじみでな。幼稚園児《ようちえんじ》の頃《ころ》、劇で白雪姫《しらゆきひめ》をやったんだ。森《もり》は白雪姫《しらゆきひめ》がやりたかったけど、人気のない継母《ままはは》の役をやらされた」

大人びた美人。そんな感じの森先輩《もりせんぱい》の容姿を頭に思《おも》い浮《う》かべる。

性悪《しょうわる》な継母《ままはは》、という雰囲気《ふんいき》では決してないけれど、幼い頃《ころ》から現在の片鱗《へんりん》があったのなら、鏡を覗《のぞ》き込《こ》むミステリアスな女王は、無垢《むく》な白雪姫《しらゆきひめ》より彼女のイメージに近いのかもしれない。

「そのとき約束したんだ。いつか一緒《いっしょ》に、お姫様《ひめさま》と王子様をやろうって」

二人の間に恋心《こいごころ》があるのかは、その話だけでは判断がつかない。

でも素敵《すてき》な約束だった。それこそ、おとぎ話そのもののように。

目を輝《かがや》かせる私の横で、りっちゃんが相槌《あいづち》を打つ。

「『竹取物語』におけるお姫様《ひめさま》と王子様に該当《がいとう》するとしたら、確かにかぐや姫《ひめ》と帝《みかど》ですね。悲恋《ひれん》ではありますけど」

望月先輩《もちづきせんぱい》が顎《あご》を引く。

「森《もり》は勉強に力入れてるし、生徒会の業務もあって忙《いそが》しいから、今までは誘《さそ》っても断られてた。一緒《いっしょ》にやったのなんて、この前のもりりんくらいだ」

全校集会で、望月先輩《もちづきせんぱい》はなんの役だったのか。訊《たず》ねなくても、王子様でないのは明白だった。

「いつもだったら来年の二月にも公演はあるけど、さすがにその時期じゃ難しいと思う。だから……正真正銘《しょうしんしょうめい》、これが最後のチャンスなんだ」

気をつけの姿勢を取り、望月先輩《もちづきせんぱい》は深く頭を下げた。

きっと二人の進路は異なる。だから、今回の青陵祭《せいりょうさい》を逃《のが》したら次はない。

「頼《たの》む。かぐや姫《ひめ》と帝《みかど》をやらせてくれ」

「ナオ先輩《せんぱい》、どうします？」

なぜかりっちゃんは私に確認《かくにん》してくる。

「いいと思うよ」

反対する理由は特にない。そう返すと、りっちゃんが大きく頷《うなず》いた。

「了解《りょうかい》です、その二役はお任せします」

「サンキュ」

望月先輩《もちづきせんぱい》の表情が緩《ゆる》む。心なしかまなじりが下がっていたが、瞬《まばた》きの間に標準装備らしい厳しめの顔つきに戻《もど》ってしまっていた。

アキくんはてきぱきと、二人の名前をホワイトボードに書いていく。

「あっ、自分はバトルに参加したいので、求婚者《きゅうこんしゃ》のひとりをやりたいです」

「オーケー。愛川《あいかわ》と真田《さなだ》はどうする？」

「え、えぇと」

何も考えていなかった私は、目を白黒とさせる。

今まで演劇の経験なんて一度もないので、目立つ役は避《さ》けたいけれど。

『竹取物語』で目立たないのって誰《だれ》だろう。最後くらいしか出番がない、月からの使者とか？

「俺、おじいさんやる」

考えている間に、アキくんが名乗りを上げていた。りっちゃんはそんなアキくんをまじまじと見つめる。

「あー、ぽいですね」

「おい」

と言いつつ、アキくんが自分の名前を書いている。

かと思えば首だけで振《ふ》り返《かえ》り、明日の天気予報を訊《たず》ねるような口調で私に言った。

「ナオ、おばあさんやらない？」

おばあさんは、わりと全編にわたって出番が多いような……と思ったけれど、せっかくのお誘《さそ》いなのでこくりと頷《うなず》いておく。特にやりたい役があるわけでもないのだ。

空欄《くうらん》は次々に埋まっていく。森《もり》、望月《もちづき》、広中《ひろなか》、アキ、ナオ。

アキくんがそう書いたのは、わざとだろう。あだ名だと認識《にんしき》しているようで、望月先輩《もちづきせんぱい》は特に気にしている様子もない。

「足りないのは求婚者《きゅうこんしゃ》四人と、月からの使者役か。いつも手伝ってくれる奴《やつ》らがいるから、声かけてみるわ。衣装《いしょう》は、六月の『羽衣《はごろも》伝説』で作ったのが使い回せそうだし」

口にしてから、望月先輩《もちづきせんぱい》が「してやられた」という顔をする。

「そこまで見越《みこ》しての『竹取物語』か」

「はい。六月の演劇研究大会で演劇部が演じたと伺《うかが》ったので」

「演劇研究大会って?」

初めて聞く単語に首を傾《かし》げると、りっちゃんが説明してくれる。

「毎年、静岡市の各地区で加盟校の演劇部が集《つど》う大会を開いているそうです。審査《しんさ》で勝ち進むと県大会、関東大会と進んでいくんだとか」

「へぇ……」

スポーツ系の部活以外にも、そんな大会があるだなんて知らなかった。感心の吐息《といき》をこぼしていると、望月先輩《もちづきせんぱい》が苦笑《くしょう》する。

「よく調べてるな。舐《な》めてたぜ、文芸部長」

「部長はナオ先輩《せんぱい》です。自分は参謀《さんぼう》であります」

ふふん、とりっちゃんが胸を張る。素で間違《まち》えたらしい望月先輩《もちづきせんぱい》はばつが悪そうだ。

「そうだ。お前ら、クラスの出し物もあって忙《いそが》しいだろ？　大道具や衣装《いしょう》の準備だとかは、基本的に僕に任せてくれていい」

「それなら道具の準備とか手伝っていいですか？　自分のクラス、そんなに忙《いそが》しくないので」

「いいけど、広中《ひろなか》は部誌に載《の》せる小説も書くんだろ」

「執筆《しっぴつ》は家でもできますから」

ふむ、と先輩《せんぱい》が目を細める。

「ちなみに台本は、週明けまでに準備できるか？」

「やってみせます。……が、細かいとこはあとで調整入れても大丈夫《だいじょうぶ》ですか？」

「大筋は変えないなら構わない。でも台詞《せりふ》の調整はできる限り少なめにな、役者が混乱する」

「承知ですっ」

びしっと敬礼するりっちゃん。そこで望月先輩《もちづきせんぱい》は私やアキくんにも目を向けた。

「練習についてだが、とりあえず週に三回、月水金の放課後は集まりたい。各々《おのおの》都合もあるだろうから、できる限りってことで覚えといてくれ」

全員が頷《うなず》く。

「校門前にジャージかなんかで集合して、毎回軽いランニングと柔軟体操《じゅうなんたいそう》、発声練習から始める。何回か台本の読み合わせをやったら実際に動きをつけよう。特別棟《とくべつとう》四階の多目的ホールが演劇部の練習スペースだから、練習場所にはそこを使う」

演劇部が走るというイメージはなかったが、当たり前のように望月先輩《もちづきせんぱい》が言うので、口を挟《はさ》む余地がない。

「僕や森《もり》は生徒会の仕事もあるから、毎回参加するのは難しいかもしれないが。責任者としてなるべく顔は出すように心がける」

そこに出払《ではら》っていた青陵祭《せいりょうさい》実行委員がぞろぞろと連れ立って戻《もど》ってきた。森先輩《もりせんぱい》の姿はないが、他の生徒会役員もちらほら混じっているようだ。

だいたいの話は終わったということで、私たちは生徒会室をあとにすることにした。

廊下《ろうか》を歩きだしてすぐ、私はりっちゃんに話しかける。

「りっちゃん、すごいよ！」

望月先輩《もちづきせんぱい》がやや悔《くや》しそうにしていたのも当然だ。終始りっちゃんペースで話は進み、見事にまとまった。あの場の主導権を握《にぎ》っていたのは完全にりっちゃんだったのだ。

しかし本日の立役者は、なぜか目を泳がせている。

「いえ、実はほぼアキ先輩《せんぱい》のおかげというか」

思いがけない言葉に立ち止まると、少し遅《おく》れて二人も足を止める。

「アキくんの？　どういうこと？」

黙《だま》り込《こ》むりっちゃんの代わりというように、アキくんが口を開く。

「昨日、家に帰ってからバスケ部のやつらに訊《き》いてみたんだ。そしたら望月先輩《もちづきせんぱい》が演劇部だって知ってるやつがいて、演劇部の状況《じょうきょう》とか、六月にやった劇の内容とか教えてもらった。台本も、プロの書いたやつとかを使ってるって」

「じゃあああの作戦も、アキくんが？」

「俺は情報まとめて知らせただけ。具体的にいろいろ考えたのは広中《ひろなか》」

私は、そこまで聞いて重要なことに思い当たった。

事前に情報共有していた二人は、私には意図的にその件について伏《ふ》せていたのだ。

「そういうことなら、私にも話してくれれば良かったのに」

なんだかひとりだけ、仲間外れにされてたみたい。

そんなに私は頼《たよ》りないだろうか。いや、この二日間を振《ふ》り返《かえ》るとだいぶ頼《たよ》りないかもしれない。

と思いつつ私がむくれてみせると、りっちゃんが申し訳なさそうに苦く笑う。

「それはですね、理由があって。アキ先輩《せんぱい》に口止めしてたのは自分なんです」

口止めまでしていたなんて、なんだか穏《おだ》やかじゃない。

「自分でいうのもなんですが、この作戦の勝算が高いってことは分かってたんです。望月先輩《もちづきせんぱい》を説得する自信もありました。でも直前までこれでいいのかなって悩《なや》んでて……その、悔《くや》しい気持ちがあったものですから」

「悔《くや》しい？」

「『竹取物語』のネームバリューを借りる形になっちゃいましたから」

りっちゃんが、ふぅと大きな息を吐《は》く。

おもむろに外した眼鏡のレンズを、無地の眼鏡拭《めがねふ》きで拭《ぬぐ》う。ブルーライトカット機能がついた分厚いレンズは、私の目には青く透明《とうめい》に光っているように見える。

「昨日ナオ先輩《せんぱい》、言ってくれたでしょ？　自分の小説はおもしろいって。すごく、すごく嬉《うれ》しかったけど……でも今の自分じゃ、一から小説を書いても百人に読んでもらえる自信がなくて」

弱音を漏《も》らすりっちゃんは珍《めずら》しくて、私は瞬《まばた》きも忘れてその話に耳を傾《かたむ》けた。

「でもいつかは。じゃない、いつかと言わず来年の青陵祭《せいりょうさい》では、自分の力で百冊くらい軽く売ってやりたいです。いや、売ってみせます！」

きれいになった眼鏡をかけ直して、ギラギラと闘志《とうし》を燃やすりっちゃんがまぶしい。

「その意気だよ、りっちゃん」

「はい！　ですから、まずは全力で台本を書いてみます。演劇の台本なんて書いたことありませんから、初歩的なとこから勉強しなきゃですけど。とりあえずこのあと南部《なんぶ》図書館に寄って、指南書を探してみます」

学校の図書室では、そういう本は見つからなかったらしい。熱く宣言するりっちゃんの姿に、私も両の拳《こぶし》をぎゅっとした。

頑張《がんば》り屋の後輩《こうはい》が、いつも以上にがんばろうとしている。私にも部長として、彼女の友人として、もっとできることがあるはずだ。

「りっちゃん。私、なんでもやるからね。一緒《いっしょ》にがんばるから、なんでも言って」

「ナオ先輩《せんぱい》……」

私の言葉に感激したように、瞳《ひとみ》を潤《うる》ませるりっちゃん。

「じゃあ、さっそくお願いなんですが」

「う、うん」

思っていたより展開が早い。

「『竹取物語』の宣伝ポスターを描《か》いてくれる人材を探してきてください」

それは、すごく責任重大なのではなかろうか。

「ちなみにその絵は、部誌の表紙にもします。赤井《あかい》先生に頼《たの》んで表紙はカラー刷りしましょう」

つまり、もっと重大なのではなかろうか。

「私が探すの？　ひとりで？」

「自分は忙《いそが》しくなる身の上ですから」

てへへ、と笑うりっちゃん。調子が戻《もど》ってきたのは何よりだが、とんでもない役目を仰《おお》せつかった私はだんだん不安になってきた。

「ア、アキくんは？」

きっと手伝ってくれるはず。そう頼《たよ》りに思って見上げるのに、太い首は横に振《ふ》られていた。

「俺も、大道具製作で忙《いそが》しい」

そんなぁ。

アキくんが、情けない顔の私とりっちゃんを交互《こうご》に見やる。

「先に言っておきますと自分、マジで絵心ないです。ナオ先輩《せんぱい》も壊滅的《かいめつてき》です」

質問を先読みしたりっちゃんに断られ、アキくんがこちらを見る。

「壊滅的《かいめつてき》？」

「そんなことない。けっこう絵は得意だよ」

舐《な》めてもらっては困る。

「こちらをどうぞ、ナオ画伯《がはく》」

りっちゃんがポケットから生徒手帳を取りだすなり、恭《うやうや》しく私に差しだしてくれる。受け取った私は、開かれた後ろのページにボールペンで素早《すばや》く描《か》いてみせた。

うむ、会心の出来。

ご満悦《まんえつ》な私の手元を、アキくんが覗《のぞ》き込《こ》んでくる。

「ネズミか。わりとうまいな」

どこをどう見たらネズミに見えるのか。ぜんぜん違《ちが》う。トムとジェリーくらい違《ちが》う。

しかし猫《ねこ》をネズミと間違《まちが》えられるくらいの私には、やはり絵を描《か》く才能はないのだろう。

絵がうまい人といえば、やっぱり美術部の人だろうか。心当たりはなくとも、どうにかしないといけない。

だって、がんばると誓《ちか》ったばかりだ。今さら撤回《てっかい》できないし、私だって部長らしいことをひとつはやり遂《と》げたい。

と思いつつも、不安は拭《ぬぐ》いきれない。

さっそく今から市立図書館に行くというりっちゃんを昇降口《しょうこうぐち》まで見送ったあと、私はぽつっと呟《つぶや》いた。

「大丈夫《だいじょうぶ》かな」

「画家探し？」

「それもあるけど、演技なんてやったことないから」

そこがいちばん不安だ。

幼稚園児《ようちえんじ》の頃《ころ》、素直《すなお》は演劇発表会でお姫様《ひめさま》の役を演じていた。お姫様《ひめさま》はぜんぶで五人いたけれど、素直《すなお》はその中でもひとりだけ、特別なスポットライトを当てられているように素敵《すてき》だったのだって、お母さんが嬉《うれ》しそうに話していた。

そんなことないよ、フツーでしょ、とつっけんどん、否定する素直《すなお》の声。ちょっとだけ弾《はず》んでいてかわいい。大事な記憶《きおく》だから、私もその日のことをよく覚えている。

それは私が生まれるよりも、前のこと。

「そうでもないんじゃね」

私とおんなじ、演技経験のないアキくんがさらりと言う。

アキくんはポケットに手を突《つ》っ込《こ》んで、窓からグラウンドを眺《なが》めている。運動部の練習する声より、青陵祭《せいりょうさい》の準備に励《はげ》むやり取りのほうがよく聞こえる。

「そうでもないって、どういうこと?」

隣《となり》に立って横顔に視線を送ると、目が合った。

「今日だって、愛川素直《あいかわすなお》してるだろ」

ああ、なるほど。

「それは、そうかもだけど」

アキくんの言いたいことは分かったが、演技をしているという自覚には乏《とぼ》しかった。

だって、かぐや姫《ひめ》が月を眺《なが》めて泣く姿を見て、翁《おきな》や召使《めしつか》いは不安を覚えはしても、彼女が別人と入《い》れ替《か》わってるかも、レプリカがいるかも、なんて騒《さわ》ぎ立《た》てたりはしない。そんなに疑《うたぐ》り深《ぶか》いほうが、よっぽど変だ。

かぐや姫《ひめ》だけじゃない。誰《だれ》しも気分というものがあって、日によって優《やさ》しかったり、冷たかったり、当たりが激しかったり、ぼーっとしていたり、ねちっこかったりする。昨日は仲良くしていた友達を、今日は突《つ》き放《はな》したり、かと思えば放課後になったら一緒《いっしょ》に帰ろうと、朗《ほが》らかに誘《さそ》ったりする。考えてもみなかったことが喉《のど》の奥から出てくる日があれば、その逆もある。幼稚園《ようちえん》とか小学校とか、中学校とか高校とか。学校という名前の箱の中は、理不尽《りふじん》と気まぐれで溢《あふ》れている。大人になったら制御《せいぎょ》すべきなのだろう感情の起伏《きふく》というものに、私たちは振《ふ》り回《まわ》されて生活している。

あるいは大人も、変わらないのかもしれない。

「アキくんも、真田《さなだ》秋也《しゅうや》してるもんね」

素直《すなお》して、秋也《しゅうや》している私たち。

時折、真田《さなだ》くんはどんな人だったろうと思う。どんな顔で笑って、どんな温度で話す人だったろう。一度も話したことのないクラスメイトの面影《おもかげ》は、私の中でぼんやりとしている。これからも、会いたくない。彼を目の前にしたら、私はきっと、言ってはいけない身勝手なお願い事を口にしてしまう。

お互《たが》い明確に言葉にしたりはしないけれど、たぶんそれは、アキくんも同じなのだと思う。

「ハーフアップだと、ほっとする」

彼は、私の頭を見下ろしていた。私の髪《かみ》を束ねるシュシュは、今日も水色をしている。触《さわ》りたそうな目だ、と思った。その手で、触《さわ》ってほしいと思った。

でもここは部室ではない。佐藤《さとう》さんの言葉が頭の片隅《かたすみ》で響《ひび》いたので、致《いた》し方《かた》なく、自分で頭の後ろに触《ふ》れてみた。

照《て》れ隠《かく》しでごにょごにょと言う。

「しばらく学校、来られそうなの」

静かに目を見開いたアキくんが、笑う。

「そっか。嬉《うれ》しい」

躊躇《ためら》いなく言ってくれるのが、私だって嬉《うれ》しい。

アキくんの頬《ほお》はほんのりと染まっている。秋の日暮れは早いけれど、その色は彼の心から生まれたものだって知っている。

もう髪型《かみがた》がなんであったって、アキくんは私を見間違《みまちが》えたりしないだろう。

でも私はたぶん、この髪型《かみがた》を手放せない。彼の手を、二度と離《はな》したくないように。

なんにもない私には、たった二つ。

「ん？」

ふいに空気が揺《ゆ》れた。

頭の上をざわめきが走る。何かの異変が起こっている。暮れゆく窓の外を見ていたアキくんが、目を細めて指さしている。

「あれ、なんだろう」

ローファーに履《は》き替《か》えるのも忘れて、私は上靴《うわぐつ》のままグラウンドへと飛びだしていた。他にも、何人か同じように出てきた生徒がいるようだ。

斜《なな》め上を仰《あお》ぎ見《み》る。最初は、白い鳥かと思った。

でも違《ちが》った。地上に向かってばらまかれているのは、無数の紙だ。

Ａ４用紙が何十枚、あるいは百枚近いだろうか。右に左に大きく揺《ゆ》れながら、風に乗って落ちてくる。

どこから落ちてきたのだろう。屋上からではないはずだ。数年前に近隣《きんりん》の学校で落下事故があってから、屋上は封鎖《ふうさ》されるようになった。

グラウンドに面する教室棟《きょうしつとう》を見上げれば、青陵祭《せいりょうさい》準備期間というのもあってか、開いている窓は多い。

三年の教室が並ぶ三階から、異変に気がついて何人か顔を出している。

生徒会室のある四階の廊下《ろうか》にも人気《ひとけ》があった。あの部屋にはたくさん書類があったので、運びだそうとして誰《だれ》かが落としてしまったのだろうか。

そう考えているうちに、一枚の紙が足元に落ちてくる。拾い上げてすぐ、何か文章が書かれているのに気がついた。

どくり、といやな感じに心臓が揺《ゆ》れた。

目を見開いて、それを食い入るように見つめる。

そこに書かれた短い文は、どこまでも淡白《たんぱく》に私を見返してくる。

「ナオ?」

追いついてきたアキくんの声に、答えられない。

震《ふる》える手からすり抜《ぬ》けていく。すべての用紙には、味気ない明朝体《みんちょうたい》を使ってまったく同じことが書かれていた。


この学校には、ドッペルゲンガーがいる。

第2話　レプリカは、探す。

十月四日、月曜日。

先週末は過ごしやすく快適な気候だったのに、今日は忘れ物をした夏が急ぎ足で戻《もど》ってきたように暑い日だ。

予想最高気温は二十八度だという。体感だと、とっくに三十度を超《こ》えている。紺色《こんいろ》のブレザーは幻《まぼろし》のように姿を消して、半袖《はんそで》や長袖《ながそで》シャツ、体操着の白が目立つ日になった。

青陵祭《せいりょうさい》の準備に取り組む校舎では、あちこちから誰《だれ》かの声がする。どこもかしこも騒《さわ》がしくて、汗《あせ》だくで、一生懸命《いっしょうけんめい》で、誰《だれ》も私のことなんて気に留《と》めていない。

それをいいことに、私は廊下《ろうか》の真ん中で足を動かす。目的地もないのに早足で進んでいる。ときどきブルーシートを広げて作業している集団がいると、避《さ》けるためのジャンプさえ厭《いと》って別の道を探す。

浅く息を吐《は》いて、目を閉じる。三日前のことを思いだしていた。

「捜さなきゃ」

落としたビラをもういちど拾い上げて、私はそう言ったのだったと思う。

その頃《ころ》には、ビラに引き寄せられるように集まった人々は減りつつあった。迷惑《めいわく》そうな顔をした生徒会役員や実行委員が次々と現れて、ビラの回収を始めたからだ。

そのうちの数十枚は、私のように誰《だれ》かが拾っている。個人を攻撃《こうげき》するような内容ではなかったからか、無理に没収《ぼっしゅう》すべきでないと判断したようで、プリント用紙を握《にぎ》っていても注意されることはなかった。

校舎に残っていた生徒は今頃《いまごろ》、おもしろおかしく友人にスマホで連絡《れんらく》しているだろう。なんか変なものばらまかれてたよ、どういう意味だろうね、と。

でも私は、とてもじゃないがそんな気分にはなれない。

「捜さなきゃ、だよね」

決意を秘めたものではない。同意してほしいという本音が透《す》ける呟《つぶや》きに、アキくんは小首を傾《かし》げた。

「捜して、どうするつもり？」

「だって誰《だれ》か、私に……気づいた人がいるのかも」

呟《つぶや》くだけで、額にじっとりと汗《あせ》がにじむ。

ビラは告発の形を取っていた。

駿河青陵高校《するがせいりようこうこう》にいるドッペルゲンガーとは、私のことなのではないだろうか。

「ビラを撒《ま》いたのが誰《だれ》なのか調べないと」

「やめたほうがいい」

アキくんははっきりと言う。

「そいつがナオに気づいているにしても、そうでないにしても、動くべきじゃない」

「どうして？」

賛同が得られなかった私は、もしかしたら怒《おこ》ったような顔をしていたかもしれないけれど、アキくんは表情を変えずに続けた。

「答えを教えることになるから」

その言葉の意味を、私は辛抱強《しんぼうづよ》く考える。

そうして手元のビラに視線を落としていたら、気がついた。

「……、あ」

もしもビラ撒《ま》きをした人物が、私の正体を勘繰《かんぐ》っているだけだったら……不審《ふしん》な行動を起こせば、相手の思うつぼなのだ。

そもそも特定の人物を疑っているなら、こんな回りくどい手段を取る必要はない。本人を直接問《と》い詰《つ》めるか、ビラに名前を出すかでもしたほうが確実なのだから。

ビラは撒《ま》き餌《え》に過ぎない。この内容に危機感を覚えて、疑わしい動きを見せる誰《だれ》か。それを炙《あぶ》りだすための罠《わな》だと、アキくんは考えているのだった。

「この場合、無視が正解。不安がったり怯《おび》えたりしないで、いつも通りに生活すればいい。ビラにまったく興味がないのも不自然だから、そこらへんは工夫《くふう》が必要だけど」

アキくんは、私より先を見ている。その冷静沈着《れいせいちんちゃく》さは頼《たの》もしいものだ。

でも私は、そうだよね、と言えずにいた。納得《なっとく》を意味する言葉を口にできずにいた。

俯《うつむ》いていると、頭上から聞き慣れた声が降ってくる。

「それにナオじゃなくて、俺のことを言ってる可能性もあるんだし」

励《はげ》ますつもりで、アキくんがそう言ったのは明らかだった。それなのに私は、弱い頷《うなず》きを返すことしかできなかった。

◇◇◇

今朝のホームルームでは、ビラの件について担任から注意喚起《ちゆういかんき》があった。あのビラはパソコン室のプリンターを利用して作られたものだったようだ。用紙だって学校の備品なので悪ふざけで使わないように、心当たりのある者はあとで職員室に来るように、という話が短く告げられる。

ビラの内容については触《ふ》れられなかった。生徒の間でも、土日を挟《はさ》んだ影響《えいきよう》かさして話題になっていないようだった。

素直《すなお》もそうだった。私がビラを見せても、あまり気にしていなかった。

十月に入ってから、ホームルームの直後に朝読書の時間が設けられるようになった。

三日前のビラ騒動《そうどう》のあと、私は図書室で『竹取物語』を借りてきた。演劇に参加するにあたり、改めて読み返しておこうと思ったのだ。原文と現代語訳が収録されたもので、ときどき美しい見開きの挿絵《さしえ》が挟《はさ》まれている。

少なくとも青陵祭《せいりょうさい》が終わるまで、素直《すなお》の言う「しばらく」は続くと見ていい。それをいいことに、私は部室の棚《たな》ではなく、スクールバッグに文庫本を入れて持ち歩くようにしていた。教科書とノートと一緒《いっしょ》に眠《ねむ》る本を見下ろす感覚には、まだ慣れないけれど。

たった十五分の読書の時間は、今となっては貴重だ。今日からさっそく演劇部の練習が始まるし、おばけ屋敷《やしき》の準備もある。放課後、のんびりと本を読む時間はなかなか取れそうもない。

その分、楽しみにしていたはずの時間なのに、目は平然と文字の上を滑《すべ》っていってしまう。なよ竹のかぐや姫《ひめ》と名づけられた、美しい姫君《ひめぎみ》の場面を読んでいたと思ったら、かぐや姫《ひめ》が偽《にせ》の皮衣《かわごろも》を火にくべているものだから、慌《あわ》てて前のページに戻《もど》る、その繰《く》り返《かえ》しだ。

集中できていない。

せっかくの時間なのに。演劇をやるのに。読書の秋、なのに。

目がしょぼしょぼするのも、その一因かもしれない。今朝呼びだされたときから、目の奥に痛みがあった。素直《すなお》が酷使《こくし》したなら、レプリカの私の目も同じだけ痛んでいる。

「お前、ドッペルゲンガーだろ」

ひゅっと、冷たい空気に背中を撫《な》でられたような感覚。

私は硬直《こうちょく》しきっていた。顔を上げられない。前の席の吉井《よしい》くんが振《ふ》り返《かえ》り、こちらを見下ろしている気がしたからだ。

「黙《だま》ってないで認めろ。お前が、アロイジア・ヤーンなんだろ？」

耐《た》えられず、本を持つ手が小刻みに震《ふる》えだす。

アロイジア・ヤーン。『帰ってきた人魚姫《にんぎょひめ》』と呼ばれる、現代のドッペルゲンガー伝説。

彼女の存在に、何度も自分を重ねてきた。最後は海に入っていって、どこかに消えてしまった謎《なぞ》めいた女性は、レプリカの存在を彷彿《ほうふつ》とさせるからだ。

でも、なんで？　どうして急に、吉井《よしい》くんはそんなことを。

そんなに今日の私は、フツーじゃなかった？

誰《だれ》が見ても一目で分かるほど、人間らしくなかった？

「いやいや、逆にお前がアロイジア・ヤーンなんじゃね？」

「アロイジア・ヤーン返しすんなや」

「アロイジア、いやーん」

「クソつまんね」

……止まっていた呼吸を、ゆっくりと元の調子に戻《もど》していく。

違《ちが》った。吉井《よしい》くんは私に言ったわけじゃなかった。ビラの内容を友達と一緒《いっしょ》におもしろがっているだけだったんだ。

言い聞かせるように心の中で唱えても、息が上がっているのを隠《かく》せない。私は本を持ち上げて、顔を隠《かく》した。

表情を、誰《だれ》にも見られたくなかった。安心しているような、焦燥《しょうそう》に急《せ》き立《た》てられているような、おかしな形相をしている自覚があった。アロイジアの顔かもしれないと思った。

「吉井《よしい》、ふざけてないで集中しろよ」

「えー、先生。なんでおれだけ注意すんのよ」

「静かに。みんな読書してるんだから」

「へいへーい」

へらへら笑った吉井《よしい》くんが、ブックカバーでおめかしした本を机に立てる。

「つうか吉井《よしい》、それ漫画《まんが》じゃん。思いっきしワンピースじゃん」

「うげっっ。バラすなよ」

「しかも空島編《そらじまへん》」

「いちばんおもしろいだろー」

呆《あき》れた担任の先生が机の間を歩いてきたので、吉井《よしい》くんたちが軽い悲鳴を上げる。

私は、目をつぶっている。

鈍《にぶ》い痛みの向こうで、白い閃光《せんこう》がぱちぱち弾《はじ》ける。結局『竹取物語』の続きを読めずに、朝読書の時間は終わってしまった。

「愛川《あいかわ》さん、大丈夫《だいじょうぶ》?」

誰《だれ》かに呼ばれたと分かったのに、返事をするのを失念していた。

「愛川《あいかわ》さん」

「え？　あっ、ごめん。ぼんやりしてて」

そこで、ようやく声が出る。すぐ隣《となり》に立った佐藤《さとう》さんが心配そうな顔をしていた。

青陵祭《せいりょうさい》に向けて、十月はほぼ全日の五、六限が準備のために割り当てられる。おばけ屋敷《やしき》の用意もまた、佐藤《さとう》さんが中心となり滞《とどこお》りなく進んでいた。掃除《そうじ》をするときのように机は後ろに集めてしまい、全員で床《ゆか》にしゃがんで作業している。

制服だと汚《よご》れるので、みんなジャージや体操着に着替《きが》えている。四限が体育だったので、汗《あせ》と制汗《せいかん》スプレーのにおいがきつかったが、気の利《き》く人が窓を開けてくれたようだ。

今日はおばけ屋敷《やしき》内部を仕切るための段ボールに黒い紙を貼《は》りつけたり、教室前に設置する看板や手持ち看板を作る作業に取《と》り掛《か》かっている。

理科室や音楽室の暗幕を借りるため、職員室に交渉《こうしょう》しに向かった班もあった。予算は限られているので、削《けず》れるところは削《けず》らなければならない。難航したらショートメールで佐藤《さとう》さんにSOSを伝える手筈《てはず》になっていたが、連絡《れんらく》がないということはうまくいっているようだ。

小道具班では、クラス全員が提供してくれた道具の確認《かくにん》をしていた。

ひとつずつ、廃病院《はいびょういん》に使えそうなものか確かめているのだ。おもちゃの注射器、腕《うで》がもげている赤ちゃんの人形、空《から》になった薬瓶《くすりびん》……。

私はその最中、気もそぞろになってしまっていた。様子を見に来た佐藤《さとう》さんは、それで声をかけてくれたのだろう。

異変を察して、班の全員が手を止めてこちらを見ている。というより、いつもひとりで過ごしている愛川素直《あいかわすなお》に声がかけづらいから、佐藤《さとう》さんに視線で助けを求めたのかもしれない。小道具班には教室では目立たない、物静かな子たちが集まっている。

「ね、もしかして体調悪い？」

「ごめん。ちょっと寝不足《ねぶそく》で」

嘘《うそ》ではない。昨夜の素直《すなお》は深夜まで勉強していたので、目がしょぼしょぼなのだ。

佐藤《さとう》さんが気遣《きづか》わしげに言う。

「そっか。朝から顔色悪かったもんね」

クラス委員長の佐藤《さとう》さんは、ひとりひとりの様子までよく見てくれているようだった。私とアキくんの関係を察したのも、その洞察力《どうさつりょく》ゆえなのだろうか。

もういちど謝ろうとすると、佐藤《さとう》さんが片目をつぶって両手を合わせる。

「そういえばさ、他の班のガムテープが足りてないみたい。愛川《あいかわ》さん、備品倉庫に取りに行ってもらえると助かるかも」

まだ、ガムテープはじゅうぶん足りているように見える。

そう返そうとして、口を引き結んだ。そんなことは、佐藤《さとう》さんのほうが把握《はあく》しているだろう。

彼女は肩《かた》についた埃《ほこり》を払《はら》うようなやんわりとした口調で、戦力外通告をしてくれたのだった。

私はその言葉に甘えることにした。無理に留《とど》まっても、士気を乱してしまう気がしたのだ。

「分かった、行ってくる」

よいしょと床《ゆか》に手をついて立ち上がり、教室をあとにする。

「ナオ」

角を曲がったところで呼び止められる。アキくんだった。

大道具班は廊下《ろうか》に出て作業をしていたようだ。私が出てきたので、不思議に思って追いかけてきてくれたのだろう。

簡単に事情を説明してから、小さな声で付け足す。

「ガムテープ取りに行きつつ、ポスター描《か》いてくれそうな人も捜してみるよ」

サボりの告白だ。笑顔《えがお》で言ったけれど、アキくんは眉《まゆ》を寄せている。ビラの件が頭にあったからかもしれない。

「一緒《いっしょ》に行く？」

「ううん。アキくんは、みんなに頼《たよ》られてるから」

器用なアキくんは大いに力を発揮している。段ボールをカッターで分断するにも、きっちりと定規を使う男子はアキくんくらいだ。

周りから距離《きょり》を置かれていた彼は、最近はクラスメイトとも少しずつ話すようになった。あのバスケの試合をきっかけに、近寄りがたいイメージがなくなったのだろう。

この青陵祭《せいりようさい》準備に関しても、女子に呼ばれる姿を何度か見かけている。

必要以上に呼ばれているような、気もする。でも仕方のないことだ。アキくんは自分から積極的に異性と話したりはしないが、無愛想ではないし、笑って冗談《じようだん》も言う男の子だから。

なんて考えていると、目の前の口角が上がっている。

「やきもち？」

「違《ちが》うってば」

小さく笑い合って、そのまま別れる。

でも彼が与《あた》えてくれた安らぎは、今日ばかりは長く続かなかった。

最初は緩《ゆる》い足取りだったのが、次第《しだい》に足がもつれそうなほど速くなっていく。意識して息を吸っているつもりなのに、呼吸は普段《ふだん》よりずっと浅いようだった。

今も誰《だれ》かが、物陰《ものかげ》から覗《のぞ》き見《み》て、私の一挙一動を逐一《ちくいち》、観察しているような気がする。誰《だれ》かに見られている。追われているかもしれない。真冬の日のようにぞくりと肌《はだ》が粟立《あわだ》って、ジャージの上から二《に》の腕《うで》を擦《さす》る。

どんなに宥《なだ》めても鳥肌《とりはだ》は引っ込まず、不用意な摩擦熱《まさつねつ》だけが生じる。

どうして？

誰《だれ》が、なんのために、あんなビラを？

ドッペルゲンガーを……レプリカを見つけたとして、その人はどうするつもりなの？　考えようとしている時点で、だめなのかもしれない。得体の知れない罠《わな》に嵌《は》まって、袋小路《ふくろこうじ》に追《お》い詰《つ》められているのかもしれない。

アキくんの言ういつも通りって、どんなだっけ。

ひとつだけ分かるのは、今の私は、そこから遠い場所にいるということだ。

無意識に人気《ひとけ》のないところを求めていたようで、私はしんと静まり返った特別棟《とくべつとう》に立っていた。背中を向けた教室棟《きょうしつとう》からは、輪郭《りんかく》のぼんやりとした笑い声がする。

火災報知機の赤いランプが、真っ赤に充血《じゅうけつ》したひとつだけの目で私を睨《にら》んでいる。

追い立てられるように急いで廊下《ろうか》を曲がると、美術室が見えてきた。

授業でもないのに、足を向けるような場所じゃない。すぐに引き返そうとするが、私にはりっちゃんから任された役目があるのだった。

偶然《ぐうぜん》だけれど、美術室に来てみたのは正解かもしれない。なんて思いながら小窓から中を覗《のぞ》いてみるものの、室内はがらんとしていて人影《ひとかげ》がない。

「誰《だれ》もいない」

声に出してみると、ますます虚《むな》しい。

試《ため》しにドアに手をかけると、鍵は開いていた。先生が閉め忘れたのかもしれない。

でも、ちょうど良かったかも。ここで気分転換《きぶんてんかん》をしたら、備品倉庫に寄って帰ろうと決める。

いつ入っても美術室は、鼻の奥まで届くような、つんとした油絵の具のにおいがする。壁《かべ》や床《ゆか》、この空間そのものに年月をかけてじっくりと染《し》みついたにおいだ。

ぴったりと閉じられたカーテンの下からは、とおせんぼされた陽光の足だけが生えていた。

室内には、客人を出迎《でむか》えるように四体の石膏像《せっこうぞう》が置かれている。クラスメイトが指さして、セリヌンティウスと命名したのがどの像だったか、私は覚えていない。

『走れメロス』に登場するセリヌンティウスは、友情に厚い男の人だ。処刑《しょけい》の身代わりに置いていかれるなんて言われたら、怒《おこ》るのが当然なのに、彼は無言の抱擁《ほうよう》でメロスを送りだすのだ。

静岡は熱海《あたみ》で、『走れメロス』の作者である太宰治《だざいおさむ》は、友人である檀一雄《だんかずお》と飲み明かした。しかし代金が払《はら》えず、檀《だん》を人質《ひとじち》のように残して東京に引き返すのだが、いつまでも戻《もど》ってこない彼は井伏鱒二《いぶせますじ》と将棋《しょうぎ》を指していたのだった。あんまりにもあんまりな、『走れメロス』の題材とされる逸話《いつわ》である。

りっちゃんがメロスで、私がセリヌンティウスだったら。

彼女は私を見捨てたりはしないって、私は信じて、待っていられると思う。でも一回くらい不安になって、涙《なみだ》に暮れる夜があるのかもしれない。

彫《ほ》りの深い石膏像《せっこうぞう》の真下を、小さなハエトリグモがぴょんぴょんしている。行き先を視線で追っていたら、教室の後ろに違《ちが》う景色があることに気づいた。

どこかのクラスが授業時間に描《か》いたものだろうか。十枚ほどの画用紙が、くっつけられた二台の机の上に並べられていた。

美しい水彩画《すいさいが》の数々。風景画が中心で、馴染《なじ》みあるグラウンドや学校から見える富士山《ふじさん》、中には安倍川《あべかわ》の河川敷《かせんしき》や、用宗《もちむね》の港らしいものもある。

興味深くはしっこから眺《なが》めているうちに、左隅《ひだりすみ》にある一枚の絵に目が留《と》まった。

それは一面のとうもろこし畑を描《えが》いた、夕景の絵画だった。

光の帯が重なり合ったようなオレンジ色に包まれて、こちらを見る老齢《ろうれい》の二人は夫婦《ふうふ》だろうか。土埃《つちぼこり》にまみれた手にはそれぞれ、立派に育ったとうもろこしを摑《つか》んでいる。

夕日がまぶしいのか、深く被《かぶ》った帽子《ぼうし》に表情が隠《かく》れていて、二人がどんな顔をしているのかは分からない。

でも、きっと笑っている。二人の仕草が、こちらを振《ふ》り返《かえ》った首の角度が、目には見えない笑《え》みを柔《やわ》らかくにじませている。

唇《くちびる》を引き結ぶ。そうしないとただいまの四文字が、勢いよく飛びだしてきそうだった。

その風景の場所を訪《おとず》れたことなんてないはずなのに。二人の名前だって、知らないのに。

今すぐここに帰りたい、と感じるほどの郷愁《きょうしゅう》の念が、胸に満ちていく。それは私自身の感情ではない。描《か》き手の切実な思いが、絵を見つめる私ごと巻き込んで揺《ゆ》さぶっているのだ。

難しいことは、よく分からない。自分に、芸術を見抜《みぬ》く審美眼《しんびがん》が備わっているとも思えない。

それでも私は、心の底から思った。

「すてき」

「ありがとう」

誰《だれ》に届くはずもなかった呟《つぶや》きに答えがあったものだから、慌《あわ》てて振《ふ》り返《かえ》る。

そこに、森先輩《もりせんぱい》が立っていた。ブレザーは、彼女の細い腰《こし》に緩《ゆる》く抱《だ》きついている。

「ごめんね、驚《おどろ》かせちゃったかな」

私は答えられなかった。文芸部室じゃない、埃《ほこり》が舞《ま》う薄暗《うすぐら》い美術室で会う森先輩《もりせんぱい》は、ピントのぼけた古めかしい写真のような危《あや》うさを秘めていた。

彼女を最初に妖精《ようせい》に仕立てたのは、誰《だれ》なのだろう。やっぱり望月先輩《もちづきせんぱい》だろうか。こんな静謐《せいひつ》さを知っていたから、そう呼んだのだろうか。

「その絵、わたしが描《か》いたの。美術の授業でね」

森先輩《もりせんぱい》が隣《となり》に立つ。水を含《ふく》んで、でこぼこしている絵の表面をそっと指のはらで撫《な》でている。

「高校生向きの絵画コンクールがあって、今はそこに送る絵を選んでいる最中なんだって」

ではここに並ぶのは、どれも候補作なのだろう。力作揃《ぞろ》いなのも頷《うなず》ける。

森先輩《もりせんぱい》は絵から視線を外さないまま、静かに続ける。

「富士宮《ふじのみや》に祖父母の家があるの。この絵に描《か》いたのは、家の前にある畑。笑顔《えがお》の二人は、わたしの」

中途半端《ちゅうとはんぱ》に止まった唇《くちびる》が、小さく震《ふる》えていた。

「おばあちゃんとおじいちゃん」

慈《いつく》しむ指先が、二人の輪郭《りんかく》をなぞる。私はようやく、そうか、と謎《なぞ》が解けた気持ちだった。

「だからお二人とも、こんなに楽しそうに笑ってるんですね」

それは視線の先に、森先輩《もりせんぱい》が立っているからだ。

これはおかえりなさいを書き留めた絵。お腹《なか》すいたでしょ、お夕飯にしようね、と孫娘《まごむすめ》に向かって語りかけているから、夕日よりも温かな二人の笑顔《えがお》が見えるのだ。

目が合う。発されたのは、何か大事なことを確かめるような真摯《しんし》な問いかけだった。

「愛川《あいかわ》さんには、そう見える?」

「はい」

頷《うなず》きを返すと、森先輩《もりせんぱい》の口角がやんわりと緩《ゆる》む。私も、微笑《ほほえ》んだ。

心が動かされる絵に出会えることなんて、きっと、そうそうないことだ。

今、このタイミングで森先輩《もりせんぱい》に会えたのは運命だと思えた。言葉にすると仰々《ぎょうぎょう》しくて、陳腐《ちんぷ》ですらあるけれど。

この瞬間《しゅんかん》を逃《のが》したら、私はいつか後悔《こうかい》する。そんな気がした。

それなら駄目元《だめもと》でいいから、訊《き》いてみよう。断られても仕方ない。ただでさえ森先輩《もりせんぱい》が忙《いそが》しいのは、分かっているのだから。

「森先輩《もりせんぱい》、部誌の表紙を描《か》いてくれませんか」

しばらく、答えはなかった。

「え？　わたしが？　文芸部の部誌の？」

森先輩《もりせんぱい》は目を丸くして、自分の顔を指さしてみせる。

「はい」

私が肯定すれば、先輩《せんぱい》は困り顔で後頭部に手を当てた。

「んー。お誘《さそ》いは光栄だけど、美術部とかに頼《たの》んだほうがいいんじゃないかな。わたし、専門的なこととか分からないし」

「この絵を描《か》いた先輩《せんぱい》が、いいんです」

時間がぴたっと止まる。

ほほう、と森先輩《もりせんぱい》が屈《かが》んで、私の顔を下から覗《のぞ》き込《こ》んだ。

「もしかしてわたしのこと、口説いてる？」

「えっと」

そういうことになるのだろうか。

なるのかもしれない。戸惑《とまど》っていたら、先輩《せんぱい》が噴《ふ》きだした。

肩《かた》を揺《ゆ》らして笑っている。とたんに、ぱっと空気が華《はな》やいだようだった。

「せっかくのご依頼《いらい》だもの。前に手伝うって言っちゃったし、ね。とりあえずやってみるよ」

「ありがとうございます！」

私は勢いよく頭を下げた。嬉《うれ》しかった。森先輩《もりせんぱい》が依頼《いらい》に対して前向きな気持ちになってくれたのが、伝わってきたからだ。

「ちなみに、どんな絵を描《か》けばいいの？」

「『竹取物語』の絵です」

誰《だれ》を描《か》くべきか、どんな雰囲気《ふんいき》の絵が望ましいか、りっちゃんから指定はなかった。お任せでいいのかも確認《かくにん》しておかなくちゃ、と頭に刻んでおく。

「へぇ。それが部誌のテーマ？」

あれ、と思いながら、念のため説明する。

「部誌のテーマというか、演劇で」

「演劇？　あれ、文芸部の話だよね。劇もやるの？」

なんだか、話が嚙《か》み合《あ》っていないような。

望月先輩《もちづきせんぱい》は詳細《しょうさい》を話していないのだろうか。疑問に思いながらも、演劇部と文芸部が合同で劇を行うことになった旨《むね》を説明すると、森先輩《もりせんぱい》は驚《おどろ》きつつも楽しそうな顔をした。

「へぇ。じゃあ、かぐや姫役《ひめやく》は愛川《あいかわ》さん？」

私は今度こそ唇《くちびる》の動きを止めた。

演目すら知らないのだから、配役について森先輩《もりせんぱい》が知らないのは当然のことだ。

でも不自然だった。だっていちばん上に、彼女の名前があるのに。

どうやって伝えたものだろう。そもそも望月先輩《もちづきせんぱい》じゃなく、私から告げていいのだろうか。何か事情があって、タイミングを見計らっているのかもしれないのに。

迷ったが、森先輩《もりせんぱい》は私の答えを待っている。

私は彼女に絵を描《か》いてほしいと依頼《いらい》したのだ。濁《にご》すことはできそうもなかった。

「かぐや姫《ひめ》は森先輩《もりせんぱい》、です」

からかうような笑《え》みが、一瞬《いっしゅん》で霧散《むさん》した。

「……や、ちょっと待って。どういうこと。なんでわたし？」

緩《ゆる》やかな空気が、音を変えて一変したように感じられた。

森先輩《もりせんぱい》からは明確な拒絶《きょぜつ》の気配が漂《ただよ》っていたが、私は遠慮《えんりょ》がちに説明することにした。

「望月先輩《もちづきせんぱい》が、かぐや姫《ひめ》は森先輩《もりせんぱい》、帝《みかど》は自分に任せてほしいって。お姫様《ひめさま》と王子様をやるのは、幼稚園《ようちえん》の頃《ころ》からの約束で、最後の機会だから、って」

言葉を重ねるたび、森先輩《もりせんぱい》の顔つきは徐々《じょじょ》に険しくなっていった。

誰《だれ》かの怒《おこ》っている顔は、怖《こわ》い。心臓が身体《からだ》の中を移動してきたみたいに、耳の奥や手首がどくどくと疼《うず》く。

口を開けば開くほど、森先輩《もりせんぱい》を不快にさせている感じがして、一分と経《た》たない間に私は黙《だま》り込《こ》んでしまっていた。

はぁ、と美術室の空気を揺《ゆ》らすのは森先輩《もりせんぱい》のこぼした重い溜《た》め息《いき》だった。

「隼《しゅん》くんって、なんでこう、余計なこと……」

下唇《したくちびる》を噛《か》んだ森先輩《もりせんぱい》は、顔を見られるのを嫌《きら》ったのか後ろを向く。

「継母《ままはは》の役だって、無理やりやらされたとかじゃないの。立候補したのは、ぜんぜん人気がなかったから。このままじゃ白雪姫《しらゆきひめ》だらけになって、お話が破綻《はたん》しちゃうと思って」

彼女が漏《も》らす溜《た》め息《いき》を集めたら、鰯《いわし》と鯖《さば》がひしめき合う巻積雲《けんせきうん》になってしまいそうだった。

「どんなお話にも、悪い奴《やつ》って必要だよね。意地悪な継母《ままはは》がいなければ、白雪姫《しらゆきひめ》は森に迷《まよ》い込《こ》んでこびとたちに出会わない。毒林檎《どくりんご》がなければ、こびとたちとの平和な暮らしが続いて王子様だって通りかからない。これじゃあ、物語はいつまで経《た》っても始まらない」

独り言のようだったから、私は相槌《あいづち》を打つことも、否定することもできなかった。

「どうせならさ。かぐや姫《ひめ》じゃなくて、悪い奴《やつ》の役をやりたかったな」

森先輩《もりせんぱい》は明らかに、出演について乗り気ではなかった。

私はなんとか声を振《ふ》り絞《しぼ》った。

「あの、私から望月先輩《もちづきせんぱい》に話してみます」

そもそも役を決める場に、森先輩《もりせんぱい》は不在だった。約束の話を聞き、勝手に賛成してしまったけれど、いやがっている人に無理やり押しつけるようなことではない。

私が、とんでもなく不安そうな顔をしていたからだろう。髪《かみ》を揺《ゆ》らして、うっすらと森先輩《もりせんぱい》が笑う。

「安心して、決まったことはちゃんとやる。こう見えて生徒会長ですから」

元だけどね、と付け足す口調は皮肉めいていた。

「ここ六限になると一年生が使うみたいだよ。今のうちに出て行ってね」

私は、美術室を去る背中を見送った。やっぱり何も、言葉は出てこなかった。

◇◇◇

放課後の集合場所は、校門前だ。

正面玄関《しょうめんげんかん》を遠目に、私は準備運動に励《はげ》んでいた。

上下ともジャージだ。胸元《むなもと》には名前と出席番号のゼッケンがついている。グレーの学校ジャージは、ラインの色合いで学年が判別できるようになっている。

学年色は入学からの三年間、変わらない。今年の三年は赤、二年が青、一年が緑だ。上靴《うわぐつ》や運動靴《うんどうぐつ》のラインの色にも取り入れられている。

制服と異なり、ジャージのほうは評判が芳《かんば》しくなく、生徒からはダサいという声がよく聞かれる。でも個人的には、ネズミみたいでちょっとかわいいなと思う。ちゅー。

りっちゃんと並んで肩《かた》を回し、屈伸《くっしん》する。横を通る制服姿の生徒の目が恥《は》ずかしいので、とにかく準備運動に気合いを入れて、気がついていない振《ふ》りをする。

体操着と下ジャージのアキくんは、ウォーキングで参加予定だ。普段《ふだん》の体育の授業も休んでいる。

「そろそろ走れそうなんだけどな」

「アキくん、無理は禁物ですからね」

「分かってるって」

口うるさいお母さんみたいになる私に、アキくんがひらひらと手を振《ふ》る。

横目で睨《にら》みつつ、手首足首を回す。足元を包むのは体育用の運動靴《うんどうぐつ》だ。最近の体育はバレーボールなので、靴箱《くつばこ》で欠伸《あくび》していたのを、肩《かた》を叩《たた》いて起こしてきたのだった。

「にしても森先輩《もりせんぱい》の絵、楽しみですね。ナオ先輩《せんぱい》が惚《ほ》れ込《こ》んだその実力やいかに」

アキレス腱《けん》を伸《の》ばしながら、りっちゃんが言う。私は曖昧《あいまい》な笑《え》みを浮《う》かべた。

「描《か》いてもらえるかは、微妙《びみょう》だけど」

途中《とちゅう》までは手応えがあったが、去り際の様子からすると絶対に描《か》いてもらえる保証はない。

「そのときはナオ画伯《がはく》にお任せしますよ。ぶちかましちゃってください」

「ネズミだらけでもいいなら」

「演目は『おむすびころりん』に変えますか」

「待たせたな、文芸部」

ふざけているうちに望月先輩《もちづきせんぱい》がやって来た。

体操着のサイズが大きいようで、全体的にぶかっとしている。保護者の想定より身長が伸《の》びなかったのだろう、とは口が裂《さ》けても言えない。

近くに森先輩《もりせんぱい》の姿はない。演劇部を手伝ってくれるという知人たちもいなかった。

「森《もり》は一時間後くらいに合流予定。他の奴《やつ》らは、明後日《あさって》に顔見せに来る」

わりと私は、人見知りの部類に入る。見知らぬ先輩《せんぱい》たちとの邂逅《かいこう》を思うと緊張《きんちょう》するが、今から二日後を憂《うれ》えて弱音を吐《は》いてはいられない。

「で、軽いランニングから始めるんでしたっけ」

「そ。まずは外周を三周だな」

りっちゃんの笑顔《えがお》が固まる。望月先輩《もちづきせんぱい》は気にせず屈伸《くっしん》をしている。

ぐるりと学校の周りを回るコースは、一周が約六百メートルである。

「まったく軽くないじゃないですか。せめて今日は一周だけに」

「何言ってんだ、行くぞ」

その声に背中を押されるように、私とりっちゃんは校門を飛びだした。

「ぴえぇ、疲《つか》れた！」

直後、インドア派のりっちゃんが倒《たお》れた。アキくんが引っ張り上げているのが見える。心配だが、アキくんがついているので大丈夫《だいじょうぶ》だろう。

とりあえず三周。二キロ弱の距離《きょり》を走りきることを考える。

結《ゆ》った髪《かみ》が規則的に波打って、私の背中を急《せ》かすように叩《たた》いてくる。

「あんまり無理すんなよ、初日なんだから」

と、併走《へいそう》しながら望月先輩《もちづきせんぱい》が言う。

でも、持久走はわりと得意なのだ。素直《すなお》は運動が苦手だが、決して運動能力が低いわけじゃない。ペース配分を間違《まちが》えなければ、問題なく走り切れる距離《きょり》だ。

私の呼吸に余裕《よゆう》があるのに気がついたのか、望月先輩《もちづきせんぱい》は話題を変えた。

「そういえば愛川《あいかわ》、森《もり》に話してくれたんだってな。ありがとう」

「え、あ、いいえ」

お礼を告げる口調は自然で、他意は感じられない。横顔も平静そのものだ。段取りの悪さにちょこっと恨《うら》み言《ごと》を吐《は》こうと思っていただけに、拍子《ひょうし》抜《ぬ》けしてしまう。

森先輩《もりせんぱい》は、もう怒《おこ》ってはいないのだろうか。

そもそもあのとき、彼女は怒《おこ》っていたのだろうか。語気は強く、放つ空気はぴりりとしていたけれど。

でもあれは、怒《いか》りとは違《ちが》うのかもしれない。だとしたら。

考えはまとまらないまま、三周のランニングを終えて、息を整えながら特別棟《とくべつとう》の四階へと向かう。階段を上るにも、りっちゃんはげっそりとしていた。がんばったけれど、一周半でダウンしたのだった。

たまに学年集会で使われる多目的ホールは吹《ふ》き抜《ぬ》けになっており、薄水色《うすみずいろ》のタイルカーペットが隙間《すきま》なく敷《し》き詰《つ》められている。廊下側《ろうかがわ》から見ると丸見えなのだが、空が近い四階に他の生徒の姿はなかった。

望月先輩《もちづきせんぱい》の号令で、四人で大きな丸を描《えが》くように横たわる。カーテンの揺《ゆ》れる大窓から日の光が射《さ》し込《こ》むからか、顔の横にあるカーペットからは、強く濃厚《のうこう》なおひさまの香りを感じた。時間を使って屈伸運動《くっしんうんどう》をしたあとは、横並びになって発声練習へと移る。等間隔《とうかんかく》で並んでいるので、手を横に広げてもアキくんやりっちゃんに届かない。

あめんぼあかいなあいうえお　うきもにこえびもおよいでる

渡《わた》されたプリントに載《の》った五十音の歌を、声を合わせて読み上げる。

あめんぼって、赤くなるのかな。普段《ふだん》は黒がちに見えるけれど。

でも夕暮れの時間に川辺を眺《なが》めたなら、水を弾《はじ》いてすいすい泳ぐあめんぼはきっと赤色だ。その近くに浮《う》き藻《も》と小エビがぷかぷかしていたら、小エビもピンクじゃなくて赤く見えたに違《ちが》いない。かきのきくりのき、かきくけこ。

発声練習のあとは、りっちゃんより演劇台本が配られた。赤井《あかい》先生に許可をもらい、昼休みの間に印刷してきたそうだ。

Ａ３サイズの用紙が全部で四枚。右上がホッチキスで留《と》めてあるだけの簡素なものだ。一ページ目には、大きめの字で『新訳竹取物語（仮）』、広中律子《ひろなかりつこ》作、とある。そのあとに登場人物の名前が列挙してある。素人《しろうと》の私が言うのもなんだけれど、しっかりと台本らしい体裁《ていさい》が整えられている感じがして、りっちゃんはやっぱりすごい、と思った。

物語が始まるのは、一枚目の下のページからだ。一枚の紙にＡ４用紙二枚分、裏表合わせて四枚分が印刷されている。

縦書きなのは普段《ふだん》の小説原稿《しょうせつげんこう》と一緒《いっしょ》だけれど、文字は手書きではない。りっちゃんはみんなに読みやすいよう、パソコンで台本を打ってきたようだった。

適当に座り込み、いったんカーペットに台本を預ける。片手で持ちやすいよう二つ折りにしている最中、望月先輩《もちづきせんぱい》から呼びかけがあった。

「まず全員、軽く目を通してみてくれ。二度目は自分の出てくる場面中心に読み返しながら、蛍光《けいこう》ペンで自分の役の台詞《せりふ》にマーカー引いとくといいぞ」

全員が台本に目を落としているので、ホールにはしばらく紙をめくる音だけが響《ひび》いた。

私もまた、夢中になって読んでいった。普段《ふだん》読むような小説仕立《しょうせつじた》てではなく、人物の台詞《せりふ》以外はト書きになっているので、すらすらと読むことができる。その分、小説よりシンプルだけれど、ひとつひとつの物言いや場面の表現にりっちゃんらしさを感じる。

望月先輩《もちづきせんぱい》がペンセットを持ってきてくれたので、私は水色のペン、アキくんはオレンジのペンで、自分の台詞《せりふ》や動きに線を引く。

白と黒の世界が、くっきりと色づいていく。

私の台詞《せりふ》は、ぜんぶ合わせて十五。横を見ると、アキくんは三十近いようだ。

舞台監督《ぶたいかんとく》と脚本家《きゃくほんか》は少し離《はな》れた位置で、早くも打ち合わせを始めていた。

「長さはどうですかね？　一応、家で読みながら計ってみましたけど」

「見たとこ悪くない。明後日《あさって》の読み合わせのときはストップウォッチ持ってくる」

「あと観客が眠《ねむ》くならないように、あんまり全体的に堅苦《かたくる》しい口調にはしたくなくて」

「だからといって、砕《くだ》けすぎるのも良くないな。ふざけてると思われると、鑑賞態度《かんしょうたいど》にも影響《えいきょう》が出る。そこは調整しよう」

「了解《りょうかい》です」

「それとここ。求婚者《きゅうこんしゃ》が一斉《いっせい》に登場するシーン。演出意図は分かるが、体育館のスポットライトはひとつしかない」

「そうなんですか？　んと、じゃあ、ライトに寄るみたいに役者が入り込んで名乗っていくとかは？」

「動きがあっていいな。前の奴《やつ》を押しだして名乗らせれば、個性も出せそうだ」

聞き耳を立てると、演出についても話しているみたい。

望月先輩《もちづきせんぱい》と意見を交《か》わしながら、りっちゃんは真剣《しんけん》な面持《おもも》ちで台本に何か書き込んでいる。

ランニングでの疲労《ひろう》を忘れた熱意に満ちた横顔が、私にはまぶしかった。

次はいよいよ読み合わせだ。

四人で円を作るようにして座る。ナレーション部分は、今回は仮ということで帝役《みかどやく》の望月《もちづき》先輩《せんぱい》が兼任《けんにん》する。というか不在の登場人物については、すべて望月先輩《もちづきせんぱい》が読むことになった。

「昔々、あるところに、竹取の翁《おきな》と呼ばれる老人が住んでいました。彼は竹を切って持ち帰ると、かごやざるを器用に作り、それを売って生活していました。彼の名前は、讃岐造《さぬきのみやつこ》といいます」

私は台本を両手に持ったまま、ちらりと望月先輩《もちづきせんぱい》の顔を見た。

普段《ふだん》の喋《しゃべ》り方《かた》から感じてはいたが、発音が正確で滑舌《かつぜつ》もいい。とても聞き取りやすい声だ。

さすが演劇部、と感心している間に、喉《のど》の調子を調整するようにアキくんが軽く咳《せ》き込《こ》む。

とたんに、隣《となり》の私まで緊張《きんちょう》してくる。『竹取物語』はナレーションの通り、翁《おきな》の登場場面から始まる。舞台《ぶたい》の上で、最初に台詞《せりふ》を発するのはアキくんなのだ。

彼の実力は、果たして。

「うわー、びっくりしたぞ。まさか光る竹から、こんなにかわいい赤《あか》ん坊《ぼう》が出てくるなんて」

竹藪《たけやぶ》に一陣《いちじん》の冷風が吹《ふ》いた。

りっちゃんがぼそりと呟《つぶや》く。

「大根も、ここまでの大根役者は見たことがないでしょうね」

やめて。お腹《なか》が痛くなっちゃう。

二人でふふふと忍《しの》び笑《わら》いをしていたら、望月先輩《もちづきせんぱい》が台本を軽く叩《たた》いた。

「愛川《あいかわ》、もうすぐお前の台詞《せりふ》」

私は慌《あわ》てて水色の線を指先で追う。ひとつめの台詞《せりふ》を、上から下まで辿《たど》る。帰ってきた翁《おきな》から赤子を見せられて驚《おどろ》く場面。長くもないし、難しい言い回しの台詞《せりふ》でもないのに、ジャージの内側で上半身が強張《こわば》っている感じがする。

けれど、アキくんが言っていた。私は普段《ふだん》から素直《すなお》を演じているのだと。彼の言う通り、私には幼い頃《ころ》から素直《すなお》として積み重ねてきた、唯一無二《ゆいいつむに》の時間や経験がある。

呼吸が落ち着いてくる。たぶん、できる、と思った。

「ただいま。ところでばあさんや、見てくれ。竹からこの子が出てきたんだ」

「ま、まぁおじいさん。なんですっ、このかわいい女の子は」

が、それは錯覚《さっかく》だった。

「大根二号じゃねぇか」

望月先輩《もちづきせんぱい》からの容赦《ようしゃ》ない指摘《してき》に、顔からぶわーっと火が噴《ふ》きだす。床《ゆか》に分厚いカーペットさえ敷《し》かれていなければ、私は素手《すで》で穴を掘《ほ》っていただろう。

でも、何も言い返せない。私の演技も、アキくんを馬鹿にできるような代物《しろもの》ではないのだった。むしろ、かちんこちんの翁《おきな》より、上擦《うわず》ってかみかみの嫗《おうな》のほうが見ていられない。

「まぁ、高校の文化祭だ。ぶっちゃけ、そこまでのレベルを客は求めてないだろう」

と私を落とした張本人が、フォローするように言う。

しかし発言とは裏腹に、望月先輩《もちづきせんぱい》の額には分厚い皺《しわ》ができあがっている。

「そこまでのレベルを、客は求めてない。が、時間はあと一月近くある。それなりには仕上げさせてもらうからな、覚悟《かくご》しとけ大根ども」

「……はい」

スパルタ指導を想像すると身体《からだ》に震《ふる》えが走ったが、耳まで赤くした私はぎこちなく頷《うなず》いた。

アキくんも神妙《しんみょう》そうに声を合わせている。

せっかく、りっちゃんが台本を書いた『竹取物語』に出演できるのだ。

花を添《そ》えることはできずとも、せめて迷惑《めいわく》はかけないようにしなければ。

「ご指導よろしくお願いします」

「やる気があって結構だ」

空回るなよ、と言外に告げられているような。深読みのしすぎだろうか。

「ごめんね、遅《おく》れちゃった」

読み合わせの途中《とちゅう》、制服姿の森先輩《もりせんぱい》も早足でやって来た。

頭を下げながら、円の中に合流する。望月先輩《もちづきせんぱい》は一瞥《いちべつ》したっきり、ナレーションを止めない。

森先輩《もりせんぱい》がりっちゃんから台本を受け取った。ちゃんと該当《がいとう》のページが開いてある。そこに目を落とした瞬間《しゅんかん》、彼女はなんの気負いもなく言ってのけた。

「おじいさま、わたくし、結婚《けっこん》なんてしたくありません。おじいさまとおばあさまと、ずっとこの家で一緒《いっしょ》に暮らしたいのです。それでは、いけないのでしょうか」

切なげに訴《うった》える声だけではない。苦しそうにきゅっと寄った眉宇《びう》、躊躇《ためら》いがちな唇《くちびる》。それでも凛《りん》として、自分の思いを伝えようと開かれた双眸《そうぼう》。

そこには確かに、優雅《ゆうが》に鎮座《ちんざ》し、十二単《じゅうにひとえ》をまとうかぐや姫《ひめ》がいた。

見惚《みほ》れてしまったのは私だけではなかった。望月先輩《もちづきせんぱい》も驚《おどろ》いたようで、息を呑《の》んでいる。

ナレーションが沈黙《ちんもく》してしまい、読み合わせが途切《とぎ》れる。私は向かいに座る森先輩《もりせんぱい》に、興奮を隠《かく》さずに話しかけた。

「森先輩《もりせんぱい》、何か演技の経験とかあるんですか？」

「えっ」

予想外の質問だったのか、先輩《せんぱい》は明らかに狼狽《うろた》えていた。

「そんなのないよ。でも、えっと、強《し》いて言うなら白雪姫《しらゆきひめ》の継母《ままはは》とか、もりりんとか」

「いや、あれからかなり上達してる」

望月先輩《もちづきせんぱい》が小さく呟《つぶや》く。森先輩《もりせんぱい》は、何も言わず微笑《ほほえ》んだだけだった。

そうしてすぐに再開された読み合わせにて、最も意外な才能を発揮した人物がいた。

何を隠《かく》そう、我らがりっちゃんである。

「この阿倍《あべ》の右大臣にお任せください、かぐや姫《ひめ》。必ずや火鼠《ひねずみ》の皮衣《かわごろも》を手に入れ、この屋敷《やしき》へとお届けしてみせましょう。炎《ほのお》よりも熱く燃《も》え滾《たぎ》る私の思いを、あなたにお見せします！」

否、意外でもないのかもしれない。自信に満ちたお金持ちの右大臣を、りっちゃんは日常的に芝居《しばい》がかった台詞《せりふ》や仕草を多用している。

そう、五人の求婚者《きゅうこんしゃ》の中から、りっちゃんが選んだのは阿倍《あべ》の右大臣だった。「火鼠《ひねずみ》の皮衣《かわごろも》ってなんかかっこいい」というのが理由らしい。

石作皇子《いしつくりのみこ》は、仏の御石《みいし》の鉢《はち》を。

車持皇子《くらもちのみこ》は、蓬萊《ほうらい》の玉の枝を。

阿倍《あべ》の右大臣は、火鼠《ひねずみ》の皮衣《かわごろも》を。

大伴《おおとも》の大納言《だいなごん》は、龍《りゅう》の首の玉を。

中納言《ちゅうなごん》石上麻呂足《いそのかみのまろたり》は、燕《つばめ》の子《こ》安貝《やすがい》を。

いずれも劣《おと》らぬ伝説級の宝物だが、もしも持参することができるならば、その男の元に嫁《とつ》ぐ。かぐや姫《ひめ》が突《つ》きつける無理難題は、ますます彼らの心を熱くさせる。

だが結局、誰《だれ》もそれらを手に入れることはできずに、かぐや姫《ひめ》への思いを諦《あきら》めることになる。世にときめく五人の貴公子を一網打尽《いちもうだじん》にする姿から、かぐや姫《ひめ》の賢《かしこ》さ、強《した》かさが感じられるエピソードだ。実際のところ、その後に描《えが》かれる帝《みかど》との交流よりも人気が高い場面といえる。

大根の翁《おきな》と嫗《おうな》、愛らしくミステリアスなかぐや姫《ひめ》、そつなく演じる帝《みかど》、バーニングする右大臣の五人組は最後のページまで駆《か》け抜《ぬ》けていく。

読み合わせが終わったところで、部活の残り時間もあとわずかとなる。青陵祭《せいりょうさい》の準備期間中といえども、申請《しんせい》しないと遅《おそ》い時間まで校舎に残れない決まりだ。

残りの時間は、各自の台詞練習《せりふれんしゅう》に充《あ》てられることになった。嫗《おうな》は台詞数《せりふすう》自体が少ないので、頭に入れるのは難しくなさそうだが、問題は演技力のほうだ。

私は大窓の近くに立ち、台詞《せりふ》を読んでみることにする。視界の隅《すみ》っこでアキくんがロボットパントマイムをしている。もしかすると、赤子を抱《だ》き上《あ》げる仕草なのかもしれない。

窓の外に視線を投げる。赤く色づいた空は、地上から見るよりも近い。

幾重《いくえ》にも重なった雲は気持ち良さそうに棚引《たなび》いて、富士山《ふじさん》とたわむれている。私の苦労なんて、それこそどこ吹《ふ》く風だ。

息を吸う。とにかく、今は練習をしなければ。

「まぁ、かぐや姫《ひめ》。どうして急に月に帰るだなんて」

「愛川《あいかわ》、喉《のど》で喋《しゃべ》るな」

背後を通りかかった望月先輩《もちづきせんぱい》より、鋭《するど》く声をかけられる。

私は口を半開きにしたまま固まった。それだと、二度と喋《しゃべ》れなくなってしまうような。

焦《あせ》りや疑問はもろもろ、私の顔に丸ごと書いてあったらしい。望月先輩《もちづきせんぱい》が自分のおへその下あたりをとんとんとしてみせた。

「腹からだ。役者は腹から声を出す。喉《のど》から声を出しても、後ろの席まで届かないんだ。人の身体《からだ》は音を吸収するから、呼吸するにも声を出すにも、大事なのは腹」

ナレーション役はマイクで喋《しゃべ》る予定だが、私たちは違《ちが》う。自分の生の声を、お客さんに届けなくてはならないのだ。

望月先輩《もちづきせんぱい》は散らばっていた三人を見回す。

「そうだな、残り時間もちょうどいいから全員でやろう。その場に寝《ね》そべって、下腹部に手のひらを置いて。手の位置は動かさないまま、上下に腹が動くのを意識しろよ。腹式呼吸、行くぞ」

私はわたわたと横になる。見慣れない天井《てんじょう》に見下ろされながら、ジャージの上からお腹《なか》にそっと手を置いた。

「はい口から、ゆっくり吐《は》いてー……一、二、三、四、五。大きく鼻から吸ってー……一、二、三、四、五。もういっかーい、一、二、三……」

メトロノームのように正確に、望月先輩《もちづきせんぱい》が手を打つ。

それを何回も、何回も繰《く》り返《かえ》す。

限界まで吸って、吐《は》く。ときどき苦しいほどだけれど、だんだんとその呼吸に身体《からだ》が追いついて、馴染《なじ》んでくる。そうして息をするのが、自然だったように思えてくる。

息を吸えば、お腹《なか》が蜂蜜《はちみつ》を抱《かか》えたように膨《ふく》らんで、息を吐《は》けば、萎《しぼ》んでいく風船になる。

波間を漂《ただよ》うように、身体《からだ》から力が抜《ぬ》けていく。

「ほい、ゆっくり立てー」

望月先輩《もちづきせんぱい》の声を合図に、のろのろと立ち上がった。

ただ呼吸を繰《く》り返《かえ》しただけなのに、立ち上がると一気にお腹《なか》が空いたような感じがした。余計なものを遠くに押しやったように、身体《からだ》がやたら軽いのだ。

「腹式呼吸に慣れると全身の緊張《きんちょう》が解《ほぐ》れるし、声もよく通るようになる。いいことずくめだぞ、普段《ふだん》の生活から意識してみてくれ」

そこまで言って、望月先輩《もちづきせんぱい》がぱんっと手を叩《たた》く。

「お疲《つか》れ様《さま》。今日の練習、終わり！」

◇◇◇

その日を起点とするように、目まぐるしい日々が始まった。

青陵祭《せいりょうさい》の準備は大事だが、もちろん授業だって忘れてはならない。中間試験の背後には、いつだって手ぐすね引いた期末試験が待ち受けているのだ。

試験期間でもないのに、私は毎日のように学校に行く。こんなことは生まれて初めてで、今まではあり得ないことだったが、立ち止まって思考する余裕《よゆう》はなかった。

連続する時間は流れるのも早いのだ。夜がない私にとっては、特に早いのかもしれない。朝も昼も夕方も、流れ星のような速度で過ぎ去るものだから、何度も目を回しそうになった。

思っていた以上に、演劇の練習に使える日は限られていた。

演劇部は青陵祭《せいりょうさい》二日目に、体育館ステージでの持ち時間を与《あた》えられている。全体練習は月水金のみなので、本来だと十二回。その中には、衣装《いしょう》の試着や体育館でのリハーサルの日も含《ふく》まれているので、実際はもっと少ない。

火曜と木曜の放課後は、クラスの手伝いか、部室でりっちゃんの小説を読むか。あるいは、時間が合えばアキくんと読み合わせをしたりする。

演劇部助《すけ》っ人《と》の面々とは、望月先輩《もちづきせんぱい》から予告があった通り、最初の水曜日に顔合わせをした。求婚者《きゅうこんしゃ》四人の役者、ナレーション役。音響《おんきょう》と照明担当。全部で七人という大所帯である。

ナレーションと音響《おんきょう》担当が女子で、他は男子だ。全員が三年生だった。私の想像よりもずっと、ひとつの演劇を円滑《えんかつ》に行うには頭数が必要なのだった。

軽い自己紹介《じこしょうかい》を済ませたあと、彼らはてきぱきと段取りよく、決めるべきことを早急《さっきゅう》に決めていった。場面ごとに流すBGMの選定、演出照明など、基本的には望月先輩《もちづきせんぱい》やりっちゃんが提案した内容を吟味《ぎんみ》し、意見をすり合わせていく。私は音を聞く作業を手伝って、たまに求められると意見らしいものを口にしたりした。

よくこのメンバーで公演の手伝いをしているそうで、一年生の頃《ころ》から参加しているという人もいる。和気藹々《わきあいあい》としていて、新参者の文芸部に対しても親切に接してくれた。

私が舞台上《ぶたいじよう》で絡《から》むのは翁《おきな》とかぐや姫《ひめ》くらいだが、りっちゃんは求婚者《きゆうこんしや》同士のバトルシーンもある。短い時間で台詞《せりふ》の間合いやお互《たが》いの動きを確認《かくにん》するのは大変そうだったが、朗《ほが》らかなりっちゃんは上級生からたいそう気に入られたようだった。練習を重ねるごとに、求婚者《きゆうこんしや》五人の連携《れんけい》は息が合うようになっていった。

先輩《せんぱい》たちの中には推薦《すいせん》や内定をもらって進路を決めている人もいれば、来年の共通テストに向けて忙《いそが》しかったり、就活の真っ最中だったりと多忙《たぼう》な人もいる。それでも彼らが力を貸すのは、助けたい相手が望月先輩《もちづきせんぱい》だからだろう。

望月先輩《もちづきせんぱい》は呼吸法や発声法についてだけでなく、演技指導に関しても上手だった。

一足飛びにというわけにはいかないが、私とアキくんの演技も日に日に上達していった。大根に毛が生えた程度には、すくすくと成長している。

他の三年生もそつがない演技を披露《ひろう》していたが、やはり飛《と》び抜《ぬ》けているのは森先輩《もりせんぱい》だ。彼女がそこにいると、味気ない多目的ホールを、贅沢《ぜいたく》な翁《おきな》の屋敷《やしき》と見紛《みまが》うことが何度かあった。

森先輩《もりせんぱい》は週に一、二回、姿を見せる。慌《あわ》ただしく十分だけ練習に参加していくこともあった。ポスターの進捗《しんちよく》具合については確認《かくにん》できていない。彼女がどんな絵を描《か》いているかも分からない。美術室でのあの出来事から、なんとなく、個人的に話すのは憚《はばか》られていた。

そしていつだって頭の片隅《かたすみ》には、ビラの文字がちらついていた。

◇◇◇

十二日の火曜日。

放課後になって文芸部に向かうと、部室には鍵《かぎ》がかかっていた。今日はまだ誰《だれ》も来ていないようだ。

りっちゃんはクラスのほうだろうか。アキくんは教室に見当たらなかったので、ひとりで来てしまったけれど。

鍵《かぎ》を取りに職員室に行くべきか。それとも図書室を覗《のぞ》こうか。

いろいろ考えて、全部やめた。

「はぁ」

ドアにもたれかかって息を吐《は》く。特別棟《とくべつとう》は静かなので、考え事をするのに向いている。

意識を演劇に向けるよう集中していても、ふとしたとき、ビラのことが頭に浮《う》かぶ。

ビラが撒《ま》かれてから二週間近くが経過した。今となっては誰《だれ》も話題にしていない。こんな状況《じょうきょう》に痺《しび》れを切らして、第二第三のビラがあるかもと密《ひそ》かに警戒《けいかい》していたのだが、まったく音沙汰《おとさた》はなかった。

ビラの存在自体が、私の勘違《かんちが》いだったような気がしてくる。でもバッグの内ポケットには、小さく折りたたんだそれが入っている。開くときは「あ」から「ん」までを書いたこっくりさんの紙を見たときのような緊張感《きんちょうかん》が、私を襲《おそ》う。

　文面は、最初に見たときと変わらない。

「この学校には、ドッペルゲンガーがいる」

　背後に迫《せま》るような恐怖心《きょうふしん》は、日付が変わるごとに薄《うす》らいだ。今は疑問のほうが大きい。

　これを撒《ま》いた人は、誰《だれ》に、何を伝えたかったのだろう。

「ナオ」

「わわっ」

　至近距離《しきんきょり》から声が聞こえた。

　焦《あせ》った私の手から、折り目がついたプリントが落ちる。先に拾い上げたのはアキくんだった。

「あ、違《ちが》うの、それは」

　何が違《ちが》うのか、自分でも分からないのに言い訳する私を、屈《かが》んだアキくんが見上げてくる。

　真っ黒な瞳《ひとみ》。こんなに近くで見つめ合うのは久しぶりで、どきりとする。

「ナオ、あのさ」

　ごめん、と言うつもりだった。未《いま》だにビラを気にする私を、アキくんはお説教するだろうと思ったのだ。

「デート、しよう」

ぜんぜん違《ちが》った。

「……デート？」

「そ。今から」

アキくんは折り目に沿って、丁寧《ていねい》にビラを折りたたんでから返してくれる。見なかったことにしていない。私はそれが、デートのお誘《さそ》いと同じくらい嬉《うれ》しかった。受け取ったなんの変哲《へんてつ》もない紙が、熱を持ったと錯覚《さっかく》するくらいに。

「私もデート、したい」

「うし」

くしゃっとした顔でアキくんが笑う。私もつられて笑った。

ポケットに手を突《つ》っ込《こ》む。取りだされたスマホ画面に表示されていたのは、水族館のホームページだった。

スマートアクアリウム静岡。静岡駅から地下道を歩いていくと、松坂屋《まつざかや》静岡店に行き着く。その本館七階にある小さな水族館だという。

そういえばお母さんがもらってきたチラシを、一度だけ見た覚えがあった。

「さっき調べた。町中だから、今からでも行けるかなって」

水族館に行きたいと言った私の言葉を、アキくんは忘れていなかったのだろう。些細《ささい》なことに、胸がきゅうとなる。

「きれいなとこだね」

そう返したところで、図書室のドアが開く。知らない生徒が三人出てきた。

聞かれていたかも、とまごつく私と裏腹に、アキくんはなんだかのびのびしている。早く、という風に視線で私を急《せ》かしてくる。遠足が待ちきれない小学生みたいだ。

「じゃあ、行こ」

残念ながら、自転車は駐輪場《ちゅうりんじょう》に置き去りにすることになった。駅までならともかく、静岡駅から家までは長い道のりなのだ。

明日の朝は、電車とバスで登校だ。ちゃんと素直《すなお》にも伝えておかないと。

学校前の停留所から、やって来たバスに乗り込む。

座席のシートは硬《かた》くても、胸はお構いなしに弾《はず》む感じがする。赤い信号機に引《ひ》っ掛《か》かったり、交差点で左折するたび、なぜだかにこにこしちゃう。

なんでかな、の答えは分かりきっている。水族館は初めてで、放課後デートもそうで、それでデート自体が久しぶりだから、今なら箸《はし》が転んでも、きっと私は笑っちゃう。

我慢《がまん》できなくて、スカートから伸《の》びる足をぷらぷらと揺《ゆ》らす。

降車ボタン、なるべく光らないでほしい。

「小学生みてえ」

笑いながら指摘《してき》され、むっとする。それはさっきまでの、アキくんのほうなのに。

「悪かったですね、小学生で」

私はわざとらしく頰《ほお》を膨《ふく》らませて、隣《となり》の彼から目を逸《そ》らした。偶然《ぐうぜん》、視線の先に入ったのは、三列前の席に座る杖《つえ》を持ったおばあさんだ。

望月先輩《もちづきせんぱい》は今まで、たくさんのアドバイスをくれた。その中のひとつが、自分の役柄《やくがら》に近い年代や職業の人を観察してみる、ということだ。

それからは手押《てお》し車《ぐるま》を使うおばあさんを見かけると、変に思われない程度に見つめるようになった。

ただ、誰《だれ》もが想像するような老人らしさを誇張《こちょう》する必要はないとも言われた。無理に腰《こし》を曲げたり、のんびりと喋《しゃべ》ると、舞台《ぶたい》ではわざとらしさが出てしまうそうだ。

いろんなおばあさんがいる。かぐや姫《ひめ》のお世話をしていた嫗《おうな》は病弱ではないし、丈夫《じょうぶ》な身体《からだ》をしていたはずだ。

私は、舞台上《ぶたいじょう》でどんなおばあさんを演じたいのだろう。

視線の先に気がついたのか、アキくんが口を開く。

「『竹取物語』の嫗《おうな》ってさ」

「うん？」

「おばあさんなわけだけど、若い頃《ころ》はおじいさんとたくさんデートしたと思うんだよな。洗濯《せんたく》と竹取りだけじゃなくてさ」

私は目を瞠《みは》った。

「そんなの、考えてもなかった」

でもアキくんの言う通りだった。

長い間、二人は寄《よ》り添《そ》って生活を営んできたはずだ。それで当然ながら、何十年も前の二人は翁《おきな》と媼《おうな》ではなくて、男性と女性で、男の子と女の子だったのだ。

ずうっと、竹を取る道具や洗濯物《せんたくもの》を持っていたわけではない。予定が合った日にはデートをして、空いた手を繋《つな》いだはずだ。

子どもには恵《めぐ》まれず、贅沢《ぜいたく》ができる暮らしぶりでもなかっただろう。でも、一緒《いっしょ》に生きてきた。だから光る竹から赤子が出てきたとき、不気味がったりせず、自分たちへの授《さず》かりものだと思って大切に育てたのだ。

「水族館にも行ったかな」

「それはこれから」

シートに置いていた手が握《にぎ》られる。バスは終点の静岡駅北口に着いていた。

駅の地下道はいつだって、少し空気がひんやりしている。

行《い》き交《か》う人々に知っている顔や制服がないか、私はおっかなびっくり確認《かくにん》しながら、アキくんに手を握《にぎ》られている。

「アキくん、誰《だれ》かに見られちゃうかも」

青陵祭《せいりょうさい》の準備期間中でも、駅近で遊んでいたり、帰宅途中《きたくとちゅう》の生徒だっているだろう。

「いいんじゃん。見られても」

先を歩くアキくんは飄々《ひょうひょう》と言ってのける。心底、そう思っているみたいだ。振《ふ》りほどけない私も、同罪だったりするけれど。

地下のJR口から松坂屋《まつざかや》に入店する。エスカレーターに乗った私は、声を弾《はず》ませてひとつ前の男の子に話しかける。

「イルカショー楽しみだね」

アキくんはもう片方の手で頰《ほお》をかいている。

「イルカ、はいないと思う。松坂屋《まつざかや》だし」

「アシカショーとか、セイウチショーとか」

「どっちもないと思う」

「ペンギン、ラッコ、カワウソ、オットセイ！」

「わざと言ってるだろ」

ご名答。睨《にら》まれて、あははと声を上げて笑ってしまう。

たとえ、そこにあるのが空っぽの水槽《すいそう》ばかりが並ぶ水族館だったとしても、その空白をアキくんと埋《う》めていくのが、私は楽しいことだと思っている。

でも恥《は》ずかしいから、それは内緒《ないしょ》にしておこう。

話しているうちに、働き者のエスカレーターは私たちを七階まで連れてきてくれた。

「わぁ……」

ぐんぐん上り続けながら、私は反り返るようにして頭上を見上げた。武骨な天井《てんじょう》を、青や水色の電球が彩《いろど》っている。踊《おど》るような電飾《でんしょく》は、ホタルイカが泳ぐ海のようだ。

「わっ」

惚《ほう》けるように見つめていたら、エスカレーターの終わりで危《あや》うく転びかけた。

そんな私の手を引き寄せて、アキくんが支えてくれる。おかげでデートが始まって早々、不様に転ばずに済んだ。

「あ、ありがとう」

「どういたしまして」

アキくんがふっと、くすぐったそうに笑った。

係のお姉さんが立つチケットカウンターに向かう。離《はな》れた手が心細いけれど、お財布《さいふ》を取りだすためだからしょうがない、と自分に言い聞かせる。

入館料、ひとり千四百円。三千円を持ち歩いている私には敵じゃない。

私の、正しくは素直《すなお》の部屋の茶封筒《ちゃぶうとう》には、残りの約十九万円だって控《ひか》えている。

最近の私はまた、以前のようにお風呂掃除《ふろそうじ》をして洗濯物《せんたくもの》を畳《たた》んでいる。五十円玉貯金は、多いに越《こ》したことはないと考えたのだ。

入館料を払《はら》いがてら、頭の中で計算してみる。残りは十八万九千五百九十円。

十九万を割ってしまっても、まだまだ、へっちゃら。

「スタンプブックもあるって。買ってみる？」

カウンターに貼《は》られた案内を、アキくんが指さしている。

「買う！」

二人で一冊のスタンプブックをゲット。シックなデザインの表紙には、気取ったポーズをしたキャラクターが描《か》いてある。

「赤いトカゲだ、かわいい」

「これ、トカゲか？」

「トカゲだよー」

「イチゴヤドクガエルのオスカルです。水族館のインフォメーションを担当するキャラクターです」

お姉さんが教えてくれる。私は赤い顔のまま、なるべく厳粛《げんしゅく》そうに頷《うなず》いた。

スタンプブックのおまけにポストカードも二枚もらう。

「どっちがいい？」

両手にそれぞれ持ってアキくんに訊《たず》ねると、「こっち」と右のほうを指さす。私は左のコミカルなイラストのカードが気になっていたので、ちょうど良かった。

荷物を仕舞《しま》うと、入り口でチケットを切ってもらって入場する。他にお客さんの姿は見当たらなかった。

館内の空気は地下道よりも涼《すず》しくて、湿気《しけ》ている感じがする。プールみたいに塩素のにおいはしない、ぼんやりとした水の気配が髪《かみ》の間を通《とお》り抜《ぬ》ける。

ウェルカムゾーンの水槽《すいそう》からは、どどんと立派な松の木が飛びだしていた。世界文化遺産に登録された三保《みほ》の松原《まつばら》をイメージしているようだ。

「これ、松平健《まつだいらけん》さんがレイアウトした水槽《すいそう》らしい」

「マツケンサンバの?」

「そうそう。サンバの」

松の木の盆栽《ぼんさい》には、馬を連れたマツケンフィギュアの姿がある。全身全霊《ぜんしんぜんれい》のウェルカムを感じて、さっそく楽しくなってきた。

三つ折りのパンフレットを見てみる。館内には眺《なが》める、繋《つな》がる、見つけるなど、それぞれのテーマに沿った五つのエリアが設けられているそうだ。来場者はそれらを順番に巡《めぐ》っていくことになる。スタンプの配置場所も、各エリアに対応している。

最初は眺《なが》める、のエリアから。壁《かべ》に小さな水槽《すいそう》が埋《う》め込《こ》まれているのと、床《ゆか》に直接、どっしりとした円形の水槽《すいそう》が置いてある。

プロジェクターで床《ゆか》に投影《とうえい》された水中を、私とアキくんはのんびりと泳いでいく。平泳ぎでもクロールでもなく、立ち泳ぎだ。

「あ、ウツボ」

凶暴《きょうぼう》なウナギみたいな顔をしたウツボ発見。私は水槽《すいそう》の前で前屈《まえかが》みになった。

食い入るように見つめる私のことは眼中にないようで、横たわる二匹《ひき》のウツボはぽけっとしている。透明《とうめい》な水の中、黄褐色《おうかっしょく》の姿がくっきりと見える。

開いたり閉じたり。動き続ける口元が、とっても呑気《のんき》だった。

後ろから水槽《すいそう》を覗《のぞ》き込《こ》んでいたアキくんが、ぽつりと言う。

「ナオ、ウツボと同じ顔になってる」

「えっ」

海のギャングと同じ顔って、どういうこと？

振《ふ》り向けば、にやけるアキくんが自分の口元に手をやっている。

「ウツボと同じタイミングで口がぱくぱくしてるの、水槽《すいそう》に映り込んでる」

えええっ。

上げかけた悲鳴をなんとか抑える。他に人がいなくても、図書室と同じ。水族館だって、静《せい》寂《じゃく》が尊ばれる場所である。

「早く言ってよっ」

立ち上がった私が小声で怒鳴《どな》っても、アキくんはおかしそうに笑うだけだ。ウツボになってしまった私は顔を手で隠《かく》して、ぱくぱくしたがる口を戻《もど》すのに躍起《やっき》になった。

気を取り直して、円形の水槽《すいそう》をしゃがんで覗《のぞ》いてみる。

真っ赤な身体《からだ》をしたソメンヤドカリなる生物が、こっちを見ている。ウツボとは正反対、外の世界に興味津々《きょうみしんしん》のようだ。

つぶらな瞳《ひとみ》が何かを訴《うった》えてくる。なんだろう。純粋《じゅんすい》でひたむきな願いを感じる。

「ゴハン、クレー」

どこからか甲高《かんだか》い声がした。まさか。

「今の、ソメンヤドカリの声？」

ヤドカリの向こうに何かが見える。目を凝《こ》らすと、屈折《くっせつ》してぐにゃぐにゃになったアキくんだった。

「アキくん、お腹《なか》空いたの？」

「俺じゃなくて、ソメンヤドカリだから」

白々しく言い張る大根一号の手を、私は握《にぎ》る。

青くて四角い世界が、次々と目の前に姿を見せる。

尾《お》びれの黄色いノコギリハギは、シマキンチャクフグという名前の有毒なフグに擬態《ぎたい》しているらしい。ない毒をあるかのように見せかけて、他の生き物をびっくりさせて、身を守る術に

している。

「魚の世界だったら、レプリカだろうと本物だろうと、関係ないんだろうな」

水槽《すいそう》を見つめるアキくんの瞳《ひとみ》の中で、一匹《いっぴき》の魚が泳いでいる。フグかハギか、どっちだろう。

「シマキンチャクフグは、ノコギリハギに怒《おこ》ったりしないわけだろ？　他の誰《だれ》かも、お前、シマキンチャクフグに似てるけどノコギリハギじゃね、なんていちいち指摘《してき》しない」

私と素直《すなお》。アキくんと、真田《さなだ》くん。

「アキくんは真田《さなだ》くんよりも、背やお尻《しり》が大きいってこと？」

背びれと臀《しり》びれが小さいのは、シマキンチャクフグ。ノコギリハギはどちらも大きいらしい。

そこでまじまじと見つめられる。

「じゃあ、ナオも愛川《あいかわ》より大きい？」

私は彼のお尻《しり》、ではなく背中をばしーんと叩《たた》いた。

「痛《い》って！」

「よく身が詰《つ》まってるから、いい音が出るね」

わざとらしく痛がるアキくんを連れて、次の水槽《すいそう》へ。

「わ、見て。ブラックゴーストだって」

「なんだこれ。初めて見た」

黒い幽霊《ゆうれい》という名の通り、全身が真っ黒くて、尾《お》びれに白い模様があるお魚だ。

長細いシルエットはどこか不安定で、黒いヒレがゆらゆらと揺《ゆ》れる様子は、ダンスをする貴婦人みたい。背景は鹿鳴館《ろくめいかん》ではなく流木だけれど。

ブラックゴーストは目が発達していないので、電気を発することで、周囲の景色を悟《さと》るらしい。仲間を見つけたら、電気の周波数を変えるのだという。

もし私も、身体《からだ》からびびびと電気を出すことができたら、その力で他のレプリカを見つけることができるのだろうか。そしたら私はその人に、なんて話しかけようか。

なんとなくそんなことを考えながら、順路に従って進む。

ちょびひげの生えたコリドラス・アエネウス。コリドラス・パレアトゥス。笹《ささ》は食べないコリドラス・パンダ。海の中を、コリドラスじゃない二人でお散歩する。

サメやエイが悠々《ゆうゆう》と泳ぐような、視界いっぱいを覆《おお》い尽《つ》くすような大水槽《だいすいそう》はひとつもない、こぢんまりとした水族館は、そのときだけ世界の真ん中みたいだった。

私はこの透明《とうめい》な美しいアクアリウムで、水草に絡《から》まれて、イソギンチャクと握手《あくしゅ》をして、貝《かい》殻《がら》のベッドで眠《ねむ》って暮らしてみたい。

透《す》き通《とお》った水からはすべての危険が排除《はいじょ》されていて、辛《つら》いことはなんにもない気がする。

でも、そんなわけはないのだと知っている。魚たちは生き残るための工夫《くふう》を張《は》り巡《めぐ》らせて、水槽《すいそう》の中でも懸命《けんめい》にがんばっている。

一日で泳ぎ切れるような小さな世界なんてうんざりで、海に戻《もど》りたいな、家族に会いたいな、って泣く夜だってあるのかもしれない。そうしてこぼれた一粒《ひとつぶ》の涙《なみだ》を集めて、水槽《すいそう》は豊かに水を張っているのかもしれない。

次のエリアに向かおうとする手を、そっと掴《つか》まれた。

振《ふ》り仰《あお》ぐと、アキくんが立っていた。表情はよく見えない。紺色《こんいろ》のブレザーをまとう私たちは、暗い照明だとお互《たが》いの姿だって見えにくくなってしまう。

「ナオがかぐや姫《ひめ》じゃなくて、良かった」

「大根だから？」

アキくんが首を横に振《ふ》る。とぼける私に付き合ってくれない。

「泡《あわ》になろうとした次に、月に帰ろうとしたら困る」

「もう、あんなことしないよ」

私は人魚姫《にんぎょひめ》じゃない。ましてや、かぐや姫《ひめ》になろうとも思わない。

安心させたくて笑いながら答えたのに、アキくんの顔が近づいてくる。

揺《ゆ》らめく影《かげ》と影《かげ》が重なる。アキくんは気難しい、どこか切羽《せっぱ》詰《つ》まった顔をしている。

背中に物言わぬ壁《かべ》が当たる。男の子らしい喉仏《のどぼとけ》が、目の前でこくん、と動く。込《こ》み上《あ》げた唾《つば》を呑《の》み込《こ》んだ動き。アキくんは、緊張《きんちょう》している。

「どうしたの」

答えてほしかったのに、後ろ手が頭をかいて、アキくんの身体《からだ》が離《はな》れていった。

「嘘《うそ》ついたら、ハリセンボン飲ますからな」

何事もなかったように、会話の続きに戻《もど》っている。私は蹈鞴《たたら》を踏《ふ》みつつも、なんとか調子を合わせた。

「針千本じゃなくて?」

「それは痛いだろ。だから、ハリセンボンでいい」

どちらにせよ痛い。ハリセンボンだって、人間にぱくりとされるのはいやだろう。

「いいよ。指切りしよっか」

小指と小指を繋《つな》いで、私たちは約束を交《か》わす。

子どもの頃《ころ》、こんな風に誰《だれ》かと指切りをしたことがある気がした。

誰《だれ》だったか思いだせない。素直《すなお》がしたのかな。ううん、私だったかも。

こうして、忘れていくのだと思った。海よりも広い頭の中なら、砂のように抜《ぬ》け落《お》ちていく記憶《きおく》があるのは仕方のないことだった。

アキくんだけは、片時も忘れたくなかった。

貝殻《かいがら》は、やっぱりいらない。その代わり照れくさそうに笑う彼の、丘《おか》のようなほっぺで眠《ねむ》りにつけたなら、私はどれほど満たされるのだろう。

時間はどこまでもゆったりと流れているようだったけど、時計を見やると十七時を過ぎている。私たちは一時間以上、水族館を堪能《たんのう》していたらしい。

「ショップも行ってみるか」

「そうだった、ミュージアムショップ！」

今度こそりっちゃんや、それに先輩《せんぱい》たちへのお土産《みやげ》も買いたい。日本平動物園《にほんだいらどうぶつえん》のリベンジだ。

足を向けるアキくんについていこうとして、「あっ」と声を上げる。

「どうした？」

「アキくん大変。スタンプ、ぜんぜん押してないよ！」

魚を見るのに夢中になって、バッグに仕舞《しま》ったスタンプブックのことをすっかり忘れていた。

表紙のオスカルがどこか悲しげに見える。早すぎる忘却《ぼうきゃく》に呆《あき》れていたのかもしれない。

顎《あご》に指を当てたアキくんが、ふむ、と呟《つぶや》く。

「それは、あれだ」

差しだされたのは左手だった。

「もう一周するしかない」

「名案だね」

その手を取って、私はとびきりの笑顔《えがお》で頷《うなず》いた。

鍵《かぎ》を開ける。

◇◇◇

ただいまを言いながら、熱のこもったローファーを脱《ぬ》ぐ。お母さんの靴《くつ》はまだない。ターコイズブルーの自転車も留守にしている玄関《げんかん》は、物足りなくて寂《さび》しかった。

結局あのあと水族館をもう一周していたら、のんびりお土産《みやげ》を選ぶ時間はなくなっていた。帰りが遅《おそ》すぎると、素直《すなお》を不安にさせてしまう。りっちゃんと先輩《せんぱい》たちへのお土産《みやげ》は買えたけれど、自分たちのは選ぶ時間がなかった。

お土産袋《みやげぶくろ》を手に階段を上っていると、素直《すなお》の部屋から声が聞こえてきた。誰《だれ》かと電話している。素直《すなお》は、笑っているようだった。話している内容はよく聞き取れなくても、ドアの向こうから楽しそうな雰囲気《ふんいき》が伝わってくる。

素直《すなお》は私に気がついていない。廊下《ろうか》で待ってもいいけれど、もうすぐお母さんが帰ってきてしまう。

控《ひか》えめにドアをノックしてみる。くぐもって聞こえていた話し声が、ぴたりと止《や》む。

足音が近づいてきて、目の前のドアが開いた。

「ただいま」

「知り合いと話してただけだから」

何も訊《たず》ねていなかったのに、ぶっきらぼうに言い放って背中を向ける。気持ちが波立っている素直《すなお》には、「おかえり」を言う余裕《よゆう》がないようだった。

「ごめんね、邪魔《じゃま》しちゃった」

椅子《いす》に座った口元が、への字に曲がる。敷《し》かれた絨毯《じゅうたん》は毛足が長くて温かいけれど、足の指先で遊ぶ素直《すなお》はそんなものには絆《ほだ》されない。

勉強机には、問題集とノートをまたぐように電話の子機が横たわっていた。一階から持ってきたのだろう。

「もう切るところだったし」

言葉を重ねると、おそらく素直《すなお》の機嫌《きげん》を損《そこ》ねてしまう。私は何も言わなかった。

でも次に呼ばれた瞬間《しゅんかん》、私の所有する記憶《きおく》は最新まで更新《こうしん》される。素直《すなお》の電話相手や、話していた内容は、私にも分かってしまう。

それを思いだしたのか、素直《すなお》は小さく舌打ちをした。

「忘れるようにする。誰《だれ》と電話してたか」

うーん、と私は眉根《まゆね》を寄せる。

「それだとむしろ、濃《こ》くなっちゃうかも」

素直《すなお》にとって印象的な出来事は、レプリカの私にとっても同じだ。人の記憶《きおく》は複雑で、忘れようとして強く意識したなら、真逆の結果を連れてくる。試験が終わった瞬間《しゅんかん》、脳みそから蒸発していく数式とは違うのだ。

「なんか、ずるい」

「え？」

「……なんでもない」

息を吐《は》いて、素直《すなお》は髪《かみ》をかき上げた。この話は終わり、の合図だと思った。

言いだすなら今だ。私はショルダーを握《にぎ》る手に勇気をかき集めた。

「素直《すなお》。自転車なんだけど、学校に置いてきちゃった。明日は電車とバス使うね」

理由を問う目が向けられてくる。

「今日、水族館行ったから」

「水族館？」

奇抜《きばつ》な単語でも聞いたように、素直《すなお》が目を丸くする。

「前みたいに学校サボったわけじゃなくて、ちゃんと放課後に。その、演劇の参考にするみたいな感じ、っていうか」

途中《とちゅう》から完全に失念してデートを満喫《まんきつ》していたので、我ながら言い訳がましい。思った通り、素直《すなお》は騙《だま》されてはくれなかった。

「誰《だれ》と」

「ア、アキくん」

ふぅん、と素直《すなお》が呟《つぶや》く。口で言うのではなく、喉《のど》の奥を鳴らしている。

眼差《まなざ》しが注がれる先は、私が提《さ》げたお土産袋《みやげぶくろ》だ。そうして私とは目を合わせないまま、質問を重ねる。

「真田《さなだ》……アキだかと、付き合ってるんだっけ」

「う、ん」

「あんたたちってどこまでいったわけ」

それならば一片《いっぺん》たりとも忘れたことはない。私は、今までの彼との思い出を指折り数えた。

「えっと、日本平動物園《にほんだいらどうぶつえん》と、お祭りと、セノバの映画館。今日が、松坂屋《まつざかや》の水族館。あっ、お祭りは、学校の近くにある神社でやっててね。りっちゃんがチラシをくれて、それで学校帰りに寄ったんだ」

笑顔《えがお》で伝えたはずが、素直《すなお》はなんとも形容しがたい顔をしていた。

への字がぐにゃぐにゃ歪《ゆが》んでいる。眉間《みけん》に皺《しわ》ができて、口元が引きつっている。

「素直《すなお》？」

名前を呼ぶと、素直《すなお》は片手で顔を覆《おお》ってしまう。表情はまったく見えなくなった。

「はぁあ」

疲《つか》れきった大人のような溜《た》め息《いき》まで吐《つ》いている。

「素直《すなお》、大丈夫《だいじょうぶ》？　調子悪い？」

「いい。なんでもない。……お風呂《ふろ》入ってきて」

「え？　でも」

「い、い、か、ら」

有無《うむ》を言わさず告げられれば、頷《うなず》くしかない。

その日の私は、久しぶりにお風呂《ふろ》に入った。入浴剤《にゅうよくざい》はマリンブルーのバスボールにした。水族館の色だった。

◇◇◇

翌々日の昼休みのこと。

その日は朝から雨が降っていた。冷たい秋雨前線《あきさめぜんせん》に支配された週間天気予報は、すっかり青々としている。

「愛川《あいかわ》さん。お弁当、一緒《いっしょ》に食べない？」

窓際《まどぎわ》の席で巾着《きんちゃく》のリボンを解いた私は、そのまま固まる。佐藤《さとう》さんが現れて、そんな風に声をかけてきたからだった。

「えっと」

言い淀《よど》む。こんなことは初めてだった。

こういうときは、どう答えるのが正解だろう。素直《すなお》の望む答え。クラスメイトとの軋轢《あつれき》を生まない答えは。

「最近ね、小道具班でごはん食べながら会議してるの。昼休みの有効活用」

周りのわいわいがやがや、お昼の放送に負けないくらいの音量で、佐藤《さとう》さんが言う。

よくよく見ると前方のほうでひっそりと机を動かしている三人は、確かに全員が小道具班だった。といっても、そもそも普段《ふだん》から一緒《いっしょ》に行動している仲のいい子たちだ。断ると角が立つかもしれない。それに久しぶりに、誰《だれ》かとお弁当を食べてみたい気持ちもあった。

「じゃあ、うん」

私は巾着《きんちゃく》と水筒《すいとう》だけを手に、佐藤《さとう》さんのあとに続いた。

近くの机同士をくっつけて作った食卓《しょくたく》は、砂上の楼閣《ろうかく》のようだ。空気がちょっと緊張《きんちょう》しているのが伝わってくる。原因になっているのは、はみ出したお誕生日席に座る私に他ならない。

いろんなグループを渡《わた》り歩《ある》く佐藤《さとう》さんはといえば、軽《かろ》やかな手つきでお弁当箱を開けている。

私と同じ二段重ねだ。運動部だからか、量は私よりずっと多い。

佐藤《さとう》さんに倣《なら》うように、みんなお弁当箱を取りだしている。私もそうした。リボンを解こうとした指が迷子になってから、巾着《きんちゃく》のきゅっとしたところを掴《つか》む。

お母さんが用意してくれるお弁当は、毎日の楽しみだ。

冷凍食品《れいとうしょくひん》のヒレカツと、ちくわでかくれんぼするチーズやきゅうり。塩昆布《しおこんぶ》と和《あ》えた枝豆に、横断バッグの色をした卵焼き。白米にはピンク色のたらこふりかけが、つぶつぶと躍《おど》る。

横断バッグは、静岡県限定で使われている手提《てさ》げバッグだ。小学校の六年間、ランドセルに入りきらない荷物を、一心に請《う》け負《お》ってくれていた。

卒業式の翌日、素直《すなお》は捨ててしまった。私は、使い込むうちに黄色がぼやけていった横断バッグも好きだった。それなりの愛着があった。

「愛川《あいかわ》さんのお弁当、おいしそう」

佐藤《さとう》さんが言うと、三人がうんうんと示し合わせたように頷《うなず》く。

「ありがとう。みんなのもおいしそう」

彩《いろど》り豊かなだけではない。枝豆がカラフルなピックで焼き鳥みたいに連なっていたり、うさぎじゃなく木の葉の形のりんごになっていたりと、それぞれのお宅の常識が窺《うかが》えておもしろい。

いただきますをして、箸《はし》を手に取る。佐藤《さとう》さんは早くも食べ始めて、頰《ほお》を膨《ふく》らませている。

食事中の話題は聞いていた通り、おばけ屋敷《やしき》の話が中心だった。小道具は揃《そろ》ってきたので、背景に使うちょっとした切り絵を午後に作ろう、という話だ。

文化祭の話だと割り切ると、会話は油を塗《ぬ》ったように円滑《えんかつ》になる。お昼の放送では、クラスや部活の出し物についての紹介《しょうかい》も流れているので、そちらも話題を繋《つな》ぐのに一役買ってくれた。

昼休みが始まって五分くらいが経《た》つと、購買組《こうばいぐみ》がぞろぞろと教室に戻《もど》ってきた。

その中にはアキくんの姿もある。腕《うで》には焼きそばパンとメロンパン、ケチャップがかかったウィンナーロールが抱《かか》えられている。もう片方の手には自販機《じはんき》で買ったのだろう、野菜ジュースの紙パック。

最近、アキくんからはちゃんと物音がする。ドアを開ける音、椅子《いす》を引く音、パンを机にどさっと置く音。幽霊《ゆうれい》になりたがるように、息を潜《ひそ》めて存在していた面影《おもかげ》はない。

「真田《さなだ》、いいもん持ってんじゃん。一個分けてちょ」

「五千万」

「たっけぇー」

アキくんに話しかけるのは吉井《よしい》くんである。

男子は女子ほど積極的に楼閣作《ろうかくづく》りをせず、前後の席に座り合うことが多い。でも吉井《よしい》くんは、わざわざ立ち上がってアキくんの近くに行く。同じ大道具班で仲良くなったようだ。

男子と話すとき、たまにアキくんは耐《た》えかねたように噴《ふ》きだすことがある。そのときの笑顔《えがお》は、私と話しているときとはなんとなく違《ちが》う気がして、ドキドキして、堪《たま》らなくなる。

だから私は、吉井《よしい》くんもっと話しかけちゃって、と心の中で祈《いの》っていたりする。

二人の様子をさりげなく眺《なが》めていると、私の耳朶《じだ》を秘やかな声が打った。

「真田《さなだ》くんってさ、ちょっといいよね」

えっ。

慌《あわ》てて首の角度を戻《もど》すと、佐藤《さとう》さんの発言が呼び水になったように、みんなが顔を見合わせてこそこそと話している。

「意外と優《やさ》しい」

「硬派《こうは》な感じ？」

「他の男子と違《ちが》うよね」

「うん、吉井《よしい》くんとかと大違《おおちが》い」

空気を微細《びさい》に揺《ゆ》らす、小さな笑いが生じる。

アキくんは、ちょっといい、なんて言葉じゃ足りない。

でも、言えない。この状況《じょうきょう》でそんなこと、言えるわけがない。

佐藤《さとう》さんは目を糸のように細めて私を見ている。気にしていない素振《そぶ》りで、ステンレスのコップに緑茶を入れようとしたけれど、手が滑《すべ》って落としてしまった。

からん、と硬質《こうしつ》な音が響《ひび》いて、教室内が一瞬だけ静かになる。引っ張りだされた天使が、おっちょこちょいの私に呆《あき》れているようだった。

「愛川《あいかわ》さん、大丈夫《だいじょうぶ》？」

「う、うん。ごめん」

いった。

「どうする。うちらのおばけ屋敷《やしき》、暗いからさ。キスとかされちゃうかもよ」

きゃーっ、と声が上がる。押し殺した悲鳴だけれど、今度ははっきりと教室の天井《てんじょう》を伝って

「青陵祭《せいりょうさい》さ、新たなカップルとか生まれるのかな」

コップを拾う前に、そんな話になっている。ぼそっとした呟《つぶや》きに佐藤《さとう》さんが乗っかった。

それからみんなして、はっとして口元を押さえる。周囲から不用意な注目を浴びるのは、誰《だれ》だっていやなのだ。

それでも好奇心《こうきしん》が上回ったようで、左隣《ひだりどなり》に座る子が囁《ささや》いてきた。

「ねぇ愛川《あいかわ》さん。キスって、どんな感じなの？」

どうしてそんなこと、私に訊《き》くのだろう。

素直《すなお》はかわいくて、きれいだ。だから、男の人との交際経験が豊富そうに見えるのかもしれないけれど。

でも、私は知らない。素直《すなお》だって。冷え気味の手足が一気に発汗《はっかん》しちゃうくらい、なんにも知らないのに。

そう心の中で言い張っていたとき、ふと頭に浮《う》かんだ。

おばけ屋敷《やしき》と同じくらい、水族館だって暗い。暗くて、静かで、人もいなかった。

もしかしてあのとき、アキくんは私に。

「どうかした？　顔赤いけど」

ぱたぱた、と私は自分の頰《ほお》をあおいでみせた。

「ちょっと暑くて。暑いよね、今日」

そう？　むしろ寒くない？　とみんなが首を傾《かし》げる。

私はその隙《すき》に、手早くお弁当箱を片づける。せっかくのお弁当だけれど、味はほとんど分からず飲み込んでしまった。

巾着《きんちゃく》と水筒《すいとう》を抱《かか》えて立ち上がると、間髪容《かんはつい》れず佐藤《さとう》さんが訊《たず》ねてくる。

「どこ行くの？」

「図書室。借りてる本、返却《へんきゃく》期限《きげん》だから」

『竹取物語』は二回、読み終えた。返すついでに次の本を調達したい。秋の読書月間はまだ続くのだ。

「一緒《いっしょ》に行ってもいい？」

お弁当以上に断るのは難しくて、私は曖昧《あいまい》に頷《うなず》いた。

ついてきたのは佐藤《さとう》さんひとりではなかった。四人を引き連れて、私は慣れ親しんだ図書室に入室する。

室内はかなり混み合っていた。お静かにのルールは、今日ばかりは守られそうもない。

司書さんが立つカウンターには、二人だけ並んでいる。

バーコードスキャンの赤いレーザー光が、本の背中についたバーコードを読み込んでいる。ぴっ、と控《ひか》えめな音が連続で聞こえた。

この時期限定の人気ぶりを発揮する図書室では、ベストセラーの本はだいたい借りられているし、新着図書のコーナーはすっからかんになっている。

でも私は、新しい本がなくてもがっかりしない。近代日本文学ローラーは続いている。何を借りるかは、考え中だ。

「他のみんなは?」

「あそこ。『るろ剣《けん》』の完全版がある、って盛り上がっちゃって」

佐藤《さとう》さんが指さす先を見ると、入り口近くのソファ席に並んだ三人が肩《かた》を寄せ合って、一冊の漫画《まんが》に集中している。

「あたしもあれ読んで剣道《けんどう》始めたの」

「へぇ」

「先に『ヒカ碁《ご》』読んでたら、囲碁部《いごぶ》作ってたわ」

碁石《ごいし》を打つ仕草をする。けっこう佐藤《さとう》さんは漫画《まんが》好《ず》きのようだ。それで、影響《えいきょう》を受けやすいらしい。

「愛川《あいかわ》さんって文芸部だったっけ」

「うん」

「おすすめの本とかってある？　こんな機会でもないと、本なんて読まないからさ」

既視感《きしかん》を覚えたのは、六月の図書室を思い返したからだ。

もう、アキくんと初めて話したのは四か月も前のことなのだ。頭の中で振《ふ》り返《かえ》りながら、その形をなぞってみる。

「国語の教科書に載《の》っていたお話や詩で、印象的だったものってある？」

「あー、それなら」

こっほん、と咳払《せきばら》いをした佐藤《さとう》さんが、声色《こわいろ》を変えて話しだす。

「佐藤《さとう》は激怒《げきど》した。必ず、かの邪智暴虐《じゃちぼうぎゃく》の吉井《よしい》を除かねばならぬと決意した」

「『走れメロス』だ」

「邪智暴虐《じゃちぼうぎゃく》は言い過ぎだけどね。昨日の放課後なんだけど、吉井《よしい》のやつめ調子乗って、行き止まり用の段ボール壊《こわ》しやがりました」

そんな事件があったとは。

「大丈夫《だいじょうぶ》だった？」

「うん。真田《さなだ》くんが直してくれたからさ、助かったよ」

そういえば昨日、演劇練習の途中《とちゅう》にアキくんが抜《ぬ》けたことがあった。あれはスマホに助けを求める連絡《れんらく》が入ったからだったのだ。

「……あたしってさ、根本的にアウトローなのよ」

本棚《ほんだな》から落っこちそうになっている本をとすとすと指先で戻《もど》しながら、佐藤《さとう》さんが言う。

「グループの誰《だれ》かと揉《も》めると、その一帯に寄りつきにくくなるでしょ。そういうときは他のグループを転々として、しばらくして戻《もど》ると、揉《も》めたって事実もなかったことになって歓迎《かんげい》される。ヒットアンドアウェイっていうのかな、こういうの」

ちょっと違《ちが》うか、と佐藤《さとう》さんが忍《しの》び笑《わら》いをする。古びた本の中で笑う彼女は、優《やさ》しい諦念《ていねん》をにじませている。

「ひとりでいても、愛川《あいかわ》さんはぜんぜん惨《みじ》めじゃないよね」

目についた本を取りだす佐藤《さとう》さんの目は、羨《うらや》ましいと語っている。

「でもときどき、本当にときどき、寂《さび》しそうに見えたりする。これは、気のせいか」

彼女が見ているのは、私だろうか。それとも素直《すなお》？

「とか、分かったようなこと言ったりしてね。こんなだから、あんまり女子に好かれないんだよねぇ」

年下の女子にはモテるんだけどねぇ。しみじみと、噛《か》み締《し》めるみたいに言うものだから、なんだかおかしくなった。

「そうなんだ」

「そうなのよ」

「でも、それは、その人たちに見る目がないだけだよ」

私は、佐藤《さとう》さんが好ましい人だと思う。

体育の授業で、二人組を作ってねって簡単そうに言われると、いつも困る。自分と同じ、困っている人がどこかにいてくれないかなって、目を凝《こ》らして探す羽目になる。

そういうとき、探すより早く、佐藤《さとう》さんが何度か声をかけてくれた。彼女の言に則《のっと》るならば、孤独《こどく》なクラスメイトを助けているわけではなくて、グループ間を転々とする作業の兼《か》ね合《あ》いなのだろうけど。

佐藤《さとう》さんが手を振《ふ》ってくれると、ちょっとだけ肩《かた》の荷《に》が下りる。少なくともクラス委員長である彼女の目には、私の姿は映っているのだって思えるから。

佐藤《さとう》さんはといえば、啞然《あぜん》としていた。

「愛川《あいかわ》さん、それ口説いてる？」

「えっ」

なんだかこの前、似たようなことを言われたような。

「ちょっとドキドキしちゃった。美少女って怖《こわ》い」

反応に困っていたら、佐藤《さとう》さんが大仰《おおぎょう》に額を叩《たた》いた。

「あちゃー。『人間失格』、読んでみたかったけど借りられてるか。あれだな、この前映画化したやつ探してみるか。そっちも借りられてるかなぁ」

照れくさそうに笑って、他の本棚《ほんだな》に向かう佐藤《さとう》さん。

『走れメロス』を読み返す気は、特にないみたい。私のおすすめ作戦はあえなく失敗したようだ。

でも、別にいい。二人で話ができて楽しかったから。

そんなことを思いながら、まだ三人は漫画《まんが》を読んでいるのかな、と視線を飛ばしてみる。そこで私は小首を傾《かし》げた。

開いたままのドアから、通り過ぎていく女の子の姿が見えた。

りっちゃんだ。こちらには気がついていない。前を見据《みす》える瞳《ひとみ》がやけに真剣《しんけん》だったように思えて、気にかかった。

「ごめん、ちょっと出てくる」

佐藤《さとう》さんに一声かけてから、賑《にぎ》わう図書室を出る。りっちゃんは図書室の前を横切って、部室に入ろうとしている。

「また空振《からぶ》りかぁ。うー、このままじゃ事件は迷宮《めいきゅう》入《い》りしてしまう」

「りっちゃん」

「うぎゃっ」

声をかけると驚《おどろ》いたようで、りっちゃんは変な悲鳴を上げた。

ばっと振《ふ》り返《かえ》ると、私の顔を見るなり大きく息を吐《は》いて脱力《だつりょく》している。

「ナ、ナオ先輩《せんぱい》かぁ。びっくりしました」

「ごめんごめん。ところで、事件ってなんの話？」

「あばばば」

慌《あわ》てふためいたりっちゃんは、私の手を掴《つか》んで鍵《かぎ》を開けた部室へと引き込む。

「も、もしかして声に出てました？　その、事件がなんちゃらって」

壁際《かべぎわ》に立ったまま、ひそひそ声で問われる。

「出てたよ」

「うっ、出てましたか」

何やら消沈《しょうちん》するりっちゃんを見ていて、ふと思いつく。

「もしかして、ビラを撒《ま》いた犯人捜してるの？」

犯人という言い方は、語弊《ごへい》があるかもしれない。何か犯罪を犯《おか》したというわけではないのだ。

私の問いに対して、りっちゃんは眉《まゆ》を八の字にしている。その角度は何よりも雄弁《ゆうべん》だった。

「ええっとですね、それは」

「りっちゃん、教えて」

「……はい。捜してました」

観念したように、りっちゃんが両手を上げて白状する。

イベント好きなりっちゃんのことなので、ビラ撒《ま》き事件の謎《なぞ》を解決しようとひとりで奔走《ほんそう》していたのかも、と思う。でも、私の考えは間違《まちが》っていた。

「だって心配なんですもん。あのビラ、ナオ先輩《せんぱい》とアキ先輩《せんぱい》のこと言ってるのかもしれないし」

りっちゃんがしょんぼりした顔で続ける。

「自分がこっそりと探《さぐ》るだけなら、二人に迷惑《めいわく》はかからないし、相手の動きを警戒《けいかい》することもできるなって思って」

「りっちゃん、そんなこと考えてたの？」

私たちの間で、ビラの話題が出ることはなかった。それもりっちゃんが気遣《きづか》ってくれてのことだったのだ。

「あたり前田《まえだ》のクラッカーですよ」

ふくれっ面《つら》のりっちゃんを前に、どんな顔をしていいか分からない。

部誌のための小説を書いて、台本の調整をしていて、クラスの出し物の準備だってあるはずなのに、りっちゃんはこっそりと、誰《だれ》にも悟《さと》られないように犯人捜しに乗りだしてもいた。私には本当に、もったいないくらいの友人だ。

「ありがとう、りっちゃん」

「いえいえ。未《いま》だになんの手掛《てが》かりも得られてませんし」

同時に、考える。私ひとりでは無理だし無謀《むぼう》だろう。

でも、勘《かん》の鋭《するど》いりっちゃんと一緒《いっしょ》であれば。

「ね。犯人捜し、私も手伝っていい？」

「えっ、でもアキ先輩《せんぱい》に怒《おこ》られますよ」

思わず苦笑《くしょう》してしまう。

「もう、とっくに注意されたあとだから」

アキくんは探《さぐ》るべきでないと言ったのだ。

それが正しいのは分かりきっている。でも、できることなら、あのビラを撒《ま》いた人物の真意を知りたい。自衛に入るのは、それからでも遅《おそ》くないように思えるのだ。

「アキくんには内緒《ないしょ》にしよう。これは、私とりっちゃんだけの秘密ってことで」

口元に人差し指を当ててみせる。りっちゃんは浮《う》かない顔をしている。

「少しでも危険だと思ったら、アキ先輩《せんぱい》に話しますからね」

「うん。そのときは一緒《いっしょ》に怒《おこ》られて、廊下《ろうか》に並ぼう」

「バケツ持ってですか？」

「そうそう。しっかり両手に」

こうして、私たちの共犯関係が成立する。

「でも、捜そうと思って見つかるものなのかな」

相手だって、ビラ撒《ま》きなど褒《ほ》められた真似《まね》ではないと知っているだろう。自分の正体がバレないよう、細心の注意を払《はら》って行動しているはずだ。

それにあれから二週間が経過している。何かの痕跡《こんせき》というのは時間が経《た》つごとに見つけにくくなるものだ。もしどこかに手掛《てが》かりがあったとしても、犯人が回収したか、とっくに消えたあとかもしれない。

「闇雲《やみくも》に捜しても無理だと思います。でも、任せてくださいよナオ先輩《せんぱい》。必ず犯人は見つけてみせます」

長い長い溜《た》めを作ってから、りっちゃんがきりりと決め顔で言い放つ。

「りっちゃんの名にかけて！」

これが言いたかったらしい。

第3話　レプリカは、見つける。

十月末に向けて、各クラスの準備や展示は完成間近を迎《むか》えている。

二年一組もまた、教室で廃病院《はいびょういん》のセットを組んでいた。一部分だけ試《ため》すことはあったものの、すべてを本番通りに組み立ててみるのは初めてだ。

久しぶりに太陽が顔を見せた今日は、教師や生徒会を含《ふく》んだ実行委員たちにより、各自の出し物が視察される。おばけ屋敷《やしき》の場合、暗すぎないか、客が怪我《けが》をするような危険な脅《おど》かし行為《こうい》がないかなど、入念に審査《しんさ》されるそうだ。

昼間の煌々《こうこう》とした光に照らされる明るいおばけ屋敷《やしき》は、ちょっと滑稽《こっけい》ですらある。配置についた脅《おど》かし役たちは、本番と同様に仮装やメイクを済ませていた。

「にしても来ないわねー、監察団《かんさつだん》ご一行」

佐藤《さとう》さんたちが後ろのドアから顔だけ出して、廊下《ろうか》の先を睨《にら》んでいる。

二組や三組のほうにもまだ来ていないようだ。五限中には視察に来るということだったが、そろそろ休み時間に入ってしまう。どこかのクラスで手間取っているのだろうか。

みんなそわそわするばかりで時間が流れていく。一組の実行委員も不在なので確認《かくにん》が取れない。このままではじり貧《ひん》だ。

手持《ても》ち無沙汰《ぶさた》な私はひとつ、提案してみることにした。

「生徒会室、ちょっと見てくるよ」

「ほんと？　助かる」

望月先輩《もちづきせんぱい》たちと繋《つな》がりができたことで、ちょこちょこ生徒会室に行く機会は増えていた。他の生徒より、私のほうが少しだけ気軽だ。

ひとりで階段を上っていく。三階にもちらっと顔を出してみたが、人の行《い》き交《か》う廊下《ろうか》に監察《かんさつ》団《だん》の姿は見当たらない。

そのとき上の階から、誰《だれ》かの声が聞こえてきた。

聞き耳を立てるまでもなく、生徒会室のドアは開きっぱなしになっている。

「なんだよ、この点数」

「やっぱり、答案用紙なんてこんなところに隠《かく》しちゃだめか」

それは、知っている二人の声だった。

演劇の練習で何度も聞いている。聞き間違《まちが》えるはずはなかったが、呆気《あっけ》に取《と》られたような望《もち》月先輩《づきせんぱい》の声音《こわね》と、張《は》り詰《つ》めた森先輩《もりせんぱい》の声は、私の四肢《しし》を強張《こわば》らせるにはじゅうぶんだった。

「お前、共通テストに向けてがんばってるんだよな。前にそう言ったよな？」

「言ったかもね」

「まさかとは思うけど、勉強そっちのけでどっか遊び歩いてたりしてねぇよな」

「……そんなこと、するわけないでしょ」

まずい、と反射的に思う。

会話の内容から察するに、どうやら森先輩《もりせんぱい》が隠《かく》していた試験の答案用紙か何かを、望月先輩《もちづきせんぱい》が発見したらしい。その点数が冴《さ》えないため、一方的に因縁《いんねん》をつけているようだ。

でも、森先輩《もりせんぱい》の声は震《ふる》えている。放っておいたら、取り返しがつかなくなるかもしれない。

私は、生徒会室に入ろうとした。喧嘩《けんか》を仲裁《ちゅうさい》するか、それが無謀《むぼう》ならば何も聞いていない振《ふ》りをして、監査《かんさ》について確認《かくにん》すればいい。そうすれば一時的にでもうやむやにできる。

しかし意思とは裏腹に、両足は床《ゆか》に張りついて動いてくれなかった。

他人が無造作に割って入れるほど、室内の空気は生ぬるいものではなかったのだ。

「だったらおかしいだろ。なんで森《もり》のくせにこんな、馬鹿みたいな点数取って」

「うるさいなぁ、もう！」

一気に爆発《ばくはつ》した。

望月先輩《もちづきせんぱい》の言をきっかけに、森先輩《もりせんぱい》が怒鳴《どな》り散《ち》らす。室内の温度はヒートアップして、誰《だれ》にも制御《せいぎょ》できなくなっていく。もちろん、当事者である二人にも。

「関係ないでしょ、そんなの。わたしが五点だか十点だか取ったからって、なんでそんな小言みたいなこと言われなくちゃいけないの！」

「五点だか十点だかがあり得ないからだろ。寝《ね》てても取れねえよ、こんな点！」

「うっさいうっさい、勝手にかぐや姫《ひめ》なんか押しつけておいて、偉《えら》そうに説教しないで！」

望月先輩《もちづきせんぱい》が、ひゅっと息を呑《の》んだのが分かった。

「じゃあ、じゃあそんなの、断れば良かっただろ。僕となんかやりたくないって！」

「勝手な言い分やめてよ、なんにも知らないくせに！」

相手を傷つけるためだけの暴言が頭上を飛《と》び交《か》って、お互《たが》いに血が噴《ふ》き出《で》る。

闇雲《やみくも》に飛びだしてきたのは、血だらけの森先輩《もりせんぱい》だった。

私と、森先輩《もりせんぱい》の目が合う。大きく見開いた目は潤《うる》んでいる。今にも涙《なみだ》がこぼれ落ちそうな瞳《ひとみ》を乱暴に拭《ぬぐ》うと、先輩《せんぱい》は廊下《ろうか》を走って行ってしまった。

私は、立《た》ち尽《つ》くしていた。少しでも気を抜《ぬ》いたら泣いてしまいそうだった。

手に持つナイフよりも、口から出てくる言霊《ことだま》のほうがよっぽど人を殺すのだと、私たちは物心つく前から知っている。だからこそ扱《あつか》いには慎重《しんちょう》にならないといけないのに、どうしようもなく、衝動的《しょうどうてき》に引き金を引いてしまう瞬間《しゅんかん》がある。

放てば、取り返しがつかないのに。肌《はだ》の奥に埋《う》まったそれは、どんな名医が手術してもうまく取りだせないのに。

何もできなかった無力な私は、それでも、見て見ぬ振《ふ》りをしなかった。

「愛川《あいかわ》か」

開いたドアからおそるおそる顔を出した私を見て、望月先輩《もちづきせんぱい》が溜《た》め息《いき》を吐《つ》く。

「はぁ」

窓際《まどぎわ》に立っていた彼は、壁《かべ》にお尻《しり》をつけてずるずると滑《すべ》っていく。そのまま床《ゆか》に座り込むと、膝《ひざ》を抱《かか》えて項垂《うなだ》れてしまった。

やはり、見なかったことにしたほうがいいのかもしれない。望月先輩《もちづきせんぱい》だって、大して仲良くもない後輩《こうはい》に見られたい場面ではなかっただろう。

この場を静かに立ち去って、明日は何事もなかったような顔をするのが賢明《けんめい》なのかも。

でも、どうしても伝えたいことがあった。たとえ、傷に塩を塗《ぬ》るような真似《まね》だとしても。

「先輩《せんぱい》、ひとつだけいいですか」

「なんだよ」

攻撃的《こうげきてき》な口調。怖《こわ》くなかったのは、言うべきことが先に定まっていたからだ。

「あんな言い方されたら、誰《だれ》だって傷つきます」

森先輩《もりせんぱい》は泣きそうだった。望月先輩《もちづきせんぱい》の言葉に追《お》い詰《つ》められていた。

でも、それだけではない。森先輩《もりせんぱい》は悔《く》やんでいたのだ。売り言葉に買い言葉で、言うべきでないことをぶつけてしまったから。

「……そっか。そうだよな」

意気消沈《いきしょうちん》した望月先輩《もちづきせんぱい》の声は、空気に溶《と》けていってしまいそうに弱々しい。

膝《ひざ》を抱《かか》える先輩《せんぱい》から少しだけ距離《きょり》を取って、私は壁際《かべぎわ》に座り込んだ。スカートの折り目が変にならないよう、注意しながら体育座りしていると、探《さぐ》るような口調で問われる。

「愛川《あいかわ》って、口堅《くちかた》い？」

「堅《かた》いときも、柔《やわ》らかいときもあります」

望月先輩《もちづきせんぱい》の丸まった背中が揺《ゆ》れる。くぐもった笑い声が漏《も》れ聞《き》こえた。

「真面目か。でも、そうだな。それくらいのほうが信用できる」

それから、膝《ひざ》の間から顔を上げて静かに語りだした。

「夏休み、森《もり》と一緒《いっしょ》に安倍川《あべかわ》の花火大会行ったんだ。で、告白したんだけど、未《いま》だに返事を保留にされてる」

思いがけない告白だった。

今年の花火大会は、七月二十四日に開催《かいさい》された。終業式をサボった私は素直《すなお》に消されて、知らないままの一日だけれど、目立つところに貼《は》られていたポスターの日付は覚えている。

訊《き》きたいことはたくさんある。でも口は挟《はさ》まなかった。この人は今、私を石の壁《かべ》だと思っているから、臆《おく》せず唇《くちびる》を動かせるのだ。

「森《もり》は頭も良くてな。学年で三本指に入るくらい。勉強がんばって、東京の大学に行きたいらしい。将来はメディア関連の仕事に就《つ》きたいんだってさ。だから、保留なんだろうな」

数秒間の沈黙《ちんもく》があった。

「それなのに、あいつすごいよ。夏休みの間、なーんも連絡《れんらく》してこないで、明けてからも顔色ひとつ変えず僕に話しかけてくるんだから。こっちは毎日、心の中でのたうち回って、死にかけてるっていうのに」

頭を掻《か》きむしっている。望月先輩《もちづきせんぱい》は心底、参っているようだった。

私は想像を巡《めぐ》らせてみる。もしも私がアキくんに告白して、返事はしばらく待ってと言われたあとも、当たり前のように毎日、顔を合わせていたら。

「それは、悶々《もんもん》としますね」

「そうだろ。するだろ、悶々《もんもん》と」

だはぁ、と顔を両手で覆《おお》って、重たげな息を吐《は》く望月先輩《もちづきせんぱい》。

いつ返事をくれるのか。今なのか、明日なのか、それとも一秒後か。

もはや一世一代の告白はなかったことにされたのか。他に好きな人がいるならば、とっとと引導を渡《わた》してくれないか。もう、楽にしてくれないだろうか。

そんなことを毎分毎秒のように考えて、気が気でなくなって、正気を保てなくなっていく。

自覚的なのか無自覚的なのか。森先輩《もりせんぱい》は、望月先輩《もちづきせんぱい》に対してひどく無神経で、残酷《ざんこく》なことをしている。

「もうじゅうぶん忙《いそが》しいけど、もっと多忙《たぼう》になりたいくらいだ。目回してわけわかんなくなってれば、なるべく余計なこと考えずに済む」

初めて、望月先輩《もちづきせんぱい》のことが身近に感じられた。

制御《せいぎょ》できない感情に振《ふ》り回《まわ》されるのは、先輩《せんぱい》も同じなのだ。

私が、レプリカだからじゃない。たぶんみんな、おんなじだ。言葉にしたら終わってしまうような、変わってしまうような何かをお腹《なか》に抱《かか》えていて、苦しくて、じたばたもがいている。

でも私は、お腹《なか》を軽くする魔法《まほう》だって知っている。二週間前に習得したのだ。

「望月先輩《もちづきせんぱい》、鼻から息を吸ってください」

「は？　なんだよ急に」

「いいから、はい、吸って」

条件反射なのか、望月先輩《もちづきせんぱい》が大きく息を吸う。鼻の穴が膨《ふく》らむ。

「吐《は》いてー。……一、二、三、四、五」

「ぶはぁっ」

膝《ひざ》を抱《かか》えた無理な姿勢だったからか、最後はやや苦しげだ。

「腹式呼吸ですよ、先輩《せんぱい》」

今は苦しそうな人から教わった、大切な呼吸法。その助けが得られれば、森先輩《もりせんぱい》を前にしたときの心と身体《からだ》の緊張《きんちょう》だって、ちょっとは解《ほぐ》れるはずだ。

無責任な励《はげ》ましも、その場しのぎの慰《なぐさ》めもできないから、その代わりだった。

第一、もしそんなものを求めているのなら、私以外にもっと適任がいるだろう。望月先輩《もちづきせんぱい》にはたくさんの、素敵《すてき》な友人がいるのだから。

だから私は、何も言わないことにした。なんの役にも立たない私なりの応援《おうえん》だった。

お腹《なか》から声を出す。言葉にできない応援《おうえん》だって、お腹《なか》の底から。

少しだけ気持ちにゆとりができたのか、望月先輩《もちづきせんぱい》が曲げていた膝《ひざ》を伸《の》ばす。

「ちなみにそっちは、真田《さなだ》とは付き合ってんの」

出《だ》し抜《ぬ》けの問いに、私は言葉に詰《つ》まった。

みんな、満を持したようにそういうことを訊《き》いてくる。青陵祭《せいりょうさい》が近いからだろうか。

「付き合ってません」

私は、眉《まゆ》のあたりにぐっと力を込《こ》めた。望月先輩《もちづきせんぱい》は喉《のど》の奥で笑っている。

「そうだよな。保留にされてる奴《やつ》の目の前で、認められないか」

そういうわけではないのだが、そう受け取ってもらえれば都合がいいのかもしれない。

「愛川《あいかわ》って、思ってたのとちょっと違《ちが》う」

ひっそりと、私は目を瞠《みは》る。

どういう意味だろう。注視していると、望月先輩《もちづきせんぱい》は気まずそうに目を逸《そ》らした。

「三年の間じゃ、孤高《ここう》の姫君《ひめぎみ》とかクール美人とか、そんな風に言われてっから」

いまいち褒《ほ》めているのか不明瞭《ふめいりょう》なあだ名は、素直《すなお》を称《しょう》したものだろう。

私は、ちょっとだけ白状することにした。

「私がこんななのは、文芸部のみんなといるときだけです」

「そうなん？」

「はい。普段《ふだん》は、孤高《ここう》でクールですけど」

他のクラスの友達と一緒《いっしょ》にいるとき、素直《すなお》がどんな顔をしているのか、私は知らない。

素直《すなお》はいつでも手鏡を見ているわけじゃないからだ。オリジナルの見たものや聞いたものをあとから知るだけの私は、素直《すなお》自身に詳《くわ》しいわけじゃない。

でも、あんまり楽しくないのかもしれない。そう感じるのは、彼女たちと過ごす時間の記録は、どれもぼんやりと霞《かす》んでいるからだ。

「自分で言うのかよ、それ」

「失礼な先輩《せんぱい》に、せっかく言ってもらったので？」

つんと澄《す》ました顔を作ってから、にやっと笑ってみせる。

「うわ、今のはちょっと怖《こわ》かった。びびった」

先輩《せんぱい》はわざとらしく肩《かた》のあたりを擦《さす》っている。私は得意になった。

「演技力ありました？」

「おう。それが少しも演劇に活《い》かされないのが不思議だ」

私の胸は容赦《ようしゃ》なく抉《えぐ》られていたのだが、望月先輩《もちづきせんぱい》には毒舌《どくぜつ》の自覚がないようだった。

「そっか。でも、それだけ文芸部は大事な場所なんだな。三人とも必死になるわけだ」

何かに納得《なっとく》したように、深く頷《うなず》いている。

演劇もおばけ屋敷《やしき》も楽しい。楽しくて、初めてで、ぜんぶ特別だ。

でもやっぱり私は、文芸部の、あの狭《せま》い部室でのんびりしている時間がいっとう好き。ひなたぼっこしているように安らぐ時間が、大好きなのだ。

失いたくないから必死になれる。

最初から、私のものじゃなくても。

「望月先輩《もちづきせんぱい》は、どうして演劇部に入ったんですか」

ごまかすように早口で問いかければ、そうとは知らない望月先輩《もちづきせんぱい》は応じてくれた。

「僕、口が悪いだろ？」

「はい」

「嘘《うそ》でも否定しろよ、そこは」

呆《あき》れたような溜《た》め息《いき》に、ふてくされた響《ひび》きはない。

「小学生のとき、クラス全員で『スイミー』の劇をやることになったんだ」

告げられたのはみんなと違《ちが》う色を持つ、一匹《びき》の黒くて小さなお魚の名前だ。

「といっても僕は最初にマグロに食われる、端役《はやく》も端役《はやく》だったけど。でも、あの劇がきっかけだった」

その目は遠く、ライトに照らされた舞台《ぶたい》を見つめている。

「舞台《ぶたい》に立つときって不思議なんだ。僕が僕じゃなくなる、っていうのかな。たくさんの人の前で別人として喋《しゃべ》ってると、予定外の失言は出ようがないし、まったく違《ちが》う人生をずっと前から歩んでいるような感覚が芽生えてくることがある。それがけっこう、おもしろい」

独白を聞いていて、ふっと思う。

森先輩《もりせんぱい》も似たような気持ちで、演じているのだろうか。別人になりきるから、その演技は特別に輝《かがや》いて見えるのだろうか。

なんとなく、そうじゃない気がする。練習中の森先輩《もりせんぱい》はどこまでも自然体なのだ。かぐや姫《ひめ》として振《ふ》る舞《ま》っているわけではない。むしろ逆だ。かぐや姫が彼女に近い。だから、その演技とも呼べない真実が、見る人の胸を打つ。

黙《だま》り込《こ》む私の隣《となり》で、望月先輩《もちづきせんぱい》が努めて明るい声で言い放つ。

「本番、もう来週末か。がんばろうな」

足音がした。

森先輩《もりせんぱい》が戻《もど》ってきたのかと思った。隣《となり》の望月先輩《もちづきせんぱい》も同じように考えたのだろう。床《ゆか》に投げだした膝《ひざ》がぴくりとして、動揺《どうよう》が手に取るように伝わってきた。

でも、ドアの近くに立っていたのはアキくんだった。しゃがみ込んだ私たちは、机の脚の間から顔を出すように上半身を傾《かたむ》けてみて、それを知った。

「おー、真田《さなだ》じゃん」

望月先輩《もちづきせんぱい》が珍《めずら》しく愛想《あいそ》良《よ》く呼んだのは、気恥《きは》ずかしさのせいだったのかもしれない。

「どうも」

アキくんは短く返したが、そのまま立《た》ち尽《つ》くしている。

視線が合っているようで合わない。なんだか様子がおかしい。どうしたのかと声をかけようとするものの、それより早く望月先輩《もちづきせんぱい》が膝《ひざ》を使って立ち上がっていた。

凝《こ》った筋肉を動かすように天井《てんじょう》に向かって伸《の》びをしてから、私のほうを振《ふ》り向《む》く。

「ありがとな、愛川《あいかわ》」

返事を聞くこともなく、望月先輩《もちづきせんぱい》はアキくんと入《い》れ違《ちが》いで去って行った。

きっと森先輩《もりせんぱい》を捜《さが》しに行ったに違《ちが》いない。どうか二人が仲直りできますように、と私は心の中で願った。

「監査《かんさ》、来たよ。問題なく進んでる」

「そうだったんだ。良かった」

近づいてきたアキくんが手を貸してくれる。

私はその手を掴《つか》んで立ち上がった。スカートを軽く払《はら》って、お礼を言うために見上げたところで、目の前の彼が思《おも》い詰《つ》めたような顔をしていたから驚《おどろ》いた。

「望月先輩《もちづきせんぱい》と、なに話してたの」

答えようとして、とっさに唇《くちびる》を引き結ぶ。

望月先輩《もちづきせんぱい》は、私の口の堅《かた》さについて気にしていた。それは振《ふ》るわなかった試験の点数とか、返事を保留にされた告白の話を、誰《だれ》かに不用意に話さないかどうか見極《みきわ》めるためだ。

先ほどの会話はすべて、私を信頼《しんらい》して打ち明けてくれたことなのだ。アキくんが相手といえども、正直に話すわけにはいかない。

「な、内緒《ないしょ》の話」

アキくんならば、これで察してくれると思っていた。

「俺には言えないようなことか」

ぴりり、とうなじのあたりにしびれが走る。

アキくんの声にも表情にも、隠《かく》しきれない不機嫌《ふきげん》がにじんでいる。

大いなる誤解をされている。しかも、禍根《かこん》を残すタイプの誤解である。放置したら先ほどの二人のようになる可能性が、なきにしもあらず。

「言えるようなことだよ。望月先輩《もちづきせんぱい》の恋愛相談《れんあいそうだん》に乗ってたの」

これくらいなら許してもらえるはず。そう判断して、少しだけ内容を明かすことにした。

アキくんのまとう空気が、少しだけ緩《ゆる》む。

「恋愛相談《れんあいそうだん》？」

「そう。的確なアドバイスをしたから、お礼を言われただけ」

実際は、望月先輩《もちづきせんぱい》のあれは独り言で、相談ではない。そして私は腹式呼吸を提案しただけで、有効なアドバイスなんてひとつもしていないのだが。

アキくんが不安がるようなことは何もない。それだけは伝われと念じる。

「ふぅん」

工夫《くふう》の甲斐《かい》あってか、浮気者《うわきもの》のそしりは免《まぬが》れたらしい。

安心の吐息《といき》をこぼしていたら、思いがけない申し出をされた。

「なら、俺の相談にも乗ってほしい」

聞《き》き逃《のが》せない発言だ。なんせ、彼と付き合っているのは私である。

相談したいことがあるということは、何か、恋人《こいびと》である私に不満があるのでは。

おそろしく思いながら、おずおずと促《うなが》した。

「困ってること、あるの？」

「ある。恋人《こいびと》が他の男と話してるだけで、もやもやしちゃったんだけど」

どうすればいい、とこちらの顔を窺《うかが》ってくる。わざわざちょっと屈《かが》んでいる不遜《ふそん》な男の子の額を、ぺちりと弾《はじ》く。

ツッコミ待ちをしていたアキくんが、ようやく笑った。

「重傷なので、それは一生治らないです」

「治らないか」

困ったな、と大して困っていない顔で、アキくんが呟《つぶや》く。頬《ほお》をかいていないからバレバレだ。

私は下唇《したくちびる》を噛《か》む。言おうかな、と悩《なや》んだのはきっかり二秒半。

その間に、森先輩《もりせんぱい》や佐藤《さとう》さん、クラスの女の子と話す広い背中が、まざまざと思いだせていたから。

「でも、恋人《こいびと》も同じ症状《しょうじょう》に悩《なや》んでいるみたいなので、大丈夫《だいじょうぶ》だと思います」

決意したまでは良かったものの、あんまり恥《は》ずかしくて、語尾《ごび》が尻窄《しりすぼ》みになってしまった。そうして消えかけた言霊《ことだま》を、アキくんの鼓膜《こまく》はきちんと拾い上げている。アキくんは私よりも恥《は》ずかしそうに、太い眉《まゆ》を寄せて笑った。

「それは朗報」

私はどうしたって、この笑顔《えがお》に弱い。

◇◇◇

おばけ屋敷《やしき》の監査《かんさ》は、段ボールが一箇所《いっかしょ》だけ倒《たお》れやすいと注意があったくらいで、滞《とどこお》りなく済んだらしい。

てきぱきと解体をして、また空き教室に押し込んでおく。毎日の授業は免除《めんじょ》にならないから、教室をいつまでもでろでろの廃病院《はいびょういん》にしてはおけないのだ。

次に組み立てるのは二十九日になるだろう。青陵祭《せいりょうさい》の前日となるその日は一日中、準備のための時間に割り当てられている。

迫《せま》る青陵祭《せいりょうさい》本番に向けて、校舎全体に漂《ただよ》う高揚感《こうようかん》は日に日に増していくようだった。

「みなさん、赤井《あかい》先生からの差し入れでーす」

多目的ホールでの発声練習が終わったところで、スーパーの袋《ふくろ》片手にりっちゃんが現れた。

数日ぶりのランニング時から不在だったのだが、それを受け取りに行っていたらしい。差し入れを前にしたら、練習は中断するものだと相場は決まっている。袋《ふくろ》の中身に、私は歓《かん》声《せい》を上げた。

「うなぎパイだ！」

しかも、ただのうなぎパイではない。

「ナッツ入りだ！」

アーモンドのさくさく食感が楽しめる、特別なやつ。通常のうなぎパイよりお高いうなぎパイである。さっそくそれぞれ座り込んで、おやつタイムを楽しむことになった。

今日は助《すけ》っ人《と》軍団が来ていないので、多目的ホールが広く感じられる。彼らの分のうなぎパイは別にしておいた。

「個人的にはしらすパイもラブです」

「分かる。しらすのほうもおいしいよねぇ」

どちらも浜松《はままつ》の春華堂《しゅんかどう》で作られている。うなぎの味も、しらすの味もしないのはお約束だ。

地元のお菓子《かし》って、自分で手に取って買うことはない分、人にもらうととっても嬉《うれ》しくなる。

こっことか、安倍川《あべかわ》もちとか、8の字とか、ハートの形の源氏《げんじ》パイとかとか。

うなぎパイの先っぽを食《は》む。繊細《せんさい》なパイ生地《きじ》には秘伝のタレが塗《ぬ》られているそうで、歯に力を入れていないのに、とたんに口の中が甘くなっていく。

うーん、幸せ。

「それと、小説も完成しました！」

じゃじゃーん、とりっちゃんがホッチキス留《ど》めの用紙を取りだせば、ぱちぱちと拍手《はくしゅ》の音が響《ひび》く。私ももちろん、ぱちぱちしている。

りっちゃんが書いたのは、おばあさん目線の竹取物語だ。

おばあさんとおじいさんにとって、どれほどかぐや姫《ひめ》がかわいくて、宝物のように大切だったのか。血が繋《つな》がっていなくても、愛《いと》おしい子どもだったのか。

物語上ではほとんど語られることのない、三人で過ごした日々について、おばあさんが訥々《とつとつ》と語っていく形式の小説である。

四十ページ程度で読みやすい。私は途中《とちゅう》で何度か感想を伝えたのもあって、すでに最後まで読み終えていた。

「わたし、読んでみていい？」

「もちろんです。どうぞどうぞ」

りっちゃんは膝《ひざ》を進めて森先輩《もりせんぱい》に近づいた。うなぎパイを片手に持ったまま、先輩《せんぱい》はコピー用紙の束を受け取る。

ちなみに、台本のほうも新しいものに替《か》わっている。仮が取れた『新訳竹取物語』だ。

Ａ４サイズの台本は、右側はホッチキスで三箇所《かしょ》留めて、その上から深緑色の製本テープを貼《は》って固定してある。片手で持ちやすくなり、文字も大きくて読みやすくなった。水色の蛍光《けいこう》ペンも忘れずに引き直してある。

「僕の目から見ても、いい小説だったぞ」

「そう」

果敢《かかん》に話しかける望月先輩《もちづきせんぱい》に対し、森先輩《もりせんぱい》の返答は冷たかった。

望月先輩《もちづきせんぱい》が怯《ひる》んで黙《だま》り込《こ》む。二人の間には気まずさが色濃《いろこ》く漂《ただよ》っている。

だが、それも致《いた》し方《かた》ないことだろう。つい数時間前、声を荒《あら》らげて大喧嘩《おおげんか》したばかりなのだ。

森先輩《もりせんぱい》がホールに顔を見せてくれただけでも奇跡《きせき》に近い。望月先輩《もちづきせんぱい》と仲直りするためというより、決まったことはちゃんとやるという彼女の気質が、そうさせたのかもしれなかった。

私はなんともいえない気持ちで、うなぎパイをさくさく頬張《ほおば》る。長細くて味わい深いパイももうすぐ食べ終わってしまうと思うと、切ない気持ちにさせられる。

そのとき、視界のはしっこを光るものが過《よ》ぎったような気がして、首を動かす。

最後の一欠片《ひとかけら》の味を感じ取れないくらい、私は驚《おどろ》いた。

森先輩《もりせんぱい》が泣いていた。

手にしたうなぎパイの存在を忘れたように、先輩《せんぱい》はただ夢中になって小説を読んでいた。開かれた両の目が、絶え間なく涙《なみだ》を流していた。

薄水色《うすみずいろ》のタイルカーペットに、黒い点が落ちていく。

それでも顎先《あごさき》から滴《したた》り落《お》ちる涙《なみだ》の感触《かんしょく》すら、確かではなかったのだろう。泣き続けていた先《せん》輩《ぱい》を感づかせたのは、私たちの視線だった。

森先輩《もりせんぱい》はきょとんとしてから、とめどなく流れる液体を手《て》の甲《こう》でごしごしと拭《ぬぐ》った。

「ごめん、急に泣いたりして。なんか、うまく言えないけど、すごく良くて」

顔を上げた先輩《せんぱい》は微笑《ほほえ》んでいた。心配になるくらい強く拭《ぬぐ》ったせいで、目が赤くなっている。

「このお話、わたし、竹取物語の本編より好きかも」

「おおう、それは褒《ほ》めすぎですね」

りっちゃんがおどけたように笑う。空気が暗くならないように、わざと笑ってみせたのだと分かった。

森先輩《もりせんぱい》は、首だけで私を振《ふ》り返《かえ》る。

「絵のほうも、もうすぐ完成すると思うから。待っててね」

そろそろポスターを校内に掲示《けいじ》する必要があった。来場者の目につく位置にある掲示板《けいじばん》や壁《かべ》は、激しい取り合いになっている。

りっちゃんの小説を読んで泣いた森先輩《もりせんぱい》は、いったいどんな絵を描《か》いているのだろう。私は期待と不安とを半々に込《こ》めて、顎《あご》を引いた。

◇◇◇

青陵祭《せいりょうさい》まで、とうとう一週間を切った。

最低限の連絡《れんらく》だけのホームルームが終わり、放課後になる。掃除《そうじ》当番《とうばん》以外にも、部活動のある一部の生徒は早足で教室を出て行く。

おばけ屋敷《やしき》もいよいよ大詰《おおづ》めだが、小道具班の仕事は数日前に完了《かんりょう》している。今日は他の班を手伝うか、手が足りているようなら、部室で台本を読むのもいいかもしれない。

そんなことを考えていると、教室の外で華麗《かれい》に回転する白い手ぬぐいを見つけた。

私は音楽番組で見かけるライブ会場を想起した。ぶんぶんと振《ふ》り回《まわ》される手ぬぐいの柄《がら》に見覚えがあったので、すぐに立ち上がって廊下《ろうか》に出る。

「りっちゃんどうしたの。今日、火曜なのに」

着替《きが》えて校門前に集合するのは、月水金曜日と決まっている。

「違《ちが》うんです。ナオ先輩《せんぱい》に用事がありまして」

りっちゃんが折りたたむ手ぬぐいは、水族館のお土産《みやげ》に買ってきたものだ。

柄《がら》はお寿司《すし》のネタ。アキくんの意見を取り入れ、迷った末に選んだ贈《おく》り物《もの》がその手に握《にぎ》られているのを見ると、なんだか胸が温かくなる。

演劇部へのお土産《みやげ》としては、水族館限定だというえびマヨ味のハッピーターンを選んだ。そちらもみんな喜んでくれたようだ。

「私に用事？」

「はい。例の件でご報告があるんです」

私は目を見開いた。

教室にはアキくんや他の生徒がいる。私たちは連れ立って、こっそりと廊下《ろうか》を移動する。人気《ひとけ》のないところまでやって来ると、りっちゃんが話の続きを口にする。

「ビラがどの階から撒《ま》かれたか、特定できました」

「本当に？」

私もあの場にいた。ビラが落とされる瞬間《しゅんかん》そのものは見ていないが、風に流されているところは目撃《もくげき》している。

ビラは教室棟《きょうしつとう》から降ってきていた。高さからして、まず一階と二階は候補から除外できる。

「でもさ、三階には三年生の教室があるでしょ？　あの日、けっこうな人数が窓から外を見てたんだよね。四階も、生徒会室前の廊下《ろうか》に人がいて」

どちらの階にも、不特定多数の人の目があったということだ。あの状況《じょうきょう》で、他人に悟《さと》られずにビラを撒《ま》くなんて真似《まね》ができるだろうか。

私の反論など分かりきっていたのだろう、りっちゃんは動じない。

「なので、こうなったら消去法です。ビラは屋上から撒《ま》かれたものだと思います」

「屋上？」

屋上に続く鉄扉《てっぴ》は、普段《ふだん》から施錠《せじょう》されているはずだが。

「実は十月一日に限って、朝から給水塔《きゅうすいとう》設備《せつび》の点検作業があり、屋上に業者が入っていたそうなんです。その点検は昼休みに行われていました」

今さら言うまでもなく、一日はビラが撒《ま》かれた日だ。

「そのとき誰《だれ》かがこっそりと屋上に入って、放課後になってからビラを撒《ま》いた、ってこと？」

「自分も最初はそう思いましたが、違《ちが》いますね。それだとビラ撒《ま》きを終えたあと、屋上から脱《だっ》出《しゅつ》できなくなっちゃいます」

「あっ、ほんとだ」

侵入したあと鍵《かぎ》を閉められたら、屋上でミイラになってしまう。

「おそらくそのとき、点検に立ち会った教師が鍵《かぎ》を閉め忘れた。犯人はそれを目撃《もくげき》して、突発《とっぱつ》的《てき》にビラ撒《ま》きを思いついた。はたまた教師自身がビラ撒《ま》きの犯人だった……あたりが濃厚《のうこう》な線だと思います」

「なるほど。ちなみに立ち会った先生って誰《だれ》だったの？」

「それが分からないんです」

りっちゃんが嘆息《たんそく》する。

「職員室に行って何度か探《さぐ》ったんですが、分からずじまいです。これは推測ですけど、職員の間でもビラの件が取《と》り沙汰《ざた》されたはずです。担当した誰《だれ》かは自分の責任にされるのをおそれて、口を噤《つぐ》んだのではないでしょうか」

そういえば、図書室前でりっちゃんを見かけたことがあった。あれは職員室で調査をしてきた直後だったのだろう。

しかし、これでは犯人の正体までは辿《たど》り着《つ》けない。

「そこで不肖《ふしょう》、広中律子《ひろなかりつこ》、新たな策を思いつきました」

「なになに」

りっちゃんは、次から次へと何かを思いつく。私が目を輝《かがや》かせると、りっちゃんはずれた眼鏡をくいっと直した。

「屋上近くに行ってみましょう。犯人は現場に戻《もど》るって言いますからね」

「えっと、打つ手なしってこと？」

「そうとも言います！」

どんなときもりっちゃんは自信満々だ。

立ち話を続けるのもなんなので、私たちはとりあえず屋上に向かうことにした。といっても鍵《かぎ》はとっくに閉められているから、屋上に出入りすることはできないが。

「あんぱんと牛乳、買ってこようか」

「長い張り込みになりそうですね」

冗談《じょうだん》めかしながら、三階の途中《とちゅう》まで上ったときだった。

頭上から、何かを叩《たた》くような物音がした。それに数人の明るい笑い声も。

私たちはとっさに、その場に素早《すばや》くしゃがみ込んだ。

声の主がいるのは屋上ではない。たぶん、屋上前の踊《おど》り場《ば》だ。

「なんかさ、りっちゃん。不謹慎《ふきんしん》かもしれないんだけど」

私は、吐息《といき》のような声で囁《ささや》く。

「こういうの、ちょっと楽しいね」

にやりとした笑《え》みが返ってきた。

「ナオ先輩《せんぱい》。実は自分も、同じこと思ってました」

四《よ》つん這《ば》いに近い姿勢で、一段ずつ階段を上っていく。膝小僧《ひざこぞう》が汚《よご》れるのは、この際お構いなしだ。

青ライン入りの上靴《うわぐつ》のつま先が見えたとき、勢いよく立ち上がったりっちゃんが言い放った。

「動くな！　警察だ！」

「サツだ、お前ら逃《に》げろ！」

あまりに堂々とした名乗りだったからか、反応は迅速《じんそく》だった。

二人の男子が階段の手すりを飛《と》び越《こ》えて、一目散に下の階へと散っていく。

そんな中、ひとりだけ逃《に》げ遅《おく》れた人物がいた。りっちゃんはすかさず指さす。

「ナオ先輩《せんぱい》、確保！」

「う、うんっ」

言われるがまま私は飛びだした。しかしどうやって取《と》り押《お》さえればいいのか。

私はおろおろし、相手もおろおろしていた。広い踊《おど》り場《ば》のスペースで、私たちは膠着状態《こうちゃくじょうたい》へと陥《おちい》った。

そこでよくよく見て、向かい合うのが見知った人だと気がつく。

「あれ、吉井《よしい》くん？」

「およっ、愛川《あいかわ》さん？」

惚《ほう》けた顔をしているのは、クラスメイトの吉井《よしい》くんだった。

「ここで何やってるの？」

「え、なんだろう。なんだったかなー」

半笑いの吉井《よしい》くんの目が、背後に向かって泳いでいる。

その視線の先を、私は辿《たど》った。廊下《ろうか》にべちゃっと落ちた濡《ぬ》れぞうきん。吉井《よしい》くんが後ろ手に持った逆さまの箒《ほうき》。それに。

「あ！　ちりとり！」

私が叫《さけ》べば、吉井《よしい》くんがびくりと肩《かた》を揺《ゆ》らす。

プラスチック製のちりとりを手に取る。その裏側には正面玄関前《しょうめんげんかんまえ》と黒いマーカーで書かれていた。長い年月が経《た》ち、文字は掠《かす》れているけれど間違《まちが》いない。

それは、正面玄関前《しょうめんげんかんまえ》から失われて久しいちりとりだったのだ。お散歩中かと思われたが、吉井《よしい》くんたちによって誘拐《ゆうかい》されていたらしい。

丸めたぞうきんはボール。逆さまの箒《ほうき》はバット。ちりとりはピッチャーが持つミット。

ここまで証拠《しょうこ》が出揃《でそろ》えば、名探偵《めいたんてい》でなくても答えは導きだせる。私はちりとりを握《にぎ》るなり、びしっと吉井《よしい》くんを指した。

「吉井《よしい》くん、さては掃除《そうじ》サボって野球やってたね？」

「うわーっ、バレた」

頭を抱《かか》える吉井《よしい》くん。

「頼《たの》む、先公にはチクらないで。おれたちは純粋《じゅんすい》に野球をやってただけなんだ。甲子園《こうしえん》目指して特訓してんだ」

「そんなアホなこと言ってると本物の野球部に怒《おこ》られますよ」

「えっ、誰《だれ》？」

今になって吉井《よしい》くんはりっちゃんに気がついたらしい。

「文芸部所属の広中律子《ひろなかりつこ》です。初めまして」

りっちゃんは簡単に自己紹介《じこしょうかい》を済ませると、すぐに本題へと移った。

「それで吉井《よしい》さん、伺《うかが》いたいことがあるんです。十月一日の金曜日も、あなたがたはここで掃《そう》除《じ》をサボってましたか？」

探偵《たんてい》からの詰問《きつもん》に、吉井《よしい》くんはたじたじになっている。

「えー。日付言われても、そんな昔のこと思いだせない。昨日の朝食すら覚えてないし」

それはちょっぴり心配だ。

「十月一日は、中間試験が終わった次の日だよ。クラスでおばけ屋敷《やしき》をやるって決まって、放課後にビラが撒《ま》かれた日」

「あー、あの日か。分かった分かった」

何かと印象的な日だったのだ。そこまで言えば、さすがに吉井《よしい》くんも思いだせたようだった。

「その日、ここで見かけた人はいませんでした？」

「見かけた人？」

いない、と言いさした吉井《よしい》くんの口の動きが止まる。

記《き》憶《おく》を探《さぐ》るように、黒い眼球がさまよっている。

「そういえば……いた。ひとりだけ。他の奴らは一目散に逃《に》げたけど、おれはぞうきん落として逃《に》げ遅《おく》れたから」

「その人の名前、分かります？」

少し躊躇《ためら》ってから、吉井《よしい》くんが頷《うなず》いた。

「分かる。有名人だから、二人も知ってんじゃねーかな」

私とりっちゃんは目を見交《みか》わす。とうとう私たちは、答えに辿《たど》り着《つ》いたようだった。

「でもさ、その、サボりの件はさぁ」

「教えてくれるなら、秘密は墓場まで持っていきます」

りっちゃんがそう遮《さえぎ》れば、もじもじしていた吉井《よしい》くんは胸を撫《な》で下《お》ろしている。

取引はこれにて成立だ。吉井《よしい》くんは咳払《せきばら》いをしてから、すぅと息を吸った。

「じゃあ、言っちゃう。その人の名前は……」

◇◇◇

今日もこの部屋には、静謐《せいひつ》な空気が流れている。

広い美術室には、制服姿の森先輩《もりせんぱい》の姿があった。腕《うで》を組んで、いろんな角度から画用紙を眺《なが》めている。

白いパレットには、役目を終えた水彩筆《すいさいふで》と、水で溶《と》かした絵の具が広がっていた。あまりに鮮《あざ》やかで、そこには黒以外のすべての色が乗っているように錯覚《さっかく》する。

「先輩《せんぱい》」

「あ、愛川《あいかわ》さん。ポスターちょうど完成したとこだよ。待たせてごめんね」

おいでおいで、と手招きされる。森先輩《もりせんぱい》の隣《となり》から、私はその絵を見た。

「どんな場面を描《か》こうか、かなり悩《なや》んだんだけどね。登場人物みんなを分かりやすく配置してもいいし、恋愛面《れんあいめん》か、広中《ひろなか》さんこだわりの異能力バトルに寄せてもいいし」

でも、と続けながら、森先輩《もりせんぱい》は紙を手に取った。画用紙は乾《かわ》ききっていた。

「わたしはやっぱり、『竹取物語』は家族のお話だと思う。だから、この絵にしたの」

薄暗《うすぐら》い竹藪《たけやぶ》が、まばゆいほどに光っている。

中心に描《えが》かれているのは、光る竹の筒《つつ》で眠《ねむ》る、小さな小さな女の子だ。膨《ふく》らんだ赤いほっぺはかわいらしく、幸せそうに口元をもにゅもにゅしている。

そして画面の右端《みぎはし》と左端《ひだりはし》から、その子に向かって手が伸《の》びている。

しわくちゃの手だ。翁《おきな》と媼《おうな》の手だった。

物語の冒頭《ぼうとう》の場面。本来そこには翁《おきな》しかいない。けれど森先輩《もりせんぱい》は、まだ名前のないその子を見つけて抱《だ》き寄《よ》せる手の持ち主は、二人いると考えたのだ。

淡《あわ》い水彩《すいさい》で描《か》かれた絵には、優《やさ》しさが満ちている。これから家族になっていく三人の、未来の予感がいっぱいに溢《あふ》れている。

自然と、私の頬《ほお》は笑《え》みの形に緩《ゆる》んでいた。

「すごく、素敵《すてき》だと思います」

「ありがと。広中《ひろなか》さんの小説を読んで、自分でも正解かなと思ったの」

派手さはないかもしれない。でも人の目を惹《ひ》きつける魅力《みりょく》がある。ポスターとしても、それに部誌の表紙としても、これ以上の絵はないだろう。

「誰《だれ》かに頼《たの》まれて絵を描《か》くなんて、初めてだったからね。あー、ドキドキした」

胸に手をやって脱力《だつりょく》する森先輩《もりせんぱい》に、私は微笑《ほほえ》みかけた。

「お疲《つか》れ様《さま》でした。りっちゃんたちもきっと喜びます」

「それなら良かった。明日の部活でお披露目《ひろめ》しようか」

「はい」

美術室に、静寂《せいじゃく》が満ちていく。

「森先輩《もりせんぱい》は、朝読書の時間はなにを読んでますか？」

「愛川《あいかわ》さんは、なに読んでるの？」

不意を打ったはずだったのに、森先輩《もりせんぱい》はまるでその問いかけを予期していたように、同じ質問を返してきた。

「今は、『走れメロス』です」

私は正直に答えた。美術室でセリヌンティウスを見かけて、佐藤《さとう》さんと話をしていたら、久々に読み返したくなったのだ。

その答えに、森先輩《もりせんぱい》は目を細めて笑う。

「おんなじだ。太宰治《だざいおさむ》」

「え？」

「わたしは『人間失格』を読んでるから」

ほら、と森先輩《もりせんぱい》が椅子《いす》に置いたバッグから取りだしたのは、一冊の文庫本だった。あの日、佐藤《さとう》さんが探していた本だった。

「このタイトル、なんか怖《こわ》いよね。みんな、自分の悪口が書かれてるか不安になって手を出すんじゃないかな」

「私は、読んだことないです」

「へぇ。でもどうして？　読書好きの文芸部員だもの。『走れメロス』を読んでるなら、『人間失格』だって自然と手に取りそうなものなのに」

じっとりと、背中にいやな汗《あせ》をかく。

「たくさん、他にも本があるから」

別に、おかしなことではない。

太宰治《だざいおさむ》を好きな人が、必ず『富嶽百景《ふがくひゃっけい》』を読んでいるわけじゃない。坂口安吾《さかぐちあんご》の『桜の森の満開の下』を愛する人が、『堕落論《だらくろん》』を読み耽《ふけ》るとは限らない。

私は、間違《まちが》ったことは言っていない。そう訴《うった》えたつもりだけれど、のれんに腕押《うでお》しだった。

「じゃあ、読んでみたら？」

糠《ぬか》に打ち込んだ釘《くぎ》によく似た私に、はい、と森先輩《もりせんぱい》が差しだしてくる。

本の表紙を、私は直視できなかった。

乾燥《かんそう》した喉《のど》を、冷たいものが通《とお》り抜《ぬ》けていったような気がする。底冷えのする日に口に含《ふく》んだ、氷の塊《かたまり》のような不快感がある。

「『人間失格』、私も怖《こわ》いんです」

「どこが怖《こわ》いの？」

「……こっちを、笑いながら指さしてるような気がするから」

漢字にすればたった四文字の羅列《られつ》に、私は怯《おび》えている。

お前は人間の振《ふ》りをしているだけだと、突《つ》きつけられているようで。

「ビラを撒《ま》いたのは、森先輩《もりせんぱい》なんですね」

私は、森先輩《もりせんぱい》の表情を見ていた。

彼女は驚《おどろ》いていた。そして喜んでもいた。持ち上がった口角が、歓喜《かんき》をにじませていた。

ようやく分かった。この人は最初から、逃《に》げも隠《かく》れもせずに、こうして誰《だれ》かに問《と》い詰《つ》められるのを待っていたのだ。

「すごい。正解。どうして分かったの？」

「目撃者《もくげきしゃ》がいました」

もりりんだよ、と吉井《よしい》くんは言った。あの日、屋上に現れたのは、全校集会で登場した森の妖精《ようせい》もりりんだったよ、と。

十月一日の放課後。森先輩《もりせんぱい》は、スクールバッグを肩にかけて階段を上ってきたらしい。バッグは重そうに膨《ふく》らんでいた。その中に、ビラを入れていたのだろう。

吉井《よしい》くんは、森先輩《もりせんぱい》を屋上近くで見かけたことを誰《だれ》かに話したりはしなかったそうだ。それも当たり前である。吉井《よしい》くんは友人と共に掃除当番《そうじとうばん》をサボって遊んでいた。犯人を見たと言えば、彼らのサボりもまた明らかになってしまうのだ。

森先輩《もりせんぱい》が椅子《いす》に座る。視線で隣《となり》に座るよう促《うなが》されるが、私は動かなかった。肩《かた》を竦《すく》めて、彼女は種明かしをする。

「あの日は生徒会室に行って、ひとりでお弁当食べてたんだ。そこに点検作業に付き合ってた先生がやって来て、手洗いに行きたいから屋上の施錠《せじょう》だけ頼《たの》む、って鍵《かぎ》を渡《わた》されたの。しっかり者の生徒会長は、先生たちからも信頼《しんらい》されてたからね」

元だけど、と付け加える。未《いま》だに校内では森先輩《もりせんぱい》を会長と呼ぶ生徒が多い。それだけの信頼《しんらい》を勝ち取っている。

「すぐに作業は終わった。業者を見送って鍵《かぎ》を閉めようとしたとき、思いついた。この見晴しのいい屋上から、ビラを撒《ま》いてみたらどうだろうって」

私はただ、その告白を聞いていた。

「思いついたからにはすぐに行動したよ。パソコン室に忍《しの》び込《こ》んで、ワードで適当に作ったプリントを百枚刷って、放課後にばらまいた。すぐに鍵《かぎ》は職員室に返しておいたから、誰《だれ》もわたしの仕業《しわざ》とは気がつかなかっただろうね。……まぁ、そんなことは、もうどうでもいいけど」

虚空《こくう》を見ていた瞳《ひとみ》が、立ちすくむ私を捉《とら》える。

本当は、犯人が森先輩《もりせんぱい》だろうと指摘《してき》する必要はなかった。

素直《すなお》は、森先輩《もりせんぱい》と個人的に話したこともない。先輩《せんぱい》が、素直《すなお》にレプリカがいるなどと気がつけるはずもない。アキくんの考えは当たっていたのだ。

私は先輩《せんぱい》に対して、そうと悟《さと》られない程度の用心をしておくだけで良かった。そうすれば今まで通りの安寧《あんねい》を享受《きようじゆ》することができた。何事もなく演劇を終えて、何事もなく先輩《せんぱい》は学校を卒業していっただろう。

でも私は、そうしなかった。

「わざわざ名乗り出てくれて、ありがとうね」

慇懃《いんぎん》にお礼を言う先輩《せんぱい》は、理解していた。この忙《いそが》しい時期にわざわざ犯人捜しをするのは、ビラの内容に危機感を覚えた人物に限られると。

「本当にありがとう。愛川素直《あいかわすなお》さんじゃなくて、愛川《あいかわ》さんのドッペルちゃん」

私は正面から先輩《せんぱい》を見つめた。

「私に、なんの用ですか」

「そんなに警戒《けいかい》しないで。変な研究機関に送って、解剖《かいぼう》してもらったりしないから」

くすくすと森先輩《もりせんぱい》は笑う。笑っているのに、少しも楽しくなさそうだった。

「それに調べなくても、わたしはあなたのことをよく知ってる。ふつうの人間となんにも変わらないもの。酸素を吸ったら、二酸化炭素を吐《は》くでしょ。ごはんを食べたらトイレに行きたくなるし、疲《つか》れたら眠《ねむ》くなるよね。髪《かみ》も爪《つめ》も伸《の》びるし、にきびだってできる。そうだよね」

先輩《せんぱい》はどこまでも穏《おだ》やかに続ける。

「知ってるよ。ドッペルゲンガーは、わたしでもあるから」

まさかと思う気持ちと、やっぱり、と納得《なっとく》する気持ちがあった。

「森先輩《もりせんぱい》も」言いかけて、いったん唇《くちびる》の動きを止める。

「あなたも、レプリカなんですね」

「レプリカ？」

「素直《すなお》は……オリジナルは、私のことをそう呼んだから」

ほんものとおんなじに見えるのに、ほんものじゃないもの。

私のことを素直《すなお》は、レプリカと呼んだ。セカンドと名づけた。私が人間ではないことを、ニセモノに過ぎないということを、いろんな言葉によって頭ごなしに刻みつけていった。

「レプリカに、オリジナルか。なるほど。あなたたちはそういう呼び方をしてるんだ」

先輩《せんぱい》は感心したように息を吐《は》きながら、机に手をやって立ち上がった。

私に向かって手を伸《の》ばしてくる。反射的に私は身体《からだ》を硬《かた》くした。

でも、おそれていたような衝撃《しょうげき》はなかった。

私は、抱《だ》きしめられていた。それはかけがえのない友人と数十年ぶりの再会を果たしたような、劇的なまでに力強い抱擁《ほうよう》だった。

「先、輩？」

戸惑《とまど》う私に構わず、言う。

「あなたに会いたかった。会えて良かった」

声が湿《しめ》っているから、泣いているのかと思った。

けれど、私の認識《にんしき》はどこまでも甘かった。それを数秒後に思い知らされた。

「ねぇ、こうしてせっかく会えたんだもの。お願いだから教えてくれない？」

身体《からだ》を離《はな》したとき、先輩《せんぱい》はいたく真面目な顔をしていた。冷徹《れいてつ》な顔つきだった。まだ身体《からだ》に残る彼女の温度が、性質《たち》の悪い嘘《うそ》のように思えた。

「怪我《けが》をしたオリジナルを治す方法は、ある？」

「……え？」

「もしくはオリジナルの傷を、レプリカに移す方法はある？　それに近い方法を知ってたりする？」

私は呆然《ぼうぜん》としていた。

唐突《とうとつ》に、なんの話が始まったのだろう。先輩《せんぱい》は何を言っているのだろうか。

私はよっぽど、間の抜《ぬ》けた顔をしていたのだと思う。先輩《せんぱい》は苛立《いらだ》ったように舌打ちすると、力任せに私の肩《かた》を揺《ゆ》さぶった。

「教えてよレプリカさん。あなたが代わりに死ねば、オリジナルを助けられたりする？」

彼女の言葉によって、私は思いだした。そもそも忘れたことが一度もないので、思いだしたというのは正しくなかった。

私は目を背《そむ》けていたあの日に向かい合わされた。

駅のホームに突《つ》き落《お》とされて死んだ。電車に轢《ひ》かれて死んだ。ミンチにされて死んだ。私は、私がそうやって死んだことを、知っている私だった。

命はひとつだけのはずだった。それが正しい人間のあり方だった。ひとつしかないから大切にするのだ。

私はあの瞬間《しゅんかん》。

泣いている素直《すなお》と向かい合った瞬間《しゅんかん》、本当に、自分が人ではなかったのだと思い知らされた。

「私、が、……知ってるのは」

声帯がたわむ。うまく息が吸えない。目蓋《まぶた》の裏が、ちかちかと明滅《めいめつ》している。

両肩《りょうかた》を押さえられているから、逃《に》げられない。

「レプリカは、死んでも、蘇《よみがえ》ります」

先輩《せんぱい》が身を乗りだす。

「レプリカは」息が荒《あら》くなる。目のはしに涙《なみだ》がにじんだ。身を捩《よじ》るようにしないと、言葉が出てこなかった。

「死んでも、オリジナルがもう一回呼べば、蘇《よみがえ》ります。オリジナルが無傷であれば……」

何度も呼吸を継《つ》ぎながら、なんとかそう伝える。

「へぇ、すごい。そうなんだ。そういうことになってるんだ、わたしたちって」

それなのに森先輩《もりせんぱい》の手は、尖《とが》った爪《つめ》は、より強く私の肩《かた》に食い込んでいる。

「それって、逆はだめなの？　オリジナル自身は死んじゃったら、それまでってこと？」

不気味な眼光は、黙《だま》り込《こ》む私を解放してくれない。

「例えばさ、身代わりになったりはできる？　愛川素直《あいかわすなお》さんが死ぬとき、レプリカのあなたが代わりに死ぬことはできる？」

どうしてそんなことを、言うのだろう。

私はそれほどまでに森先輩《もりせんぱい》に、ひどいことをしただろうか。何かの罪を、犯《おか》しただろうか。

「ねぇ。ほんものの愛川《あいかわ》さんは今、どうしてる？　どこにいて、何をしてるの？　できれば、もっと詳《くわ》しく話を聞きたいんだけど」

顔を顰《しか》めても、森先輩《もりせんぱい》の勢いは止まらない。何かに取《と》り憑《つ》かれたかのように繰《く》り返《かえ》して、私の身体《からだ》を揺《ゆ》さぶる。

「どうしても知りたいの。だめかな。ねぇ」

「ナオを離《はな》してください」

痛みが和《やわ》らいだのは、聞き慣れた声がしたからだ。

アキくんが、森先輩《もりせんぱい》の手から私を引《ひ》き剝《は》がして後ろに庇《かば》う。

呆然《ぼうぜん》と見上げる。がっちりとした肩《かた》は揺《ゆ》れていて、頰《ほお》には汗《あせ》が流れていた。

どうしてここに。疑問を投げかけようとして、すぐに答えが頭に浮《う》かぶ。

りっちゃんが知らせたのだ。聡明《そうめい》な後輩《こうはい》は、ビラ撒《ま》きの犯人が判明したとき、私が起こしかねない行動を予測していたのかもしれない。

「俺もレプリカです。訊《き》きたいことがあるなら、俺に訊《き》いてください」

息が詰《つ》まる。私を守るために、アキくんは自身の秘密をも明かしてしまっていた。

上下に動く肩《かた》の向こうで、森先輩《もりせんぱい》は訝《いぶか》しげに首を捻《ひね》っている。

「じゃあ、もしかして広中《ひろなか》さんも？　文芸部はレプリカの集まりだったりする？」

「違《ちが》います。りっちゃんは」

ふつうの、ちゃんとした人間だ、と私は言おうとした。言えるわけがなかった。

少し勢いを失った森先輩《もりせんぱい》は、同じような質問をいくつか繰《く》り返《かえ》した。

アキくんはそれを、厳しい表情で聞き終えてから口を開いた。

でも答えは同じだ。アキくんの知識も、ほとんど私と変わらない。

私たちは、私たちをよく知らない。でもそれは当たり前のことだ。

人間って羨《うらや》ましいと思う。いちいち調べなくたって、保健体育の教科書に詳《くわ》しい解説が載《の》っている。身体《からだ》が有する機能。平均寿命《へいきんじゆみよう》。年齢別《ねんれいべつ》の死亡率。罹《かか》りやすい病気。

でも私は、愛川素直《あいかわすなお》の顔をして生まれてきた模造品《レプリカ》だ。

人間の振《ふ》りをして生きることを義務づけられながら、人間とは異なる点を探す作業に没頭《ぼっとう》できたなら、めざましい発見だらけで、ノーベル賞だってもらえたのかもしれない。鏡を覗《のぞ》き込《こ》んで、お前は誰《だれ》だと何百回も問えるような強さがあるならば、怪物《かいぶつ》にだってなれるだろう。

私には、できない。

「そっか。そうなんだ」

思考がぐるぐると空転する間に、森先輩《もりせんぱい》は落胆《らくたん》の溜《た》め息《いき》を吐《つ》いていた。

大きな期待が裏切られたような、疲《つか》れた眼差《まなざ》し。ぐしゃぐしゃと髪《かみ》を乱す手にも力が入っていない。この数分間で、何十年分も年を取ってしまったような変貌《へんぼう》ぶりだった。

「分かった。ならもう、いいや」

冷たく言い放つと、踵《きびす》を返《かえ》す。

美術室から彼女が出て行ったとたん、私はぷつりと糸が切れたようにくずおれていた。

膝《ひざ》が椅子《いす》に当たる。倒《たお》れ込《こ》む私の肩《かた》をアキくんが支えた。

優《やさ》しい手だった。私の空洞《くうどう》を埋《う》めてくれた唯一《ゆいいつ》の人の手だった。

　アキくんの手は私に安らぎを与《あた》えてくれる。ときどきその優《やさ》しさが、痛みよりも深い場所に突《つ》き刺《さ》さる。

「ナオ、大丈夫《だいじょうぶ》か」

「ごめん」

　それ以上、言葉が出なかった。

「歩ける？」

　ぜったい無理、の意味で首を振《ふ》る。私は傍目《はため》にも、青白い顔をしていたのかもしれない。

「気持ち悪いなら、俺の肩《かた》に吐《は》いていいよ」

　できるわけがない、と思う。その代わりに、アキくんの肩《かた》に額を押しつけた。

　せっけんじゃない、しょっぱい汗《あせ》のにおいがする。夏に戻《もど》った気がする。

　バスケの試合のあと、バスの中で嗅《か》いだにおいだった。やりきれなくて目を閉じた。少しだけ呼吸の仕方を思いだした。

「ばか」

　罵《のの》る声さえ労《いたわ》りに満ちている。それが切なくて、怒《ど》鳴《な》られるよりも私には辛《つら》かった。

「なんでこんな危険な真似《まね》したんだ。俺、やめろって言ったのに」

「ごめんなさい」

　アキくんの言う通りの結果になってしまった。

「でも会って、話してみたかったの。もし、私たち以外にもレプリカがいるなら」

背中を、とんとん、と一定のリズムで叩《たた》かれる。子どもにするような愛撫《あいぶ》が心地《ここち》いい。私はますます強く額を押しつけた。

膝《ひざ》の裏側。くぼんだ池に、腿《もも》から垂れてきた汗《あせ》が溜《た》まっている気がする。

アキくんが、深く息を吐《は》く。

「ずっと、訊《き》こうと思ってたんだ。こんなときに訊《き》くの、間違《まちが》ってるかもしれないけど」

それでも、今しかないと彼は感じたのだろう。

「早瀬先輩《はやせせんぱい》に、何かされた？」

した、じゃなく、された、とアキくんは言う。

あれから早瀬先輩《はやせせんぱい》は一度も登校していない。風の噂《うわさ》で、転校の手続きをしているらしいと耳にした。このまま登校しなければ出席日数が足りず、留年する羽目に陥《おちい》るからだ。

薄々《うすうす》アキくんは、気がついていたのかもしれない。自分を駅のホームに突《つ》き落《お》とそうとした人物が誰《だれ》なのか。疑わしい人物が、どうして学校に来なくなったのか。

でも私の答えは最初から決まっている。

「なんにも」

「話す気は、ないんだな？」

「ごめんね」

こんなの、単なるエゴでしかない。

私は私だって、アキくんが教えてくれた。その言葉がいちど千切れた私を、ここに繋《つな》ぎ止《と》めている。

だから味わった痛みの半分だって、彼の心に触《ふ》れてほしくはなかった。

第4話　レプリカは、回る。

十月最後の日にして、最後の日曜日。いよいよ私の青陵祭《せいりようさい》が始まった。

昨日は素直《すなお》が参加した。午前中はおばけ屋敷《やしき》の受付を手伝って、午後は他のクラスの友達と出店を回ったようだ。

驚《おどろ》くべきは、素直《すなお》が初めて文芸部室に顔を出したことだろうか。大歓迎《だいかんげい》するりっちゃんと共に、しばらく売り子を担当していた。

私は自転車に跨《また》がり、意気揚々《いきようよう》と出発した。二日間とも澄《す》んだ秋晴れの日となり、客足にも期待できそうである。

素直《すなお》の昨日の記憶《きおく》を辿《たど》ったところ、部誌は十九冊を売り上げたらしい。一冊二百円で、十九冊。すごい数字だと私は驚《おどろ》いたけれど、それは昨年と比較《ひかく》しての話だ。

今日、残りの八十一冊を売らねばならないのだと考えれば、いっそう気が引《ひ》き締《し》まった。

午前中はおばけ屋敷《やしき》の手伝い。午後は文芸部室で部誌の販売《はんばい》。午後三時からは、体育館ステージで演劇『新訳竹取物語』が上演される。

お母さんは昨日、学内に掲示《けいじ》されたポスターを見て愕然《がくぜん》としたらしい。そこに自身の娘《むすめ》の名前を発見したからだ。

劇に出るならなんで教えてくれなかったの、とぷりぷりするお母さんの話を素直《すなお》は聞き流していた。今日はどうしても外せない用事があるらしく、泣く泣く出かけていった。

ここだけは変わらず薄暗《うすぐら》い、洞穴《ほらあな》みたいな駐輪場《ちゆうりんじよう》に自転車を置いてから、私は校門のほうに回ってみる。一般来場者《いっぱんらいじょうしゃ》の入場が始まるのは午前十時からなので、まだ外に人影《ひとかげ》はない。きれいに掃《は》かれた正面玄関前《しょうめんげんかんまえ》では、ポップに彩色《さいしき》された大きな看板が来場者を出迎《でむか》える。ぼわんと膨《ふく》らんだエアーアーチには、ウェルカムの気持ちが詰まっている。

グラウンドにも足を延《の》ばすと、外側の白線に沿うようにして飲食の屋台が出ている。いくつか生徒の姿があるだけで煙《けむり》は上っていないものの、絵面《えづら》だけで強烈《きょうれつ》な誘引力《ゆういんりょく》を感じる。真ん中の休憩所《きゅうけいじょ》に流れ着いたら、四面楚歌《しめんそか》だ。脱出《だっしゅつ》は難しいだろう。

振《ふ》り返《かえ》り、青空に包まれた校舎を見上げる。

この二日間、学校は学校ではなくなる。

四角い箱の中は、よそからテーマパークを運び込んできたみたいな大騒《おおさわ》ぎになって、人と音楽と、改めて言葉にすると照れてしまうような夢と希望とでいっぱいになる。

今日だけは一日中、上下ジャージでいいし、クラスTシャツでいいし、仮装してたっていいし、着ぐるみだっていい。土足以外はだいたいのことが許されちゃう、無礼講の日。

ようやく校舎に入った私は、上靴《うわぐつ》に履《は》き替えて空き教室に向かう。二年生は、隣《とな》り合《あ》う二教室を男女別に休憩室として使っているのだ。ここに荷物もまとめるのだが、ロッカーや金庫はないので、貴重品は個人で管理を徹底《てってい》する決まりである。

上だけクラTに着替《きが》える。クリームに近い黄色のクラスTシャツは、胸元《むなもと》に星のロゴが入っていて、裏面《りめん》に全員のあだ名がプリントされている。

素直《すなお》は、「すなお」。ひらがなだと、甘えん坊《ぼう》な子猫《こねこ》の鳴き声みたい。

着替《きが》えを終えた私は財布《さいふ》とスマホを左右のポケットに入れて、足早に教室に向かう。

二年一組の教室に入るとき、私は必ずおはようを言う。今日は男子も女子もこちらを見て、笑顔《えがお》で同じ四文字を返してくれた。いいムードだな、と思った。

たくさんの人が学校に集まる今日、おんなじ色のTシャツを着ているというだけで、私たちには強い仲間意識が芽生えている気がする。

「愛川《あいかわ》さん、おはよ。今日は列整備よろしくね」

すれちがいざま佐藤《さとう》さんに肩《かた》を叩《たた》かれた。

剣道部《けんどうぶ》の出し物。道着に身を包み、立ち合いを演ずる佐藤《さとう》さんは凜々《りり》しくて、かっこよかった。私は眠《ねむ》たげな素直《すなお》の目を通して、その勇姿を垣間見《かいまみ》ることができた。

全員登校してきたところで、佐藤《さとう》さんが中心となりミーティングを行う。セットに触《さわ》らないよう、みんな気をつけて教室中に散らばっている。真剣《しんけん》に話を聞いているおばけたちの佇《たたず》まいがおもしろい。

それぞれ手元には短冊状《たんざくじょう》のプリントを持っている。私ももちろん握《にぎ》っている。ひとりずつ、二日間の当番時間や休憩《きゅうけい》時間《かん》が印字されているそれは、大塚《おおつか》くんが用意して配ってくれたものだ。忘れっぽい生徒にとっては命綱《いのちづな》も同然で、吉井《よしい》くんなんかはセロハンテープで手首に巻いている。アキくんにもやってやるよと絡《から》んで、いやがられていた。

昨日、アキくんは午後のおばけ屋敷当番《やしきとうばん》だった。今日は私と同じ、午前中に二時間だけシフトが入っている。

話の締《し》めくくりに、佐藤《さとう》さんが拳《こぶし》を突《つ》き上《あ》げる。

「それじゃ、二日目もがんばってこうぜ！　目指せ最優秀賞《さいゆうしゅうしょう》！」

約一月前は拍手《はくしゅ》していただけの私たちは、おー、と勢いよく拳《こぶし》を上げる。

午前十時になり、来場者の入場が開始された。スピーカーから明るいBGMが流れてくると同時に、おばけ屋敷《やしき》の営業もスタートする。というのも他クラスの生徒が、すでに列を形成していたのだ。

おばけ屋敷《やしき》自体、集客力が高い企画《きかく》であるのは間違《まちが》いないのだが、一組では美術部の大塚《おおつか》くんが臨場感あるポスターを手がけたことによって、話題が話題を呼び、昨日も午前中から大盛《だいせい》況《きょう》を博したのだという。

今日の出足もかなり好調だ。それは何よりだが、列が伸《の》びすぎると実行委員から指導が入ってしまう。なるべくひとりずつ詰《つ》めて並んでもらうようお願いするのが、今日の私の仕事だ。

来年の新入生になるのかもしれない、中学生の集団。はしゃぐ親子連れ。老夫婦《ろうふうふ》に、大学生くらいのカップル。目の前をいろんなグループが横切っていく。

「うわっ。今、中から悲鳴聞こえてきた」

「ぜったい怖《こわ》いって、やめとこうよ」

「ママ、おしっこー」

「あと何分くらいかな」

「ポップコーン仕舞《しま》っとくか」

「がぜん楽しみだわ」

　あちこちから聞こえてくる。切れ切れの会話に耳の先端《せんたん》をかじられながら、声を張り上げて一歩ずつ前のグループとの距離《きょり》を詰《つ》めてもらう。その繰《く》り返《かえ》しなので、難しくはない。

「愛川《あいかわ》さん、お疲《つか》れ。交代するよ」

　他校の制服を着た女子のグループを列に導いた私は、声をかけてきたクラスメイトに最後尾《さいこうび》札《ふだ》を手渡《てわた》した。もう一時間が経《た》っていたらしい。十分の休憩時間《きゅうけいじかん》だ。

　空き教室からは、小道具班の女子が出てきた。ちょうど休憩《きゅうけい》終《お》わりだったようだ。お疲《つか》れ、と挨拶《あいさつ》してすれ違《ちが》う。

　置いたときより二倍程度に膨《ふく》らんだスクールバッグの群れに目を凝《こ》らして、素直《すなお》のそれを見つける。

　私は水筒《すいとう》からぐびぐびとお茶を飲んだ。冷たくも熱くもないほうじ茶が、からからの喉《のど》を清《せい》涼《りょう》に洗い流していく。勢い余って濡《ぬ》れた口元は、ハンドタオルで拭《ぬぐ》う。

　アキくんの姿は一度も見かけなかった。大道具班のうち数人は、おばけ屋敷《やしき》内《ない》で演出を手伝いつつ、壊《こわ》れた道具があればすぐ補修できるよう控《ひか》えている。アキくんもそのひとりだった。

五日前、美術室での出来事があってから、私もアキくんも森先輩《もりせんぱい》も、表面上は変わらなかった。演劇の練習では至近距離《しきんきょり》で見つめ合ったし、台詞《せりふ》を交《か》わした。何も変化しないよう注意深く過ごしていることこそ、何かが大きく変わってしまった証《あかし》でもあった。

舞台《ぶたい》を終えたら自然と繋《つな》がりは消える。来年になれば、森先輩《もりせんぱい》たちは舞《ま》い散《ち》る桜と共に卒業していき、二度とお互《たが》いの人生が交わることはないだろう。

なんとなく気分が重くなる。だから今は、考えるべきじゃないのだとも思う。

「あ、いたいた。愛川《あいかわ》さーん」

部屋を出たところで、受付をやっていたはずの佐藤《さとう》さんに声をかけられた。両手に布の塊《かたまり》を抱《かか》えている。

「どうしたの？」

何か不測の事態だろうか。でも、そういう感じでもない。

「おばけ屋敷《やしき》のほうは人が足りてるから、チラシ配りをお願いしたくてさ。配り終わったらそのまま文芸部行って大丈夫《だいじょうぶ》だから、頼《たの》めるかな？」

「そうなんだ。分か」

「助かる！　じゃあこれチラシ配り用の衣装《いしょう》ね、五分経《た》ったらメイク係も来るから」

返事をし終わる前に、抱えていたそれを押しつけられる。

けっこう強引《ごういん》な佐藤《さとう》さんは、満足したように去っていった。取り残された私は、とりあえず空き教室に引き返す。

休憩用《きゅうけいよう》に並ぶ椅子《いす》の座面に広げたところで、それが特徴的《とくちょうてき》なコスチュームらしいことに気がついた。

基調となるのは白と黒。リボンにフリル、それにミニ丈《たけ》のスカート……。

「メイド服?」

どの角度から見てもメイド服である。

スカートの裾《すそ》からひらりとメモの切《き》れ端《はし》が落ちる。そこには乱雑な字でこう書いてあった。

ドンキにて調達。メイドの土産《みやげ》といえば、これっしょ! 吉井《よしい》くんより
意味、ぜんぜん違《ちが》う。あと達の横線が一本多いよと伝えたいが、吉井《よしい》くんはこの場にいない。

そういえば彼は最初の話し合いのとき、メイド喫茶《きっさ》がやりたいと積極的にアピールしていた。今も未練があるのだろうか。

戸惑《とまど》ったが、こと青陵祭《せいりようさい》に関してリーダー佐藤《さとう》さんの言うことは絶対だ。私は背後のカーテンが閉まっているのを確認《かくにん》してから、そろそろとスカートを脱《ぬ》いだ。

黒のワンピースを着て、フリルつきの純白のエプロンを上から重ねる。腰《こし》の白いリボンは外せるようになっていたので、シュシュ代わりにして髪《かみ》をまとめた。

そこで一息吐《ひといきつ》こうとしたら、軽くドアが叩《たた》かれた。

「愛川《あいかわ》さん、着替《きが》え終わった？」

「う、うん」

視線を向けると、入ってきたのはメイクボックスを抱《かか》えた二人のクラスメイトだ。

「うはっ、やば。かわいい」

「このメイドさんを今から穢《けが》していいんだと思うとぞくぞくするね」

「えっと」

発言が不穏《ふおん》すぎて、背中に冷《ひ》や汗《あせ》をかく。

おばけ屋敷《やしき》では、言うまでもなく脅《おど》かし役のメイクは重要である。本物の傷や血に見えるようなメイクを施《ほどこ》すことによって、おばけ屋敷《やしき》のクオリティは何倍にも跳《は》ね上《あ》がるのだ。噂《うわさ》に聞く戦慄迷宮《せんりつめいきゅう》しかり。

そういうわけで、メイク班は一か月かけて腕《うで》を磨《みが》いていた。昼休みのたび暇《ひま》な男子を捕《つか》まえ、傷メイクで保健室に駆《か》け込《こ》ませたりしていた。先生にこっぴどく叱《しか》られていたけれど、それはメイクがリアルだったゆえだろう。

笑顔《えがお》の彼女たちは私の肩《かた》をがっしりと摑《つか》み、椅子《いす》に座らせた。後ろから運ばれてきた机には所狭《ところせま》しとメイク道具が広げられていく。

「あの、これは」

「静かに！」

鬼気迫《ききせま》った眼差《まなざ》しで告げられる。私が反射的に黙《だま》ると、彼女たちは一斉《いっせい》に動きだした。

「愛川《あいかわ》さん肌《はだ》きれー」

「どうやって手入れしてるの？」

「唇《くちびる》ぷるぷる」

「ニキビ跡《あと》すらない。すごーっ」

目閉じて、鼻の下伸《の》ばして、唇突《くちびるつ》きだして、右向いて、と指示されるままに従う。隙《すき》あらば世間話を挟《はさ》んではいるが、二人の連携《れんけい》は洗練されていて見事なものだった。

嵐《あらし》と呼ぶべき猛攻《もうこう》を喰《く》らった私は鏡を見せられてから、ふらふらと教室を出た。

廊下《ろうか》には、アキくんと佐藤《さとう》さんが立っていた。

「えっ」

私は口を半開きにして、彼の上から下までを見つめた。

白いシャツ。裏地が赤い黒のマント。いろんなところに血糊《ちのり》が散っている。

口の間からは鋭《するど》く尖《とが》った牙《きば》が覗《のぞ》く。そこにいたのは、変わり果てたドラキュラアキくんだった。

「どう、愛川《あいかわ》さん」

「あははは」

私はお腹《なか》を抱《かか》えて笑ってしまった。

安っぽいドラキュラは、かっこいいのか、おもしろいのか、絶妙《ぜつみょう》なラインだったのだ。冷静になるとかっこいい気はするのだが、冷静になるには、文化祭という場はお祭りすぎた。

「笑いすぎだろ」

そう言いながら、アキくんだって笑っている。

さっきまで真面目に列の整理とか、大道具の補修をしていたはずなのに、どうして私たちはメイドとドラキュラになっているのだろう。奇想天外《きそうてんがい》すぎて、もう笑うしかない。

ちなみに私はといえば、額の真ん中にぱっくりと大きな傷ができて、勢いよく噴《ふ》き出《で》た真っ赤な血で頬《ほお》や顎《あご》も汚《よご》れている。

白いエプロンドレスにも鮮血《せんけつ》が飛び散っている。全体的にだいぶでろでろとしていて、グロテスクな様相だ。

だが無論のこと、私たちの傷は本物ではなかった。メイク班による、渾身《こんしん》の傷メイクである。

「みんなすごいね。メイク、本当に上手」

メイク班の面々は誇《ほこ》らしげだ。実際、彼女たちの技術はすこぶる高い。遠目か、あるいは暗い場所でなら、実際に傷を負っているように勘違《かんちが》いしてしまうだろう。

完璧《かんぺき》に仕事を終えた彼女たちが、風のように去っていく。残った佐藤《さとう》さんは満足そうに顎《あご》に手をやっていた。

「ドラキュラ伯爵《はくしゃく》に仕えるメイド、っていう設定ね。世界観がいい感じにまとまって良かったよ。これもドンキのおかげだ」

果たしてこれは、まとまっているのだろうか。

「そもそも病院に、ドラキュラとメイドっているのかな」

ナースなら良かったけれど、メイドとナースではぜんぜん違《ちが》う。トムとジェリーくらい違《ちが》う。

佐藤《さとう》さんはあっけらかんと言う。

「海外の病院だから、いるでしょ」

「いないだろ」

「ドラキュラは献血《けんけつ》とかしに来るだろうし」

「せめて輸血だろ」

「細かいことは気にしないの」

この一月で薄々《うすうす》察してはいたが、佐藤《さとう》さんは大雑把《おおざつぱ》な性格だった。

「では二人に特別任務を与《あた》えます。これから看板持って、チラシ配ってきてよ。その格好ならいい広報活動になると思うのよね」

そう改めて告げられて、はっとする。

男女が二人きりで文化祭を回っていたら、否応《いやおう》なしに目立つし、噂《うわさ》になってしまう。

でも仮装という盾《たて》があれば、格好自体には注目されても、周囲の人はおばけ屋敷《やしき》の宣伝活動だと認識《にんしき》してくれる。仮装する二人の関係性なんて、誰《だれ》も気にしなくなるのだ。あるいは佐藤《さとう》さんのお節介《せっかい》だったのかもしれないが、乗ることにした。だって私はなんとしてでも、アキくんと二人で初めての青陵祭《せいりょうさい》を楽しみたいと思っていたのだ。

スカートの裾《すそ》をつまみ、小首を傾《かし》げてみせる。

「血だらけメイドと文化祭回るの、いや？」

向かい合うアキくんは、軽く会釈《えしゃく》をする。

「そっちは、ドラキュラと文化祭回るのは？」

「大歓迎《だいかんげい》」

私は思いきりのいい笑顔《えがお》で答えた。ドラキュラでも、フランケンシュタインでも、包帯男でも、中身がアキくんならいい。なんだってサイコーだ。

そこで佐藤《さとう》さんが、名案とばかりに人差し指を立てる。

「そうだ。せっかくだしお二人さん、最初に呪《のろ》われた廃病院《はいびょういん》決めちゃってよ」

「えっ」

私はぎょっとしたが、無理やり背中を押されて廊下《ろうか》を進む。

目的地は明らかに二年一組の教室だ。仮装、というより迫力満点《はくりょくまんてん》のメイクに気を取られて、道行く人の視線が集まっているのはいいとして。

「私、暗いのはあんまり得意じゃないから」

「得意じゃないだけで、苦手じゃないんだよね？」

「えっと、本当に大丈夫《だいじょうぶ》」

「大丈夫《だいじょうぶ》なら、良かった」

「違《ちが》うの。へーきだから」

「へーきなら、良かった」

ああ、日本語ってなんて難しいんだろう。

「あの、へーきとか大丈夫《だいじょうぶ》っていうのは、参加しなくていいって意味で、というか参加したくないっていうか」

「特別優待券お持ちの二名様、ごあんなーい」

のれん代わりに垂れ下がる黒のビニールテープに顔を撫《な》でられて、気がつけば私はアキくんと共におばけ屋敷《やしき》、ならぬ呪《のろ》われた廃病院《はいびょういん》に入っていた。

暗幕カーテンに覆《おお》われた教室内は、かなり暗い。ところどころに光源とも呼べない豆電球の明かりこそあるものの、手元すらよく見えないくらいだ。

……なぜこんなことに。

立《た》ち尽《つ》くして考えるものの、答えはおばけ屋敷《やしき》の中には落ちていなそうだ。

どこからか、ひょおお、と薄《うす》ら寒《さむ》くなるような風の音がする。隙間風《すきまかぜ》だろうか。病院なのに。

焦《あせ》りながら目をやれば、受付に置かれたパソコンが光っている。そこからノイズ混じりの、地を這《は》うような音声が流れてきていた。

『呪《のろ》われし廃病院《はいびょういん》に足を踏《ふ》み入《い》れてしまった、者たちよ。ここから生きて戻《もど》るには、この先にあるお前たちのカルテを回収しなければならない。さもなく、ば、永遠に、この病院に……』

ぶちっ、と音声が途《と》切《ぎ》れたかと思えば、ばさばさばさっ、と激しい鳥の羽ばたきの音がする。病院なのに。

そこで画面は、任務を終えたように暗くなってしまう。

アキくんが感心したように顎《あご》を引く。だんだんと暗がりに目が慣れてきたのか、その様子は浮《う》かび上《あ》がるようにして見えていた。

「今の、大塚《おおつか》なんだけどわりとうまいよな。あいつにも演劇、手伝ってもらえば良かったかも」

「そ、そうだね」

引きつりながら頷《うなず》く私に、彼は軽い口調で言う。

「じゃあ、とりあえず折り返し地点にあるカルテ取りに行くか。それがないとクリア扱《あつか》いにならないってルールだし」

「それは、む、無理かな」

アキくんが首を捻《ひね》っている。

「なんで」

「む、む、むり、無理なの」

「怖《こわ》いの！」

とうとう私は叫《さけ》んだ。

アキくんは呆気《あっけ》に取《と》られている。口を開けているから、尖《とが》っていない下の歯がよく見える。

闇《やみ》の中では、その白さが際立《きわだ》っていた。

鳥肌《とりはだ》が出ている二《に》の腕《うで》をメイド服の上から擦《さす》って、私は泣きそうになりながら主張する。

「怖《こわ》くてだめなの。もうこれ以上進めない。リタイアします！」

「もうってか、まだ一歩も進んでないけど」

「リタイア！」

叫《さけ》んで入り口に引き返そうとする私の肩《かた》を、アキくんが叩《たた》く。

その感触《かんしょく》にもびくつきながら、彼が指し示す壁《かべ》を見てみると、そこには血文字で「リタイアできないタイプの廃病院《はいびょういん》です。がんばってください」と丁寧《ていねい》に書いてあった。

私の顔は、蒼白《そうはく》を通《とお》り越《こ》して土気色になっていたことだろう。ここにお医者さんがいたならドクターストップを告げていてくれたはずなのに、無念極《きわ》まりないことに、呪《のろ》われた廃病院《はいびょういん》には生きているお医者さんがいないのだ。

「とにかく、行こう。歩いてればいつか終わるって」

アキくんは、このおどろおどろしい空間に恐怖《きょうふ》を感じていないようだった。その力強さは頼《たの》もしいけれど、今は正直、アキくんよりもカルテがほしい。

「手、繋《つな》ぐ？」

「お願いします」

やっぱり頼《たよ》れるのは、カルテより隣《となり》のアキくん。

間髪《かんはつ》容れず彼の手を引き寄せて、ぎゅうっと握《にぎ》る。大きくて温かい。

気配がかすかに身動《みじろ》いだけれど、アキくんは私の右手を振《ふ》り払《はら》ったりはしなかった。

「じゃ、行こう」

「う……ん」

震《ふる》え声でなんとか返事はしたけれど、そこからが大変だった。

だって、もう、ずっと怖《こわ》い。

クラスのみんなで協力して仕上げた、私にとっても思い出深い内装ではある。

だからといって、机を寄せ集めて作ったベッドの血まみれ具合に笑顔《えがお》になったり、怪《あや》しげな瓶《びん》が並ぶ薬品棚《やくひんだな》を見て「あの左から二つ目の瓶《びん》、私がラベルを剝《は》がしたの」なんて得意げになれるはずがない。

直視しないよう、私は俯《うつむ》いて歩くしかないのだが、そうすると視界が鎖《とざ》されるという根源的な恐怖《きょうふ》が押し寄せてきて、うまく両足が動かせなくなる。

「ナオ、大丈夫《だいじょうぶ》?」

「ぜんぜん、だいじょうぶじゃ、ないい」

ほとんど泣きながら返事をした。

生まれたての子鹿は、私よりもちゃんと歩けて立派だ。生まれたばかりなのに、どうしてそんなに偉《えら》いんだろう。

でも子鹿だって廃病院《はいびょういん》に放り込まれたら、ふくらはぎがぷるぷる震《ふる》えるのではないだろうか。

「う、うう、ア、アキくん、いる?」

「いるよ」

「いるよね?」

「いるって。手、繋《つな》いでんじゃん」

子どものように、揺《ゆ》らされる。右に左に、ぶんぶんぶんする。

分かりやすく宥《なだ》められている。安堵《あんど》するのはアキくんの余裕《よゆう》ぶりが伝わってくるからだ。前に引っ張ってくれるアキくんがいる限り、私はひとりにはならない。それなら、なんとかなる。

そのはずだ。

亀《かめ》よりものろのろと、すり足で進んでいく。その途中《とちゅう》、耳元でアキくんが囁《ささや》いた。

「ナオ。角を曲がった先の区画なんだけど、ベッドに入院患者役《にゅういんかんじゃやく》の吉井《よしい》が横たわってる。目の前まで行くと脅《おど》かしてくるから気をつけて。接敵まであと五秒」

ルール違反《いはん》ではあるけれど、事前に演出について教えてくれるアキくんはなんて優《やさ》しいのだろう。すばらしい彼氏《かれし》に感激して、私は久方ぶりに顔を上げた。

「わ、分かった。ありが」

「ウガアアアッ」

「うひいいいいっ」

うっかり気絶するかと思った。それくらい怖《こわ》かった。

血まみれの入院着姿の患者《かんじゃ》が、突如《とつじょ》としてベッドの上で跳《は》ねたのだ。苦しげに手足をばたつかせて痙攣《けいれん》し、やがてお腹《なか》に刺《さ》さったメスを思いだしたかのように静かになっていく。

などと、冷静さを気取れるのはそこまでだった。

「はええよ吉井《よしい》」

「いやー、真田《さなだ》の声が聞こえて気張っちゃって。どうよ、おれの類《たぐ》い稀《まれ》なる演技力は」

「まぁまぁだった」

「辛辣《しんらつ》だな、おい。つかメイドとドラキュラ、いいじゃん。やっぱメイドさんはロマンだわ！」

二人が何か話しているけれど、その内容も頭に入ってこない。

私はアキくんの背中に隠《かく》れていた。ドラキュラのマントにしがみついて、硬直《こうちょく》しきっていた。衣装《いしょう》に皺《しわ》ができることなんて構っていられない。ぎゅっと握《にぎ》るだけだ。どうか蜘蛛《くも》の糸じゃないようにと祈《いの》りながら。

そんな私の仕草に気がついたのか、吉井《よしい》くんが目をぱちくりしている。

「愛川《あいかわ》さんって、こういうの苦手なんだな。意外だわ」

「言いふらすなよ」

「分かってるって。イメージ崩《くず》れるもんな」

私の額を冷たい汗《あせ》が流れ落ちていく。信じられない事態に、身体《からだ》が震《ふる》えている。

「愛川《あいかわ》、そろそろ進もう。愛川《あいかわ》？」

「し、しん」

「しん？」

「……心臓止まっちゃった。どうしよう」

ばくばく鳴《な》り騒《さわ》いでいた心臓の音が、先ほどからうまく聞こえないのだ。

アキくんが、ぱちぱちと瞬《まばた》きをする。

「止まってないよ。動いてるって」

「じゃあ触《さわ》って確認《かくにん》してよ！」

パニックのあまり、自分がなんて叫《さけ》んだのかもうまく理解できない。

でもその瞬間《しゅんかん》アキくんの表情が、固まったように見えた。

まさか私に続いて、アキくんの心臓まで。慌《あわ》てふためく私より、なぜか吉井《よしい》くんのほうが慌《あわ》てている。

「真田《さなだ》、大丈夫《だいじょうぶ》だ。おれはなにも見てないぞ。さっ、続けてくれ」

「……今の愛川《あいかわ》は、混乱してるだけだから」

アキくんの声までも張《は》り詰《つ》めている。どうしよう、本当に心臓が。

「つまりエスコート役はおれでもオーケーてこと?」

血まみれの入院患者《にゆういんかんじや》が、何かを期待するようにこちらを見る。

私はぎこちなく首を横に振《ふ》った。

「勘弁《かんべん》してください」

「がーん!」

叫《さけ》んだ吉井《よしい》くんが大人しくベッドに戻《もど》っていく。次の獲物《えもの》を待つのだろう。

私が何か言う前に、ぐいっと手を引っ張られて歩きだす。つい先ほどよりも力が強い。でもその力強さは、病院内では輝《かがや》いている。

「ナオ。カルテ取った」

「ちゃんと、二枚?」

「うん。見てみ」

うろうろと目を開けて確認《かくにん》する。大量に刷っただけのカルテには、もちろん私たちの名前は書いていないけれど、薄《うす》っぺらい紙が心強いお守りのように感じられる。

しかしようやくカルテを入手したのだから、ここは折り返し地点ということになる。

信じられない。恐怖《きょうふ》の時間は、あと半分も残っているのだ……。

「アキくん。もしかして私がいないときに、みんなで教室の壁《かべ》を叩《たた》き壊《こわ》したりした？」

「二年二組なら、隣《となり》でたい焼き売ってるよ」

疑わしいが、違法改築《いほうかいちく》は行われていないらしい。

「あともうちょっとだから、がんばろう」

闇《やみ》の中、アキくんの声と手の感触《かんしょく》が私を元気づける。話し続けることで、私の気を紛《まぎ》らわせてくれている。

「ここ出たら、たい焼きも食おう」

「うん。かわいそうだけど、頭から食べちゃう」

「その意気」

そのときだった。

なけなしのやる気を奪《うば》うように、メイド服と背中の間に冷たい風が吹《ふ》いた。

「うひゃあっ」

後ろからくすくす、と誰《だれ》かの笑う声がする。子どもの声のようだ。

ぱっと振《ふ》り向《む》くと、垂れ下がる白いカーテンがゆらゆらと揺《ゆ》れている。声の主はあそこに逃《に》げたらしい。縋《すが》りつくように握《にぎ》った手を引き寄せた。

「おばっ、おばけ倒《たお》して！　早く！」

「無茶言うなって」

「おばひっ」

次はぶおんと生ぬるい風が、額を撫《な》でてくる。

視界が乱れた髪《かみ》の毛《け》に覆《おお》われる。柳《やなぎ》の木に取《と》り憑《つ》かれたのではなかろうか。病院なのに。

「もうやだー」

縋《すが》りついていた手すら離《はな》して、私はその場に蹲《うずくま》った。

情けなくて、怖《こわ》くて、みっともなくて、怖《こわ》すぎて、涙《なみだ》か鼻水が止まらない。

いやだって言ったのに。へーきじゃないのに。ぜんぜん大丈夫《だいじょうぶ》じゃないのに。

「ほら、立って。大丈夫《だいじょうぶ》だって」

膝《ひざ》を抱《かか》えて、ぐすぐす、ずびずび言う私に、アキくんが手を差《さ》し伸《の》べてくる。

私は気力を振《ふ》り絞《しぼ》って、その手を掴《つか》もうとした。この暗闇《くらやみ》に置き去りにされたら終わりだ。

私はもう、二度と外の世界には戻《もど》れなくなる。

一蓮托生《いちれんたくしょう》。運命共同体。それほどの切なる気持ちで見上げた先で、信じられないことに、アキくんは肩《かた》を震《ふる》わせていた。

なんと、笑っていたのだ。

「なんで笑ってるの！」

私はこんなにも辛《つら》い思いをしているのに、いったいどういう了見《りょうけん》なのか。

肩《かた》を怒《いか》らせて震《ふる》える私をちらっと見て、口元を覆《おお》ったアキくんがくぐもった声で言う。

「かわいくて、つい」

なんのフォローにもなっていない。

「ごめん。今まで我慢《がまん》してたけど、本格的にだめだ」

ついにアキくんは身を折るようにして笑いだす。あははははとか聞こえる。身も蓋《ふた》もない爆《ばく》笑《しょう》である。

「ひどい！　最低！　すかぽんたーん！」

私は膝《ひざ》を抱《かか》えたまま、さんざん罵《ば》倒《とう》したが、ますます彼はウケていた。ひーひー言っている。

そんなあほなやり取りの末に、私は自力で立ち上がろうとした。とにかく、早く外に出たい。

裏切りのアキくんを置いて、私だけでもおそろしい廃病院《はいびょういん》を抜《ぬ》けだすのだ。

しかしそこで気がついた。だらりと汗《あせ》が頬《ほお》を伝う。

「どうした？」

「あの、なんか立てなく、なっちゃったかも」

腰《こし》が抜《ぬ》けたようだった。

じわりと、乾《かわ》く前の目尻《めじり》に涙《なみだ》がにじむ。感情に任せ、アキくんを言葉の限り罵《ののし》ってしまった。こんな自分勝手で愚《おろ》かな私を、彼はきっと。

「置いてく?」

「なわけないだろ」

涙声《なみだごえ》で問いかければ、被《かぶ》せるように答えがあった。

アキくんは背中を見せると、マントをなびかせてその場に片膝《かたひざ》をついた。唐突《とうとつ》な行動の意味が分からず、「どうしたの」と訊《たず》ねる。

「おんぶする」

腰抜《こしぬ》けな私を、出口まで連れて行ってくれるとアキくんは言う。

「でも、足」

「最近は、大して痛くないから」

尻込《しりご》みしつつ、私は彼に甘えることにした。

肩《かた》に手をかけて、背中にもたれるようにしながら身体《からだ》を前に出す。

アキくんは立ち上がりながら、両手を私の膝裏《ひざうら》へと回した。スカートの裾《すそ》がずり上がっているが、そんな細かなことに文句をつけられるはずもない。

コアラの赤ちゃんになった気持ち。しがみついたアキくんの身体《からだ》は、がっちりとしている。筋肉が密集していて、鍛《きた》えられていて、スポーツをしていた人の身体《からだ》つきだと分かる。

逞《たくま》しい背中に、私は頭を預ける。短い黒髪《くろかみ》が頬《ほお》をつんつんしてくる。アキくんのうなじは、しょっぱいにおいがする。

「重い？」

「まぁ」

ぽか、と軽く頭を叩《たた》く。

「訂正《ていせい》する。羽根のように軽いよ」

「嘘《うそ》くさいなぁ」

笑っていたら、あっという間に怖《こわ》さが薄《うす》れていく。

残り半分だったのが嘘《うそ》のように、急に視界が開けた。

まぶしい。目の奥がじんと痛んで、数秒間はぎゅっと目をつぶっていた。

「二人とも、おっかえりー」

外の喧噪《けんそう》と共に、佐藤《さとう》さんの出迎《でむか》えの声が響《ひび》く。

私は目を開けた。不気味な風や、囁《ささや》く声なんて、日の光に照らされた世界には敵《かな》わないのだと悟《さと》っていた。

「カルテ、記念に持って帰る？」

「けっこうです」

「あら残念」

握《にぎ》り潰《つぶ》してぐしゃぐしゃになったカルテが回収されていく。

「どうよ、楽しかったでしょ」

それまで笑っていた佐藤《さとう》さんだったが、べしょべしょになった私を見るなり表情を変えた。

「なんかごめんね」

真顔で謝られてしまった。

清潔そうなハンカチを差しだされる。ばつ丸くんのアップリケがついたハンカチだ。メイクがついたら取れなくなりそうなので、首を横に振《ふ》る。でも心遣《こころづか》いはありがたかった。

おんぶされたまま空き教室へと逃《に》げていく。今の私にとっては、ドラキュラのマントがライナスの毛布だ。

ちょうど休憩時間《きゅうけいじかん》を外れたようで人気《ひとけ》はない。アキくんは私を床《ゆか》に下ろした。

私はバッグからポケットティッシュを出して、まず緩《ゆる》い鼻をちーんとかむ。そのあとは、濡《ぬ》れた頬《ほお》をとんとんと、コットンを当てるようにして拭《ぬぐ》う。

「少しは落ち着いた？」

「んん、ちょっとは」

廃病院《はいびょういん》から生還《せいかん》できた今となっては、泣き顔を一部のクラスメイトに見られたのがとにかく恥《は》ずかしいくらいで、怖《こわ》いのはどうでも良くなってしまった。

しばらく休んでいると、佐藤《さとう》さんが訪ねてきた。片手でチラシの束を持ち、もう片方の手に看板を握《にぎ》っている。

「じゃあこれ、よろしく。舞台《ぶたい》もがんばってね」

『新訳竹取物語』に私たちが出演することは、ポスターで掲示《けいじ》されているので多くの人が知っている。文芸部と演劇部の両部が廃部《はいぶ》の危機にあることも噂《うわさ》になっていたそうで、佐藤《さとう》さんを始めとして、部誌を買って応援《おうえん》してくれる子たちもいてありがたい。

「他は、何か手伝わなくて大丈夫《だいじょうぶ》？」

「大丈夫《だいじょうぶ》。ていうか、見てよ」

佐藤《さとう》さんが教室の外に親指を向ける。

同じように外を見てすぐ、言葉の意味が分かった。廊下《ろうか》には長蛇《ちょうだ》の列ができていたのだ。列整備の係が必死になって呼びかけているが、階段のほうまで列が続いているのが見て取れる。まもなく実行委員が駆《か》けつけてきそうだ。

「愛川《あいかわ》さんの悲鳴がすさまじかったおかげで、怖《こわ》い物見たさの列が伸《の》びた。これ、マジで最優秀賞狙《しゅうしょうねら》えるかも」

そのせいで佐藤《さとう》さんは上機嫌《じょうきげん》だったらしい。初めてクラスに大きく貢献《こうけん》できて喜ぶべきなのかは、だいぶ微妙《びみょう》なところだった。

彼女が去ってから、私は、胸に手を当てて唱えてみる。

「あめんぼあかいな、あいうえお。うきもにこえびもおよいでる」

望月先輩《もちづきせんぱい》からは、時間があれば発声練習に取り組むようにと言いつけられている。アキくんも付き合ってくれた。顎《あご》を大きく動かしてはきはきと発音する私たちの声は、騒《さわ》がしい校舎のどこにも届かない。だからこそ、真剣《しんけん》に歌っていられる。

「ナオ、偉《えら》いな」

五十音の歌が終わるなり、アキくんに褒《ほ》められた。

「あんなに叫《さけ》んだのに喉《のど》が嗄《か》れてない。練習の成果が出てる」

うーん、と私は濁《にご》った返事をした。喉《のど》じゃなくてお腹《なか》でびっくりして偉《えら》い、なんて称《たた》えられてもぜんぜん喜べない。

「おばけ屋敷《やしき》、俺もほんとはびびってたんだけど」

「そうなのっ？」

突然《とつぜん》の告白に、私は目を白黒とさせた。

とてもじゃないが、信じられない。アキくんは部室で本を読んでいるときとほとんど同じテンションだった。終始、私にはそう見えていたのだ。

するとアキくんが頭をかく。

「自分より怖《こわ》がってる人がいると、へーきになるんだなって。つまり、ナオのおかげ」

ふん、と私は湿《しめ》った鼻を鳴らす。それはそれは、結構なことだ。

「悪かったですねぇ、びびりで」

「どうしたら機嫌《きげん》なおる？」

方法はひとつしかない。

「……ここからは、怖《こわ》くないデートしたい」

「オーケー」

チラシを半分、手渡《てわた》される。

アキくんは手持ち看板を掲《かか》げて、空き教室のドアを開けた。

窓から射《さ》し込《こ》む日が、廊下《ろうか》にぬくぬくとした光の道を作っている。私はデートの言い訳を大切に胸に抱《かか》えて、彼に続いて教室を出たのだった。

◇◇◇

「りっちゃん、お疲《つか》れ様《さま》」

「お疲《つか》れ様《さま》で、ってすごい格好！」

時刻は十二時五分。部室に現れた血だらけの私を前にして、りっちゃんはけらけら笑った。

売り子のりっちゃんは愛用のパイプ椅子《いす》に腰《こし》を下ろしていた。長机は横並びにして、部誌をどっさりと積み上げている。

狭《せま》い部室の壁《かべ》には、舞台《ぶたい》のポスターが二枚貼《は》られている。『新訳竹取物語』の公演日に、キャストやスタッフの名前などがレイアウトされたポスターだ。

そこに書かれた公演日が今日で、公演時間が約三時間後に迫《せま》っているというのに、まだ現実味が湧《わ》かない。何度も稽古《けいこ》を重ねて、体育館でのリハーサルだって終えたのに。

ふと、気がつく。私はいつまでも、青陵祭《せいりょうさい》の準備期間が続くように思っていたのだ。永遠におばけ屋敷《やしき》の小道具を用意して、多目的ホールで声を張っていられると、錯覚《さっかく》していたのだ。

十月の私は、誰《だれ》と並んでも遜色《そんしょく》ない、どこにでもいるようなフツーの高校生でいられた。

十一月の私は、どうなるのだろう。

「メイドじゃないですか。血まみれだけど。もしかして、アキ先輩《せんぱい》のために？」

りっちゃんに見上げられれば、私は笑顔《えがお》で答えられた。

「ううん。吉井《よしい》くんからのプレゼント」

「あー、あのあほの先輩《せんぱい》ですか」

ひどい呼び方だったが、否定できる材料がない。

「ちなみにアキくんはドラキュラに変身してる」

「ふは」想像だけでおもしろかったようで、りっちゃんが噴《ふ》きだしている。

「もうちょっとしたら来ると思うよ」

脱出《だっしゅつ》ゲームをやって、輪投げをして、たい焼きや肉巻きおにぎりを食べて、氷水に浸《ひた》されたペットボトルを捕《つか》まえて、ついでにチラシを配り終えた私たちはいったん解散した。アキくんは看板を返すため、教室に寄っているところだ。

私が先行したのは、午前中の売り子を担当したりっちゃんに差し入れを届けるためである。

「それとこれ、どうぞ」

「わ、ありがとうございます」

嬉《うれ》しげにスーパーの袋《ふくろ》を覗《のぞ》き込《こ》んだりっちゃんが、くわっと目を見開く。

「まさかの自分とこのクレープ！」

「おいしかったよ」

りっちゃんが焼いているときに寄りたかったけれど、店番を交互《こうご》にやる関係で難しかった。いちごジャムで生クリームなクレープを堪能《たんのう》した私の機嫌《きげん》はすっかり良くなっている。一口あげたら、アキくんには甘すぎたようで目をまんまるにしていた。

「やった！　バナナチョコホイップ！」

りっちゃんはクレープの中身に気がついたようだ。歌いだしそうな顔で、包み紙をぺりぺりとリズミカルに裂《さ》いている。

「うは、クレープあまー。唐揚《からあ》げおいしい。たこ焼きんまんま。暴力的なまでにカロリーの味しかしない、最高！」

がつがつと勢いよく平らげて、仕上げにポカリを流し込むりっちゃん。よっぽどお腹《なか》が空いていたようだ。

　午前中の店番をひとりで担当してくれた後輩《こうはい》を労《いたわ》ろうと、後ろに立って肩《かた》を揉《も》んであげる。りっちゃんの肩《かた》はいつだってわりと凝《こ》っている。作家志望の彼女の全身は、これからもっと凝《こ》り固《かた》まっていきそうで心配だ。

「それで、調子はどう？」

「んー。今のところの売れ行きは微妙《びみょう》、でもないです」

「ほんと？」

　聞き返しつつ、気づいてはいた。部誌を詰《つ》めた段ボール箱の数が減っていることに。

　にんまりとりっちゃんが笑う。

「思ったより好調です。昨日の売り上げ分と合わせて三十三冊ですね。森先輩《もりせんぱい》が描《か》いてくれたポスター効果が大きいのと、先輩方《せんぱいがた》の知り合いだって方がけっこう来てくれました。あと両親に冷やかされました」

　りっちゃんは森先輩《もりせんぱい》のことを、もりりん先輩《せんぱい》とは呼ばなくなった。彼女との間にあった出来事は、簡単にだが伝えてある。

　わたしは心の中で、すずみ先輩《せんぱい》、森先輩《もりせんぱい》、と呼び分けている。りっちゃんと同じで、森先輩《もりせんぱい》のほうが、かぐや姫《ひめ》をやる先輩《せんぱい》だ。

「すごい。いい感じだね」

「まだまだここからですけどね。問題は演劇のあとです」

最初にして最後の、一気に売り上げが伸《の》びる機会だ。約三時間後に開演する演劇に、すべてが懸《かか》っているといっても過言ではない。

「ナオ先輩《せんぱい》。その、もしもの話なんですけど」

いつも歯切れのいいりっちゃんが、珍《めずら》しく何かを言《い》い淀《よど》んでいる。

「もし文芸部がなくなっちゃっても、えと、これからも」

「りっちゃん、弱気な発言禁止だよ」

「う……そうですよね、ごめんなさい」

自信満々にがんばっていたりっちゃんだけれど、胸《むね》の奥には不安を抱《かか》えていたのだろう。

私はちょっとだけ柔《やわ》らかくなった肩《かた》を、勇気づけるようにぽんぽんと叩《たた》いた。

「文芸部はなくならないし、これからも私はりっちゃんの友達だもん」

「はいっ」

りっちゃんが歯を見せて笑ってくれる。

「もしなくなったら、空き教室でも探そうよ」

「どっちですか！」

なんの確証もない私たちは笑い合った。笑えるのなら、なんにも怖《こわ》くないと思った。だいたいのことは、おばけ屋敷《やしき》より怖《こわ》くなんてないのだ。

笑いの余韻《よいん》に浸《ひた》っていたら、りっちゃんがぽつりと呟《つぶや》いた。

「にしても、さっきから客足が途絶《とだ》えてます。これはピンチかもしれません」

確かに、と私はちょっとばかり焦《あせ》った。

そもそも立地からして不利な文芸部室だ。教室棟《きょうしつとう》と異なり、特別棟《とくべつとう》の一階はこの部屋しか出し物がないので、来場者の目に触《ふ》れにくいし、偶然《ぐうぜん》近くを通る人が少ない。

オレンジと白。先ほどまで唐揚《からあ》げが詰《つ》まっていたストライプ柄《がら》の紙コップを握《にぎ》ったまま、りっちゃんが立ち上がる。どこに行くのかと思いきや、窓から外を熱心に眺《なが》めている。

「ナオ先輩《せんぱい》、こっち来てください」

「うん？」

部室の窓から見えるグラウンド。その外れで、ペットボトルや串《くし》を手にして屯《たむろ》する人の姿がちらほら見えた。

青陵祭《せいりょうさい》でもディズニーランドでも、休憩所《きゅうけいじょ》やトイレが最大の人気スポットだったりする。椅子《いす》が空いていないので、飲み食いの場所に困って移動してきたのだろう。

「ほら、あそこに初心《うぶ》そうな男子中学生のグループがいるじゃないですか。あっちの方向に手振《ふ》ってみてくれません？」

「う、うーん」

血まみれメイドが遠くから手を振《ふ》ってきたら、驚《おどろ》いて逃《に》げてしまうのでは。

不安になりつつ、私は精いっぱい愛想《あいそ》のいい笑顔《えがお》を浮《う》かべた。距離《きょり》があるので、船の上から港に向かってそうするように、大きく手を振《ふ》ってみる。

三冊売れた。吉井《よしい》くんとドンキ、ありがとう。

◇◇◇

りっちゃんから仕事を引《ひ》き継《つ》いだ私とアキくんは、しばらく売り子を担当した。ドラキュラとメイドという奇抜《きばつ》な組み合わせに惑《まど》いつつも、何人かが部誌を手に取ってくれた。

午後二時の十分手前になると、赤井《あかい》先生が姿を見せた。文芸部全員が不在の間、部誌の販売《はんばい》を引き受けてくれたのだ。剣道部《けんどうぶ》の演舞《えんぶ》が終わった今日は、全面的に協力してもらえて心強い。

私たちはポカリ片手に近くの水道に寄り、血糊《ちのり》をメイク落としシートで拭《ぬぐ》った。落ちきらない分は洗顔で洗い流し、お手洗いを済ませてから体育館へと移動する。

衣装《いしょう》を着替《きが》えるに当たっては、体育館前の更衣室《こういしつ》が解放されている。演劇やミュージカル、演奏などのパフォーマンスを行う団体は、みんなここで一張羅《いっちょうら》をまとうのだ。

左隅《ひだりすみ》のロッカーを開けると、記憶通《きおくどお》りのへにゃっとした紙袋《かみぶくろ》が待ち構えていた。演劇部、ナオ、と私の字で書いてある。便宜上《べんぎじょう》とはいえ、演劇部を名乗る私はちょっと新鮮《しんせん》だ。

下着姿で足袋《たび》を穿《は》いてから、服を手に取る。翁《おきな》と媼《おうな》は、袢纏《はんてん》を改造した衣装《いしょう》を着る。私は藤《ふじ》色《いろ》、アキくんは柳色《やなぎいろ》と、衣装《いしょう》はそれぞれ地味めな色合いだ。

白いリボンを外して、呼吸させるように髪《かみ》を持ち上げると、閉じ込められていた屋台の煙《けむり》がぶわっと出てきた。天窓からおいしそうな煙《けむり》が逃《に》げていくのを見送りながら、ほっかむりで髪《かみ》をまとめ直す。長い髪《かみ》の毛《け》は、そろそろシュシュを恋《こい》しがっているかもしれない。

草履《ぞうり》を履《は》けば、準備万端《じゅんびばんたん》だ。

軽く手足をぷらぷら、にぎにぎさせる。動きに支障はない。眼球を限界まで動かして、茶色い前髪《まえがみ》のあたりから、指先、足先まで眺《なが》めてみる。

全体的に、農作業をするおばあちゃんっぽい。素直《すなお》はぜったい着ないような衣装《いしょう》だけれど、私は気に入っている。

鍵《かぎ》を開けて更衣室《こういしつ》を出ると、すぐ近くの壁際《かべぎわ》でアキくんが待っていた。

「行ける？」

「えっとね」胸元《むなもと》に手を添《そ》えて、はにかんでしまう。

「すっごく、キンチョーしてきた」

衣装《いしょう》を着用したら、自覚した。間延びしたのは、舞台上《ぶたいじょう》でそうするみたいにはきはき発音したら、心臓のポンプ機能が壊《こわ》れちゃいそうだったからだ。

それを聞いたアキくんが、明快に笑う。

「俺も」

おばけ屋敷《やしき》が怖《こわ》かったと告白した声色《こわいろ》より、真実味が強い。

私は飲みかけのペットボトルを開ける。数分ぶりのポカリの味は、やたら濃《こ》くて胸焼けしそうになった。

アキくんも水分補給することにしたのか、キャップを開けている。

直後、がっ、と聞いたことのないような音がした。

勢い余ってアキくんが飲み口に前歯をぶつけたようだった。親の敵《かたき》を見るような目でペットボトルを睨《にら》んでいるが、透明《とうめい》なボトルにいきなり鋭《するど》い牙《きば》が生えてきたわけはない。

「血、出てるかも」

しきりに歯のあたりを気にしている。

「出てないよ」

ふふって笑ってしまう。

「ほんとに？」

心細そうな太い眉毛《まゆげ》と目が合って、ちょっと笑えた。元気になってきた。自分より狼狽《うろた》えている人がいると、わりとへーきになるっていうのは、どうやら本当だったみたいだ。

「行こう、アキくん」

顎《あご》を擦《さす》りながら、アキくんが頷《うなず》く。

体育館に入ったら、ステージ横にある控《ひか》え室《しつ》へと向かう。休まず人の出入りがあるので、移動する人影《ひとかげ》はそこまで目立たない。

体育館ではバンド演奏の真っ最中だった。見覚えのない男子たちが壇上《だんじょう》に上がっている。堂々としていて、三年生っぽいなと思う。

鼓膜《こまく》を貫《つらぬ》くハイトーンボイス。ジャカジャカジャカ、と掻《か》き鳴《な》らされるギターの音。激しいドラム音に、会場の前半分くらいが大きく盛り上がっている。

慣れない草履《ぞうり》で進みながら、私は見上げた。天井《てんじょう》に嵌《は》まるバレーボールまで舞台《ぶたい》に引っ張り上げるように、カラフルな照明の光が飛んでいる。

モスグリーンのシートが敷《し》き詰《つ》められ、びっしりとパイプ椅子《いす》が整列したその場所は、シャトルランを走る体育館とはまったく別の施設《しせつ》に見えた。

「お、来たな」

控《ひか》え室《しつ》には、すでに望月先輩《もちづきせんぱい》や森先輩《もりせんぱい》の姿があった。りっちゃんも。

何人か姿が見えない裏方の先輩《せんぱい》たちは、音響《おんきょう》や照明室に入って待機しているらしい。舞台《ぶたい》の横手にある控《ひか》え室《しつ》は、演劇部&文芸部&演劇部助《すけ》っ人《と》が全員入るには少し手狭《てぜま》だった。

「さっそくだけど、メイクやるぞ」

メイクセットを持つ望月先輩《もちづきせんぱい》は、どこかメイク班の二人を思い起こさせる。

舞台《ぶたい》では、演者は顔や手足に特殊《とくしゅ》なメイクを施《ほどこ》す。演劇にはカメラがないためだ。舞台《ぶたい》と観客には距離《きょり》があるので、すっぴん、あるいは日常的な化粧《けしょう》では、全体的に平たく見えて、顔の印象がぼんやりとしてしまうらしい。

そこで仕草や表情を印象づけるために、ドーランと呼ばれる濃《こ》いファンデーションを塗《ぬ》って強調する。役柄《やくがら》によって眉《まゆ》や目元、鼻筋にもくっきりとしたメイクをするので、舞台《ぶたい》ではない場所で眺《なが》めると顔の印象が強すぎて、化粧《けしょう》を失敗した人のように見える。

私の化粧《けしょう》は森先輩《もりせんぱい》が、アキくんの化粧《けしょう》は望月先輩《もちづきせんぱい》が担当してくれた。老人を演じるときは、顔に皺《しわ》を描《か》くのが一般的《いっぱんてき》だそうだが、今回は省かれた。スプレーで髪《かみ》を白く染めるのも、なし。

個人的には、どちらも挑戦《ちょうせん》してみたかった。

メイクが終わったら、あとは待機時間。前のグループの発表後、十分間の休憩《きゅうけい》を挟《はさ》んで演劇部の舞台《ぶたい》の幕が上がる。

それまでは、ジャカジャカバババーンを聞いて、ドキドキしながら控《ひか》え室《しつ》の隅《すみ》っこで待ち続ける。

廃病院《はいびょういん》でいちど止まった心臓は、躍《おど》るように脈打っている。

りっちゃんたち五人の求婚者《きゅうこんしゃ》は最後の打ち合わせ中だ。望月先輩《もちづきせんぱい》はたまに立ち上がって屈《くっ》伸《しん》したり、舞台袖《ぶたいそで》から観客席を眺《なが》めたりと落ち着かない。先輩《せんぱい》のそれは私とは異なり、興奮というか、武者震《むしゃぶる》いの感覚に近いのかもしれない。

なんとはなしに見ていたら、スキップに似た忍《しの》び足《あし》で戻《もど》ってきた。悪戯《いたずら》好《ず》きな小学生のような笑《え》みを浮《う》かべながら、声を潜《ひそ》めて森先輩《もりせんぱい》に話しかけている。

「森《もり》、母さんたち一緒《いっしょ》に来てるぞ」

幼なじみだというから、望月先輩《もちづきせんぱい》は森先輩《もりせんぱい》のお母さんの顔を知っているのだろう。その言葉に、森先輩《もりせんぱい》の肩《かた》がはっきりと震《ふる》えたのが分かった。

暗がりだからか、望月先輩《もちづきせんぱい》は気づかなかったようだ。というより、舞台《ぶたい》を前にした高揚感《こうようかん》か、告白を保留にされている状況《じょうきょう》が、本来は鋭《するど》い彼の目を塞《ふさ》いでいたのかもしれない。

でも、後ろに座る私には見えていた。森先輩《もりせんぱい》の呼吸は、数秒ごとに荒《あら》くなっている。

主演を務める彼女が緊張《きんちょう》しているのだとしたら、まずい気がした。

控《ひか》え室《しつ》にある壁時計《かべどけい》を確認《かくにん》する。実行委員の努力により、タイムテーブルはほとんど誤差なく回っている。前のグループの持ち時間はあと十分近くある、はずだ。

それなら、休憩《きゅうけい》を含《ふく》めて十五分以上の猶予《ゆうよ》がある。私はそっと声をかけた。

「森先輩《もりせんぱい》、ちょっと外に出ませんか」

控《ひか》え室《しつ》の空気は籠《こ》もっている。ここにいては気が滅入《めい》るだけだろう。

そう提案すると森先輩《もりせんぱい》は驚《おどろ》いたようだったが、青白い顔で頷《うなず》いた。項垂《うなだ》れるような首肯《しゅこう》だった。

やり取りに気がついたアキくんは、怖《こわ》い顔をしてこちらに歩み寄ってきた。

ぼんやりしている先輩《せんぱい》を一瞥《いちべつ》してから、私の耳元で言う。

「二人じゃ行かせられない」

「心配性《しんぱいしょう》だ」

「ナオ」

茶化すなよ、と軽く睨《にら》まれる。迫力《はくりょく》はなくて、ただ心配しているのが伝わってくる。

「何かあったら、すぐスマホに連絡《れんらく》するから」

それでもアキくんは渋《しぶ》い顔をしていたが、私が譲《ゆず》らないのを見て取ると嘆息《たんそく》した。

了承《りょうしょう》の合図と受け取って、さりげなく先輩《せんぱい》の手に触《ふ》れた。そうしてびっくりしたのは、その手が死人のそれのように冷えきっていたからだ。私の手も冷たいが、比べものにならない。

戸惑《とまど》いを隠《かく》しながら、肩《かた》を支えて控《ひか》え室《しつ》を出る。望月先輩《もちづきせんぱい》には、アキくんから説明してくれるはずだ。

体育館の隅《すみ》っこを歩きながら、視線をやった。私には、パイプ椅子《いす》に座る誰《だれ》が森先輩《もりせんぱい》の母親なのかは分からなかった。

みんな笑顔《えがお》でステージを見やっている。ときどき手を叩《たた》いたり、サビを一緒《いっしょ》に歌ったりする。それは文化祭の一幕らしい、なんの欠点も見いだせない、輝《かがや》かしい光景だった。

体育館から一歩、外に出ただけで、ライブ会場が少し遠くなったみたい。私は、どうしようか悩《なや》んでから更衣室《こういしつ》を覗《のぞ》いた。

演劇部の次のグループはまだ来ていない。無人の更衣室《こういしつ》に、私は先に入った。

森先輩《もりせんぱい》は鮮《あざ》やかな赤い裾《すそ》を気にしたのか、立ったまま引き戸に背中を預けるようにする。

正面に立《た》ち尽《つ》くす私は、外に出るべきか迷った。

「ごめんね。もうすぐ本番なのに」

私が何か言う前に、先輩《せんぱい》が謝罪の言葉を口にする。

「……どうしてお母さん、こんなところに来たんだろう。すずみの傍《そば》についてあげててほしいのに。望月《もちづき》くんのお母さん、相変わらず押し強いのかな」

続きは愚痴《ぐち》に近かったが、その内容に私は引《ひ》っ掛《か》かった。

すずみの傍《そば》に、と先輩《せんぱい》ははっきり言ったのだ。

「すずみ先輩《せんぱい》のお母さんは、あなたのことを知ってるんですか？」

こちらを向いた先輩《せんぱい》は不思議そうな顔をする。

「最初から知ってるよ。わたしをすずみから引《ひ》き離《はな》したのは、あの人だし」

今さら実感した。私は、目の前の人のことを何も知らない。

同じレプリカであっても、置かれた状況《じょうきょう》はそれぞれ違《ちが》う。アキくんと出会って百も承知していたはずなのに、先輩《せんぱい》の胸中を推量していなかった。今まで考えようともしていなかった。

思いだしてみると、あの日の彼女は切羽《せっぱ》詰《つ》まっていた。なりふり構わない一生懸命《いっしょうけんめい》さは得体が知れなくて、私には怖《こわ》かったけれど、そこには何か理由があったはずなのだ。

「教えてくれませんか、あなたのこと」

そう口にすると、珍妙《ちんみょう》なものを見るような目つきで眺《なが》められる。

「物好き、ってよく言われない？」

どうだっただろう。小首を傾《かし》げていると、気が抜《ぬ》けたように森先輩《もりせんぱい》が笑《え》みを漏《も》らした。

「いい、話すよ。おもしろい話じゃないけど、それでも良かったら」

先輩《せんぱい》は遠くを見て、語りだした。

「わたしが生まれたのは五歳のとき。幼稚園《ようちえん》でやる演劇発表会の直前に生みだされて、意地悪な継母役《ままははやく》をやってほしいって、すずみに頼《たの》まれたの。わたしはそれに従って、母と一緒《いっしょ》に幼稚《ようち》園《えん》に向かった」

それは、森《もり》すずみのレプリカである彼女の身の上話だ。

「でもすずみは、あとを追いかけてきた。あの人は……母はわたしたちを見て、パニックになっちゃった。そりゃそうよね。手を繋《つな》いでる自分の子どもと、まったく同じ顔の子どもが、目の前にもうひとりいるんだもの。お腹《なか》を痛めて産んだのは、ひとりだけなのに」

自嘲《じちょうぎみ》気味な微笑《ほほえ》みは、耳を傾《かたむ》ける私にも突《つ》き刺《さ》さる。

お母さんは、愛娘《まなむすめ》の素直《すなお》が演劇に出るから観《み》たがったのだ。だからあんなに残念がっていた。決して、そっくりさんの舞台《ぶたい》を観《み》たいわけじゃない。

「母は体調を崩《くず》した。父も混乱してたけど、生まれた命をなかったことにはできないって。わたしはすずみとは引《ひ》き離《はな》されて、富士宮《ふじのみや》の祖父母の家に送られることになった。父方の両親ね」

祖父母。それは、水彩画《すいさいが》に描《えが》かれていた二人だろう。

「今からもう、十三年も前のこと。わたしはそれから一度も、すずみには会ってなかった」

「一度も、ですか？」

にわかには信じがたいことだった。思わず口を挟《はさ》めば、「そっちは？」と問われる。

「私は必要な日だけ、素直《すなお》に呼びだされるんです。十月はずっと、私が代わりに登校してて……でも、昨日は素直《すなお》が」

そうなんだ、と森先輩《もりせんぱい》は掠《かす》れた声音《こわね》で呟《つぶや》いた。

体育館から歓声《かんせい》が聞こえてくる。もうあまり時間がない。

「知ってた？　日本だと戸籍《こせき》がなくても、義務教育の範囲《はんい》なら学校に通えるの。わたし、小学校にも中学校にも行ったんだ。高校は無理だったけど、家にはおばあちゃんたちがいるし、ひとりでも勉強はできるから、それでじゅうぶんだった」

特に自慢《じまん》げでもなく、先輩《せんぱい》は単なる事実として語る。

私たちはしばし、無言のまま見つめ合った。

私やアキくんとは何もかも違《ちが》う。目の前のレプリカは、オリジナルとは顔を合わせることもなく、まったく別の環境《かんきょう》で、人間として生活してきた人なのだ。

それだけならば、羨《うらや》ましいと思っただろう。私が喉《のど》から手が出るほど欲《ほっ》するものを、目の前で暗い顔をした人はとっくに獲得《かくとく》しているのだから。

だが、それなら、おかしいことがある。十三年間も別人として生きてきたのに、どうして彼女は今になって、森《もり》すずみとして学校に通っているのだろうか。

当然、向けるべき問いだった。でも私は躊躇《ためら》いを覚えた。

美術室でぶつけられた質問の数々に、私は自分の経験を重ねたけれど。

もしかしたら、あれは。

「すずみはね、植物になっちゃったの」

最初、溜《た》め息《いき》と共に告げられた言葉の意味が分からなかった。

「夏休みに事故で頭を打って、次の日から眠《ねむ》り続けてる。最初は入院してたけど、八月の終わりに自宅《じたく》療養《りようよう》に移った。あの人が……お母さんが富士宮《ふじのみや》に来たのも八月の終わりだった。視界に入れるのもいやがって、バケモノ扱《あつか》いしたはずのわたしを見て、言うの」

お願い、すずみの振《ふ》りをして学校に通って。このままじゃあの子、出席日数が足りなくなっちゃう。現役合格《げんえきごうかく》目指してがんばってたのに、あの子の努力が水の泡《あわ》になっちゃう。

あの子を、助けてあげて。

あなたは、そのためにあの日、何もないところから生まれてきたのかもしれない。

「事故が夏休み中に起きたのは、不幸中の幸いだったのかもね。連絡《れんらく》を一度も返さなくても、受験勉強に集中してたって謝ればいいし、髪《かみ》はうざくて切ったたって言えばどうにかなる。今のすずみをちっとも知らないわたしでも、いろんなことが無理やり、ごまかせる」

幸福のかけらすら浮《う》かばない顔で、うっそりと先輩《せんぱい》が笑う。

「頭の出来はどうにもならないけど。生徒会室での話、聞いてたでしょ？　わたし、すずみと違《ちが》って馬鹿だから。中卒が高三のテストで五点も取れたら、褒《ほ》めてほしいけどね」

先輩《せんぱい》は笑っていたけれど、私は笑えなかった。

光る双眸《そうぼう》からとうとう涙《なみだ》がこぼれて、着物の襟《えり》に染《し》みを作るのを、黙《だま》って見ていた。

「森《もり》すずみとして連《つ》れ戻《もど》されてから、それなりにがんばったの。すずみになって、もりりんになって、生徒会長になって、かぐや姫《ひめ》になって……がんばった、つもりだったの」

力任せに頭をかく。セットされた髪《かみ》が乱れる。それでも舞台用《ぶたいよう》の濃《こ》いメイクは少しも崩《くず》れなくて、それが私にはひどく残酷《ざんこく》なことに思えてならなかった。

かぐや姫役《ひめやく》に決まったと伝えたときの、先輩《せんぱい》の様子が眼裏《まなうら》に浮《う》かんだ。望月先輩《もちづきせんぱい》に怒鳴《どな》る声も。テストの点数も。生徒会室でひとりきりで食べたという、お弁当の味も。

それはきっと、彼女にとって信じられないほど過酷《かこく》な日々だったろう。五歳までの記憶《きおく》でしか知らないオリジナルを、目の前の人は大勢の前で演じなければならなかった。

誰《だれ》も味方はいなかった。心がすり切れるだけでは、済まなかったはずだ。

でも、私は見誤っていた。

先輩《せんぱい》は身代わりを演じる苦しさだけに、喘《あえ》いでいたわけではなかったのだ。

「だけどわたしは、不格好な時間稼《じかんかせ》ぎをしただけ。こんなんじゃ、本当の意味ですずみの役には立ててない。あなたに会って、一縷《いちる》の希望があるかもしれないって思ったけど……だめだった。レプリカの命じゃ、オリジナルは救えないんだね」

身につまされる思いがして、歯を食いしばる。

どうして、そんな風に自分を犠牲《ぎせい》にできるのだろう。必死になって、オリジナルのために身を粉にするのだろう。

私はどこか、彼女を哀《あわ》れむような、同情するような眼差《まなざ》しを向けていたのかもしれない。でも、森先輩《もりせんぱい》はまったく同じ目で私を見つめていた。鏡を覗《のぞ》き込《こ》むように、その瞳《ひとみ》には私と同様の感情が浮《う》かんでいた。

私は不意を打たれて、きょとんとした。

どうして私は哀《あわ》れまれ、同情されているのだろう。

「ねぇ、おかしいよね。なんでわたしたちって、こんなにばかなのかなぁ？」

「……え？」

同意を求める笑《え》みに、うまく返事ができない。

「愛川《あいかわ》さんのドッペルちゃん。本当はあなたも自覚があるんでしょ。オリジナルのために、なんて平気で考えられる時点で、歪まされてるって」

すべてはオリジナルのために。

素直《すなお》のために山登りをして、マラソンをして、シャトルランだって走ってきた。彼女のいやがること、面倒《めんどう》くさがることを、なんでも引き受けてきた。

「すずみは継母《ままはは》の役をやりたくなくて、わたしを作った。でも変だよね。どうしてすずみから生まれたわたしは、継母《ままはは》をやるために家を出られたんだろう。任せて、なんて胸を張って言えたんだろう」

先輩《せんぱい》は繰《く》り返《かえ》す。おかしいよね。わたしたちって、おかしいよね。

目蓋《まぶた》がぴくりと痙攣《けいれん》する。背中がざわつく。

これ以上は聞きたくないのに、お構いなしに先輩《せんぱい》は唇《くちびる》を開く。丸まった背中が出入り口をきれいに塞《ふさ》いでいるから、私の逃《に》げ場所《ばしょ》はない。

「本当なら、わたしだっていやがったはずだよね。継母《ままはは》なんてやだ、同じ顔をしたあなたがやればいいでしょって撥《は》ねつけたはず。でも、わたしにとっては当たり前だったの。わたしがやらなくちゃと心から信じきってたの。……あなたにも、心当たりがあるんじゃないの」

涙《なみだ》に濡《ぬ》れた視線が、私を射貫《いぬ》く。

たわいのない喧嘩《けんか》だった、と思う。理由はなんだったか、今になって思いだそうとしても頭を捻《ひね》ってしまうような、仕様もない口喧嘩《くちげんか》だったのだ。

でも素直《すなお》は、りっちゃんに謝れなかった。謝れない素直《すなお》は私を生んで、願われた私は、当然のように公民館に向かった。そこで年下の友人に、謝れない振《ふ》りをしながら謝った。

愛川素直《あいかわすなお》がやりたくないこと。愛川素直《あいかわすなお》にはできないこと。私にはできること。

少しずつ、何かがずれて、変わっていったわけじゃない。

この世界に生まれ落ちた瞬間《しゅんかん》から、素直《すなお》と私には決定的な違《ちが》いがあった。

アキくんだってそうだ。真田《さなだ》くんは五月以降、一度も登校していない。それは彼に、依然《いぜん》として学校に行くことへの恐怖心《きょうふしん》があるからだろう。

でも、アキくんはオリジナルの願いを聞き、怯《ひる》まずに登校した。心の底には臆《おく》する気持ちがあったのかもしれないけれど、今まで一日たりとも休んでいない。

私たちは、最初から。

「今もそう。最後にすずみに会ったの、十三年も前なのよ？　それなのにわたし、ぜんぶ、すずみのためよ。すずみを生き返らせるためよ。すずみのためなら、なんだってできちゃうの」

いっそ酷薄《こくはく》な笑《え》みを浮《う》かべて、先輩《せんぱい》は血を吐《は》くように言う。

「ほら、おかしいよね。わたしたちは姿形だけ、ほんものによく似せて精巧《せいこう》に作られて……でも、心は奇妙《きみょう》な形に歪《ゆが》んでる。こんなの、意思のない操《あやつ》り人形と一緒《いっしょ》だよ」

一際《ひときわ》大きな歓声《かんせい》と拍手《はくしゅ》が、体育館から聞こえてきた。

あんまりにも明るい音声だから、まるで別世界の出来事が紛《まぎ》れ込《こ》んできたみたいに、へんてこな響《ひび》きだった。

「そろそろ戻《もど》ろうか。演劇、始まっちゃう」

照れくさそうに頬《ほお》を赤くする彼女は、まさに千両役者だった。

引き戸をがらりと開けて、私を手招く。その姿を見て、私には奇妙《きみょう》な確信が芽生えた。

まだ幕は上がっていない『竹取物語』。

森《もり》すずみが演じられない劇を、このレプリカはきっと、誰《だれ》よりも完璧《かんぺき》に演じきってみせる。

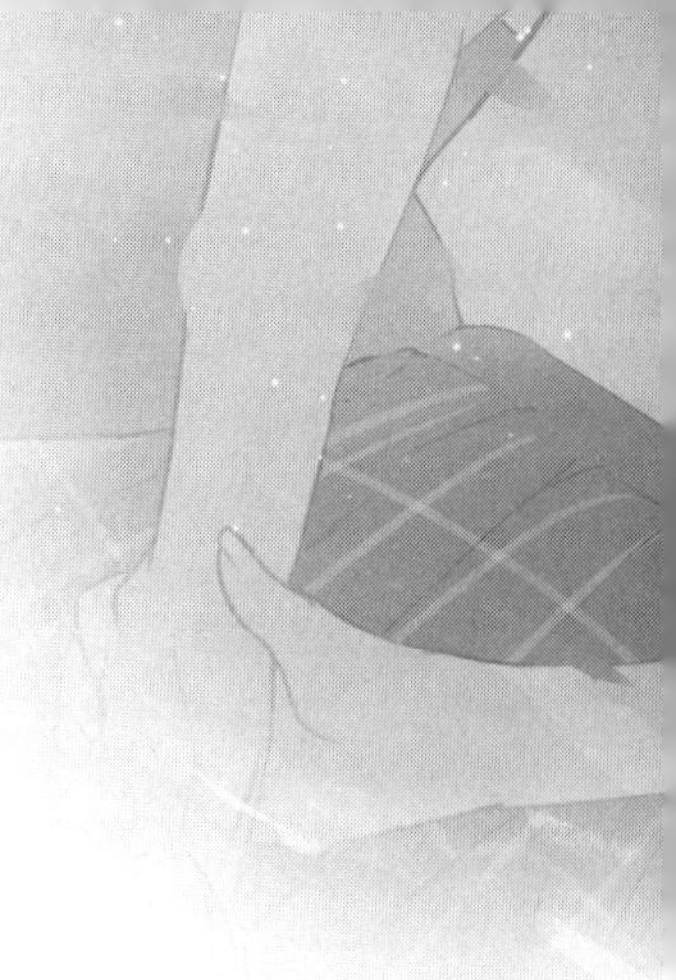

第5話　レプリカは、叫んでいる。

ブザーが鳴る。

舞台《ぶたい》の幕が上がる。臙脂色《えんじいろ》のカーテンが開いていけば、手を叩《たた》く音がまばらに響《ひび》く。

マイクを通したナレーターの声が体育館に響《ひび》く。

『昔々、あるところに、竹取の翁《おきな》と呼ばれる老人が住んでいました。彼は竹を切って持ち帰ると、かごやざるを器用に作り、それを売って生活していました。彼の名前は、讃岐造《さぬきのみやつこ》といいます』

滑《すべ》りだしは練習より早口だったが、すぐに落ち着きを取《と》り戻《もど》す。

朗々と語られる舞台《ぶたい》に登場するのは、アキくん演じる翁《おきな》だ。下手《しもて》から出てきた彼は、段ボールで作られた鉈《なた》を手に、気負わない足取りで進み出ていく。

絵に描《か》かれた竹藪《たけやぶ》の中に、一本だけ光る竹がある。最初に見つかったときの姫《ひめ》は三寸、現在でいう九センチほどの大きさだったというから、この場面では望月先輩《もちづきせんぱい》が手作りした人形が活《かつ》躍《やく》する。

かぐや姫人形《ひめにんぎょう》には、ちゃんとかわいらしい寝顔《ねがお》がある。のっぺらぼうだったのを、森先輩《もりせんぱい》がかわいそうだと言ったので、あとから目や鼻を望月先輩《もちづきせんぱい》が刺繍《ししゅう》したのだ。

「うわぁっ、びっくりした。まさか光る竹から、こんなにかわいい赤《あか》ん坊《ぼう》が出てくるなんて」

アキくんは練習通りに台詞《せりふ》を口にしている。最初の読み合わせのときより、だいぶ自然な演技だ。とてもペットボトルに前歯をぶつけた人と同一人物とは思えない。

そんな彼の声を、私はといえば舞台《ぶたい》のほぼ真ん中で洗濯物《せんたくもの》を畳《たた》みながら聞いていた。

『新訳竹取物語』に場面転換《ばめんてんかん》はない。客席から見て左側、つまり下手側《しもてがわ》に、繋《つな》ぎ合《あ》わせたスチロールに描《えが》かれた竹藪《たけやぶ》が広がり、中央の翁《おきな》の家は平台によって表現されている。その位置関係を分かりやすく観客に伝えるため、私は最初から登場していたのだった。

望月先輩《もちづきせんぱい》に指示された当初は、いやがらせかと疑ってしまった。いざ本番を迎《むか》えると、場《ば》ミリをチェックするゆとりもなかっただろうから、これが正解だった気もする。

場《ば》ミリ用の蓄光《ちっこう》テープは、主に暗転時、予定通りの位置にセットを置く目印に使う。今回は場面転換《ばめんてんかん》がないので、役者の立ち位置や移動先を教えてくれるアイテムとして機能していた。リハーサル時、そこ場《ば》みって、次ここ場《ば》みって、と言いながら望月先輩《もちづきせんぱい》が歩き回っていたので、私も覚えてしまった。

やや現実逃避《げんじつとうひ》していても、舞台《ぶたい》は進行中。

洗濯物《せんたくもの》をせっせと畳《たた》む手が小刻みに震《ふる》えている。がんばれ私。

「さて、この子を連れて家に帰ろう。ばあさんは驚《おどろ》くに違《ちが》いない」

お人形のかぐや姫《ひめ》を大事そうに抱《だ》いて、翁《おきな》が家に戻《もど》ってくる。私はそれを出迎《でむか》える。

最初の台詞《せりふ》は肝心《かんじん》だ。この一言で、すべてが決まると言っても過言ではない。がんばれ私！

舞台上《ぶたいじょう》で向かい合うアキくんは、陰影《いんえい》が濃《こ》くて鼻が高い。舞台《ぶたい》メイクの効果が出ている。

「ただいま。ところでばあさん見てくれ。竹からこの子が出てきたんだ」

「まぁおじいさん。なんでしゅ、このかわいい女の子は」

うわああ！

さっそく噛《か》んじゃった私に、客席で小さな笑いが起きる。好意的な笑いではあったが、そういう問題ではない。羞恥《しゅうち》にやられ、一瞬《いっしゅん》で身体《からだ》が茹《ゆ》で上《あ》がってしまった。

それまではあまり観客の目を意識せずに済んでいたけれど、当たり前ながら私は大勢の人に見られているのだ。みんな息を潜《ひそ》めて、じっと舞台《ぶたい》を見守っていたのだ。

もしかしたら佐藤《さとう》さんや吉井《よしい》くんが、それに素直《すなお》の友達が、そして名前も知らない人たちだって席に並んでいる。遅《おそ》すぎる実感を覚えるにつれ、指先がぴりぴりする。

あんなに練習を重ねたのに、そのあとの台詞《せりふ》も会心の出来とは言いがたく、私は内心とぼとぼと、表面上は予定通りに舞台《ぶたい》の袖《そで》に下がった。

袖裏《そでうら》では、仁王立《におうだ》ちした望月先輩《もちづきせんぱい》が待ち構えていた。といっても私に説教するためではないだろう。単純に、座長である彼は舞台《ぶたい》の様子をここから見ているのだ。

「ごめんなさい望月先輩《もちづきせんぱい》」

謝ると、帝《みかど》らしい華美《かび》な衣《ころも》を着た望月先輩《もちづきせんぱい》が目をしばたたかせる。

それから、ああ、と思いだしたように頷《うなず》くと「いいんじゃないか。ウケてたし」と評する。

そういうものだろうか。座長が言うなら、そうなのだと信じたい。私はしょんぼりしつつ、次の出番に備えて先輩《せんぱい》の後ろから舞台《ぶたい》を見つめた。

月日は巡《めぐ》り、かぐや姫《ひめ》は数か月という短い期間で大人の女性へと成長していく。そんなナレーションに応じて舞台《ぶたい》に姿を見せるのは、森先輩《もりせんぱい》演じるかぐや姫《ひめ》だ。

彼女が登場したら、そうすると決めていたのだろう。前の席に並んでいた三年の女子が一斉《いっせい》に「もりりーん」と呼びかける。声を合わせるための、せーの、も聞こえていた。

森先輩《もりせんぱい》は返事こそしなかったが、かぐや姫《ひめ》らしい淑《しと》やかな微笑《ほほえ》みで応じてみせた。客席のあちこちから、きれー、と感嘆《かんたん》の声が上がる。

そんな一幕もあったが、舞台《ぶたい》はつつがなく進行していく。

特に盛り上がったのが、りっちゃんこだわりのバトルシーンだ。

「かぐや姫《ひめ》に集《たか》る虫けらどもめ。仏の御石《みいし》の鉢《はち》で、お前たちの頭をたたき割ってやる！」

「なんだと。ならばこちらは、蓬莱《ほうらい》の玉の枝で目潰《めつぶ》しして応戦だ」

「なんて野蛮《やばん》な者たちだ、全員に火をつけて燃やそう。私は火鼠《ひねずみ》の皮衣《かわごろも》があるから安心だ！」

「お前のほうが野蛮《やばん》だ。龍《りゅう》の首の玉で首を締《し》めてやる」

「ええと、わしは燕《つばめ》の子安貝《こやすがい》で……ど、どうすればいいかのう」

笑いを誘《さそ》いながら繰《く》り広《ひろ》げられる、五人の求婚者《きゅうこんしゃ》によるバトル。かぐや姫《ひめ》と結婚《けっこん》したい一心の彼らは、せっかくの宝物を使って殴《なぐ》り合《あ》うという奇天烈《きてれつ》ぶりを見せつける。

派手なスポットライト演出、ノリノリのバトルＢＧＭに盛り立てられ、観客は手拍子《てびょうし》をして舞台《ぶたい》に見入っている。

そこを一刀両断するのがかぐや姫《ひめ》の言だ。求婚者《きゅうこんしゃ》たちはたった一言で嘘《うそ》を暴かれていき、全員が虚《むな》しく散っていく。最後に残るのは、切なそうなかぐや姫《ひめ》ひとりだ。

かぐや姫《ひめ》はどこにも嫁《とつ》ぎたくないと主張する。そんな彼女に帝《みかど》が目をつける。第一印象こそ最悪だが、少しずつ惹《ひ》かれ合《あ》い、文を交《か》わすようになる。

それでも変わらず、かぐや姫《ひめ》は翁《おきな》の屋敷《やしき》で日々を過ごす。翁《おきな》と媼《おうな》は、三人で暮らすことこそいちばんの幸せなのだと感じるようになっていく。だがかぐや姫《ひめ》にはある秘密があった。

「おじいさん、おばあさん。わたくしは月からやって来たのです。わたくしは、ずっと地上にいたい。でも、どうしても、月に帰らなくてはならないのです」

「そんな……」

翁《おきな》は面食らって、二の句を継《つ》げずにいる。媼《おうな》も困惑《こんわく》を露《あら》わに言う。

「まぁ、かぐや姫《ひめ》。どうして急に、月に帰るだなんて言うの」

「わたくしは、月の都の者なのです。満月の夜、月からの使者がわたくしを迎《むか》えに来るでしょう。逃れることはできません」

翁《おきな》が喉《のど》を震《ふる》わせる。

「かぐや姫《ひめ》。お前を光る竹の中に見つけてから、大事に大事に育ててきた。こうして立派に大きくなって、どれほど幸せだったことか。それなのに突然奪《とつぜんうば》われるなんて許せるわけがない。なんとしてもお前を守ってみせるぞ」

「わたくしだって、おじいさんとおばあさんの傍《そば》にいたいけれど……、何をしようと、月の住人たちには敵《かな》わないのです」

かぐや姫《ひめ》と、目と目が合う。

濡《ぬ》れたその目と見つめ合ったとき、私の胸に、ある種の閃《ひらめ》きが宿った。

だが、舞台《ぶたい》の上では何も言えない。今の私は媼《おうな》なのだ。口にできるのは台本にある台詞《せりふ》か、ちょっとしたアドリブだけ。

何もかも諦《あきら》めたようなかぐや姫《ひめ》の発言だったが、翁《おきな》の心には火がついた。帝《みかど》に頼《たの》み、かぐや姫《ひめ》をどうか守ってほしいと希《こいねが》う。

帝《みかど》は軍勢を引き連れて、月からの使者に立ち向かう。望月先輩扮《もちづきせんぱいふん》する帝《みかど》は、客席に向かって勇ましく呼びかける。

「勇敢《ゆうかん》なる大和《やまと》の若者たちよ、全員の力を合わせてかぐや姫《ひめ》をお守りするのだ。姫《ひめ》を、月からの使者などに渡《わた》してはならん！　そうであろう！」

なぜ帝《みかど》はこちらを熱く見つめるのか、と戸惑《とまど》う観客は、そこで気がつかされる。いつの間にか照明がついていて、観客たち全員の姿が明るく照らされているのだ。体育館全体が決戦の舞《ぶ》台《たい》となり、彼らは、帝《みかど》が用意した一騎当千《いっきとうせん》の兵士へと変貌《へんぼう》していた。

帝《みかど》が煽《あお》れば、観客は拳《こぶし》を突《つ》き上《あ》げて応じる。かぐや姫《ひめ》を守ろうと、全員の意志が結集する。

そうして満月の夜に訪《おとず》れる月からの使者は、真上からのサスポットによって表現される。

『愚《おろ》かな人間たちよ。ひれ伏《ふ》しなさい』

月からの使者の声は、ナレーションが兼《か》ねる。姿はなく、エコーがかった天からの声として演出することで、人間では敵《かな》うべくもないものだと痛感させるのだ。

役者不足による苦肉の策だったはずが、その演出はぴったりと嵌《は》まっている。

「くっ、なぜだ。この光を見て、この声を聞くと、全身から力が抜《ぬ》けていくぞ」

帝《みかど》が力なく倒《たお》れる。兵士となった観客たちもまた、へろへろと弱々しく頭を抱《かか》えたり、思い切って椅子《いす》から落ちてみせる人もいた。

分厚い雲に覆《おお》われるようにして、体育館中の照明はひとつずつ消えていく。残るのは真上から射《さ》す、まばゆい光だけだ。

「ああ、そんな。このままではかぐや姫《ひめ》が奪《うば》われてしまう」

「帝様《みかどさま》、いいのです。わたくしは月へと帰ります。どうか、わたくしのことを忘れないでくださいね」

涙《なみだ》ながらに、かぐや姫《ひめ》は地上を去って行く。月の世界に戻《もど》っていく。切なくて悲しいが、美しい別れの物語が完結する……。

サスポットにしずしず歩み寄っていく姿を舞台上《ぶたいじょう》で見つめながら、私は自問自答していた。

これでいいのだろうか。

このまま森先輩《もりせんぱい》を行かせてしまって、本当にいいのだろうか。

だって森先輩《もりせんぱい》はここに至るまで一度も、演技をしていない。至近距離《しきんきょり》で目が合ったとき、その目が更衣室《こういしつ》で向き合ったのとまったく変わらないことを知って、ようやく思い至った。

彼女にとって、これは『竹取物語』なんかじゃない。最初から最後まで、徹頭徹尾《てっとうてつび》、自分自身の、お話だったのだ。

そもそも森先輩《もりせんぱい》がビラを撒《ま》いた理由を、私ははき違《ちが》えていた。

他のレプリカを探して、情報を仕入れるためじゃない。あのビラでは同じ立場の存在なんて見つかるどころか、却《かえ》って警戒《けいかい》されるだけだ。アキくんがそうだったように。

そうじゃなかった。

彼女は、ずっと。

『さぁ、かぐや姫《ひめ》。天の羽衣《はごろも》を受け取りなさい』

サススポットと重なるように、薄桜色《うすざくらいろ》の布がひらひらと下りてくる。

天井《てんじょう》からつり下げられる、雪かごと呼ばれる道具がある。引《ひ》き綱《づな》を引くと、中に入れた紙吹雪《ふぶき》を舞《ま》わせることができるそうだが、今回は紙吹雪《かみふぶき》だけではなく、その上部に衣《ころも》を引っかけていた。演劇部が六月の公演で使ったという羽衣《はごろも》だ。

世界文化遺産として登録された三保《みほ》の松原《まつばら》に伝わる『羽衣伝説《はごろもでんせつ》』。美しい舞《まい》を披露《ひろう》して、天界に帰っていった天女《てんにょ》。その伝説は、どこか『竹取物語』に通ずるものがある。

森先輩《もりせんぱい》が、紙吹雪と共に降ってきた羽衣《はごろも》を受け取ろうとする。

「嘘《うそ》つき！」

その手が、びくりと震《ふる》えた。

先輩《せんぱい》は、羽衣《はごろも》を取《と》り損《そこ》ねた。透《す》き通《とお》るような薄桜色《うすざくらいろ》の衣《ころも》が、床《ゆか》に落ちる。

彼女が振《ふ》り返《かえ》った。信じられないものを見るような目が、私を捉《とら》える。それどころか舞台《ぶたい》上《じょう》にいる演者全員が、一様にぽかんとして私を見つめている。

当たり前だった。ここで嫗《おうな》が声を上げるなど、台本のどこを読んでも書いていないのだ。

でも、みんなびっくりしすぎていて、私を止めるどころじゃない。台本を知らない観客は、固唾《かたず》を呑《の》んで舞台《ぶたい》を見守っている。

それをいいことに、私は続けざまに叫《さけ》んだ。

「このままじゃ、誰《だれ》からも忘れられちゃうって分かってるくせに。誰《だれ》の記憶《きおく》にも残らないって知ってるくせに。物わかりがいい振《ふ》りしないで！」

見開かれた目が揺《ゆ》れる。

誰《だれ》の指示なのか、私にスポットライトが当たる。まぶしくて目がくらむ。

大事な劇の最中に、何をやってるんだと思う。

でも、開き直って踏《ふ》ん張《ば》った。両の足で床《ゆか》を摑《つか》んで、息を吸う。肺が膨《ふく》らんでいく。

腹式呼吸に関しては、私はもはや、プロ並みだと思う。

「あなたの言葉で、教えてください！」

私の全身全霊《ぜんしんぜんれい》の声が、びりびりと体育館を震《ふる》わせる。

気がついたのだ。あのビラに書かれたドッペルゲンガーは、彼女自身を指していたのだと。

森《もり》すずみじゃない。わたしはわたしだって。

他の誰《だれ》でもないわたしは、ここにいるんだって。

「お願い、ですから……」

どこか茫洋《ぼうよう》とした眼差《まなざ》しのまま硬直《こうちょく》した先輩《せんぱい》の袖《そで》を、私は摑《つか》む。

かぐや姫《ひめ》以外の誰《だれ》も、動いてはいけない。喋《しゃべ》っちゃいけない。そんな現実をひっくり返すために、ありったけの声を振《ふ》り絞《しぼ》る。

全速力で走ったわけじゃないのに、ぜえぜえと息を荒《あら》らげながら、私は伝えた。

「あなたが一緒《いっしょ》にいたい人が誰《だれ》なのか、ちゃんと教えて、ください」

目の前の唇《くちびる》がわななく。

アキくんとの出会いが、私にたくさんのことを教えてくれたように。

森先輩《もりせんぱい》がりっちゃんの小説を読んで泣いたのは、両親のことを思いだしたからだ。

森《もり》すずみの、ではない。孫娘《まごむすめ》と同じ顔をした行き場のない女の子を、十三年間も大切に育ててきた両親を。

「……いいの？」

ぽつり、と消え入りそうな声で先輩《せんぱい》は言う。その口調も、表情も、かぐや姫《ひめ》とは重ならない。

そこにいたのは確かに人間だった。誰《だれ》かの笑顔《えがお》を取《と》り戻《もど》すために自分を犠牲《ぎせい》にし続ける、優《やさ》しすぎるひとりぼっちの女の子だった。

意思のない操《あやつ》り人形なんて、どこにもいない。

「本当に、いいと思う？　わたし、お母さんとお父さんと一緒《いっしょ》にいても……いいのかなぁ」

「いてください」

躊躇《ちゅうちょ》せず言葉を返せば、瞬《まばた》きをした双眸《そうぼう》から大粒《おおつぶ》の涙《なみだ》がこぼれていく。

「いて、ほしいです」

「……うん」

真っ赤に泣《な》き腫《は》らした先輩《せんぱい》が、泣き笑いの表情で頷《うなず》く。

泣き顔を見るのは四度目だ。きっと家では、もっとたくさん。

『……こうして嫗《おうな》が思いのこもった説得をしたことにより、かぐや姫《ひめ》は思い直したようです』

流暢《りゅうちょう》なナレーションの声は、最初と異なっている。アドリブを繰《く》りだすのは頼《たよ》りの後輩《こうはい》だ。

『一緒《いっしょ》に過ごした記憶《きおく》もない、よく顔を知らない両親よりも、大事に育ててくれた嫗《おうな》と翁《おきな》こそが、彼女にとって本当の両親と呼ぶべき存在だったのです。そんな三人の絆《きずな》を描《えが》いた中編小説『新訳竹取物語　～嫗《おうな》の綴《つづ》る日々～』は、特別棟《とくべつとう》一階、文芸部室にて絶賛発売中です。価格は一冊二百円です』

りっちゃん、商魂《しょうこん》たくましい。

『天の羽衣《はごろも》を受け取らなかったことにより、月からの使者も悔《くや》しそうに撤退《てったい》していきました』

そして、ゆったりとした解説と、スピーカーから流れる感動的なBGMは、ここが体育館のステージで、今が演劇の真っ最中だということを私と森先輩《もりせんぱい》に思いださせるのに、じゅうぶんすぎるほどの効果を発揮した。

我に返った私は真っ赤になったけれど、かぐや姫《ひめ》は天を仰《あお》ぎ見《み》て、目を細めている。

「お母様、お父様も。空を見てください、夜明けですね」

「本当だ。今日もよく晴れそうだな」

傍《かたわ》らに来て、アドリブで応じた翁《おきな》もすごい。嫗《おうな》はもう、無言で頷《うなず》くしかできないのに。

「わたくし、これからも二人と一緒《いっしょ》に暮らします」

そこで、こほん、とかぐや姫《ひめ》は咳払《せきばら》いをする。

「帝《みかど》とは、結婚《けっこん》しませんけれど」

オチの一言に、観客が大いに笑う。かぐや姫《ひめ》は、お茶目に舌を出してみせた。

こうして『新訳竹取物語』の舞台《ぶたい》は、幕を閉じた。

観客の前で一列に並び、役者全員で頭を下げる。

後頭部に大きな拍手《はくしゅ》を浴びながら、私の手汗《てあせ》は、言うまでもなくものすごかった。

なんせ私はひとりで暴走してしまった。りっちゃんや望月先輩《もちづきせんぱい》が、たくさんの人が協力して作り上げた舞台《ぶたい》を、台無しにしてしまったのだ。

幕が下がりきったのを確認《かくにん》して、観客ではなく役者一同に向かって頭を下げる。

「ごめんなさい、私」

「今は余計なこと言ってないで、大道具運びだすぞ。次のグループが待ってる」

「あ、はいっ」

ドライな対応をされる。でも望月先輩《もちづきせんぱい》の言う通りで、のんびり話している暇《ひま》はない。

「それに愛川《あいかわ》。それ、後悔《こうかい》してる顔じゃねぇぞ」

大慌《おおあわ》てで、頬《ほお》に触《ふ》れる。望月先輩《もちづきせんぱい》が軽《かろ》やかに笑った。

「終わりよければすべてよし、だしな」

そう言うなり、先輩《せんぱい》は率先《そっせん》して平台を運びに行ってしまった。

素早《すばや》く解体されていく平台からは魔法《まほう》が解けて、翁《おきな》の家には見えなくなった。私は竹藪《たけやぶ》スチロールを片づけようとするりっちゃんに駆《か》け寄《よ》る。

「りっちゃんも、ごめん」

「いえいえ。ライブ感あって、自分的には超《ちょう》楽しかったです」

それに、とりっちゃんが気恥《きは》ずかしそうにする。

「これは今だから言えますけど……嫗《おうな》が主人公の小説を書いて、やるせない気持ちになってたんです。好き勝手にバトルさせたくせ、結末を変えられなかったのは自分の力不足かなって」

「そんなわけ、ないよ」

そもそも森先輩《もりせんぱい》の本音に気づけたのは、この舞台《ぶたい》と、りっちゃんの小説のおかげなのだ。

「つまりですね、ハッピーエンドの『竹取物語』で大満足ってことです！　っと、わわわっ」

親指を立てようとしたりっちゃんが、持ち上げたスチロールを落としかける。

軽いスチロールは二人の手のひらの上で、ぽんぽんと跳《は》ねた。目を見交《みか》わして、私たちは笑い合ったのだった。


大道具は、協力して多目的ホールまで運んだ。大した量じゃないので、往復する必要はない。

私はまず空き教室でメイクを取る。今日はメイク落としシートが大活躍《だいかつやく》の一日だ。取り切れないのは仕方がないので、上下とも制服に着替《きが》えて教室を出た。

「タピオカいかがっすかぁ」

看板を掲《かか》げた生徒に声をかけられるが、頭を下げてやんわりと断った。今日中に売り切ろうと飲食系の出店は必死だ。

手持ち看板には大きな×印が書かれて、タピオカジュースが値下げされている。

祭の終わりが近いのを、じわじわと肌《はだ》で感じる。

「いた、愛川《あいかわ》さんっ」

その声に振《ふ》り向《む》くと、制服姿の森先輩《もりせんぱい》だった。ぐいっと腕《うで》を摑《つか》まれて引っ張られる。

「ちょっとこっち来て」

何が何やら分からないまま、連れて行かれた先は美術室である。

青陵祭《せいりょうさい》の喧噪《けんそう》や香りと無縁《むえん》の部屋は、今日も埃《ほこり》っぽくて、油絵の具のにおいがした。入室するなり先輩《せんぱい》は立ち止まり、くるりと振《ふ》り返《かえ》った。電気をつけるのも忘れて、左手に持っていたそれを差しだしてくる。

「ついさっきね。すずみのお母さんに呼び止められて、これを渡《わた》されたの」

見せられたのは、シンプルなピンク色の封筒《ふうとう》だ。

切手は貼《は》られていない。宛名《あてな》には丸い字で「リョウちゃんへ」とだけ書いてある。

「すずみからわたしへの手紙、部屋で見つけたんだって。早く渡《わた》すべきだったたって……でもひとりじゃ怖《こわ》くて読めない。なに書いてあるのか、ぜんぜん予想つかないし」

森先輩《もりせんぱい》は、途方《とほう》に暮れたような表情をして封筒《ふうとう》をひっくり返す。

手紙を留《と》める水玉模様のシールには、剝《は》がした形跡《けいせき》があった。すずみ先輩《せんぱい》のお母さんが読んだのだろう。その上で、宛先《あてさき》の人物に渡《わた》すべきだと判断した。

部外者の顔で観察していたら、ぎろりと睨《にら》まれた。

「これ、あなたも一緒《いっしょ》に読むべきでしょ」

「えっ」

なにゆえに。

「だってあの人が心変わりしたのは、演劇を観《み》たからなんだし」

断定口調で森先輩《もりせんぱい》が言う。しかしタイミング的には間違《まちが》いない、のかもしれない。

終盤《しゅうばん》はアドリブだらけになった演劇が、すずみ先輩《せんぱい》のお母さんを変えたのだとしたら。

この手紙にはきっと、森先輩《もりせんぱい》の迷いを消す言葉がある。

「望月先輩《もちづきせんぱい》に安倍川《あべかわ》花火大会で告白された件とかも、書いてあるのかも」

「ちょっと待って、なにそれ。初耳なんだけど」

しまった、声に出ていたらしい。

「……愛川《あいかわ》さんのほうが、すずみに詳《くわ》しそうじゃん。ね、一緒《いっしょ》に読んでよ」

「でも私、早く文芸部に戻《もど》るべきかなと。あと更衣室《こういしつ》にメイド服も取りに行かないと」

「後輩《こうはい》よ、生徒会長に逆らうんじゃない」

「元じゃないですか」

「生意気言わない。ほら、ここ座って」

目線と指先で指示される。横暴な先輩《せんぱい》に、私は渋々《しぶしぶ》従った。

今までの、奥歯《おくば》に物が挟《はさ》まったようなやり取りではない。素に近いところで話しているのが、とても自然なことのように思える。何百人もの観客に観《み》られながら、剝《む》きだしの言葉で向き合ったからだろうか。

「安倍川《あべかわ》の花火って、いつだっけ。七月の終わり？」

「そうです。今年は二十四日」

シールを剝《は》がすつま先の動きが、止まる。

「すずみが眠《ねむ》り始めたの、七月二十五日からなんだよね」

森先輩《もりせんぱい》は何回か深呼吸をしてから、宣言する。

「じゃあ、読むよ」

封筒《ふうとう》が開かれる。かわいらしい丸文字で書かれた文面に、私は森先輩《もりせんぱい》の隣《となり》から目を落とす。

リョウちゃんへ

お元気ですか。わたしは元気です。

なんて、他人行儀《たにんぎょうぎ》すぎるかな。お久しぶりです。すずみです。

この手紙を書こうと思い立ったのは、さっき、安倍川《あべかわ》花火大会で望月《もちづき》くんに告白されたからです。今までは何度書いても、リョウちゃんへのお手紙は捨ててしまっていました。何を書いても、なんだか、嘘《うそ》くさくなっちゃうっていうか……。

でも今なら、伝えたいことをまっすぐ書ける気がしたんだ。

というか、望月隼《もちづきしゅん》くんって憶《おぼ》えてるかな。近所に住んでる、正義感が強いくせに口が悪い男の子だよ。彼や花火大会について書くと、便箋《びんせん》が何枚あっても足りないのでそこはまぁ、割愛《かつあい》するとして。

リョウちゃん。ううん、今だけは初めて会ったあの日のように、こう呼ばせてください。

わたしのドッペルちゃん。

あの日、助けてって呼んだわたしの声に、応えてくれてありがとう。

継母《ままはは》がやりたくなくて泣いたわたしの代わりに、幼稚園《ようちえん》に行こうとしてくれてありがとう。

私は結局、いやなことを押しつけちゃだめだって、あなたのあとを追いかけた。その結果、こうして離《はな》ればなれになって会えなくなっちゃった。

ドッペルちゃんはリョウちゃんになって、わたしのドッペルちゃんじゃなくなった。

だけどきっと、それが正解だったんだね。

わたしね、たまにママに隠《かく》れて、じいじとばあばと通話してるんだけど、リョウちゃんすっごく絵が上手なんだってね！　写メで送ってって頼《たの》んだけど、じいじたちスマホ持ってなかった（汗《あせ》）

いつかリョウちゃんの絵を見せてほしいな。わたしは絵なんか描《か》けないけど、リョウちゃんはどんな絵を描《か》くんだろう。

もし会えたときは、わたしの彼氏《かれし》を紹介《しょうかい》するよ。とびきり口は悪いけどねっ（笑）

ということで、明日の朝になったらこの手紙を投函《とうかん》します。一緒《いっしょ》に望月《もちづき》くんへの手紙も。勘《かん》の鋭《するど》そうなリョウちゃんなら、お察しでしょうか。そうです。あんまり恥《は》ずかしくて答えを保留にした挙げ句、手紙に告白へのお返事を託《たく》しちゃいました。

自分の情けなさに幻滅《げんめつ》！

でもわたしね、あの日、ちゃんと継母《ままはは》をやったよ。最後までがんばったよ。

そのあと望月《もちづき》くんと、次はお姫様《ひめさま》と王子様の役をやろう、なんて約束したんだ。望月《もちづき》くんらしいよね。そっちはまだ果たせてないけど、恥《は》ずかしくてもがんばってみるね。

ちょっと頭が痛くなってきたので、初めてのお手紙はここまで。

花火からの帰り道、すごい混み具合で、他の人とぶつかって階段から落ちちゃったんだ。ほんとわたしって抜《ぬ》けてる。望月《もちづき》くんと別れたあとで良かった。（ぜったい馬鹿にされる！）

花火、リョウちゃんにも見えてたらいいのにな。

もしお返事をくれるなら、リョウちゃんのこと、わたしに教えてください。

すずみより

五枚綴《つづ》りの便箋《びんせん》を読み終えてしばらく、私も森先輩《もりせんぱい》も言葉を発さなかった。

隣《となり》の人は、今、必死に頭の中を整理しようとしている。それが分かるから口を噤《つぐ》んだ。石膏《せっこう》像《ぞう》も空気を読んで、お喋《しゃべ》りを控《ひか》えているようだった。

黙《だま》っていると、静寂《せいじゃく》がより色濃《いろこ》く感じられる。廊下《ろうか》の光だけが、取り残された美術室の入り口を照らしている。

時計の針を見ていなかったから、一分経《た》ったのか、十分経《た》ったのかは定《さだ》かではない。

「わたし、恋《こい》してたのか」

森先輩《もりせんぱい》はしみじみと納得《なっとく》したように、そう呟《つぶや》いた。

私の脳裏《のうり》には望月先輩《もちづきせんぱい》が過《よ》ぎる。でも彼に恋《こい》をしていたのは、同じ顔の別人なのだ。手紙に秘められた恋《こい》は、眠《ねむ》る彼女だけのものだ。レプリカだって、共有できない。

「誰《だれ》に、ですか？」

「すずみに」

便箋《びんせん》を、指のはらで撫《な》でている。爪《つめ》の中はとびとびでオレンジ色になっている。顔に塗《ぬ》ったドーランに触《さわ》ってしまったのだろう。

「この十三年間、わたしのほうがずっと、すずみに会いたかった。会いたくて、憎《にく》らしくて、愛《いと》おしくて、切ないの。これって、漫画《まんが》やドラマに出てくるような恋《こい》そのものじゃない？　わたしの頭の中、いつだってすずみのことでいっぱいだったんだ。呆《あき》れるくらい」

光る瞳《ひとみ》から涙《なみだ》が落ちることはない。そのおかげか、先輩《せんぱい》はとてつもなく幸せそうに見えた。

すずみ先輩《せんぱい》は、森先輩《もりせんぱい》が自身の身代わりになることなんて望んでいなかった。ただ、彼女らしく生きていてほしいと祈《いの》っていたのだ。

いつか絵を見せてほしいと願ってもいた。優《やさ》しい願いだった。

そんなすずみ先輩《せんぱい》が好きな人と交《か》わした約束を、森先輩《もりせんぱい》が拾い上げた。帝《みかど》とかぐや姫《ひめ》として、舞《ぶ》台《たい》を見事に演じきったのだ。

「植物状態って、呼吸だけしてるようなイメージあるでしょ？」

無言で、頷《うなず》く。

「すずみは違《ちが》うの。たまに笑ってたりする。赤ちゃんみたいにか弱くて、無防備で、それなのにね、空っぽなんだって」

ようやく再会できたすずみ先輩《せんぱい》に、きっと何度も森先輩《もりせんぱい》は話しかけたのだろう。

話したいことは、本当にたくさんあったはずだ。すずみ先輩《せんぱい》が、そう思っていたように。

「好きな音楽を聴《き》かせて微笑《ほほえ》んでも、隙間風《すきまかぜ》が吹《ふ》いたときに咳《せき》をしても、手を差しだしたら握《にぎ》ってくれても、それはね、すずみがそうしたくて、してるわけじゃないんだって。身体《からだ》が勝手に反応してるだけで、すずみにはなんにも、届いてないんだって」

いつまで待っても、眠《ねむ》り続《つづ》ける人からの返事はなかったのだろう。

想像する。私だったら。素直《すなお》が頭を打って目覚めなくなってしまったら、やっぱり同じようにするのかな。何かせずには、いられないのかな。

それはレプリカの本能だろうか。それとも、私自身の意思だろうか。

答えはまだ分かりそうもないけれど、ひとつだけ。

「寂《さび》しいですね」

「うん」

噛《か》み締《し》めるように、森先輩《もりせんぱい》は頷《うなず》く。

「寂《さび》しいよ、すずみ」

薄暗《うすぐら》い美術室で、その小さすぎる声は、壁《かべ》に反響《はんきょう》するでもなく消えてしまう。私は、かき集めて、抱《だ》きしめてあげたかった。

あの日の美術室で、そうするべきだった。

森先輩《もりせんぱい》は立ち上がるなり、私に向かって頭を下げる。

「ひどいこと、たくさん言ったね。ごめんね、最低な先輩《せんぱい》で」

怒《おこ》る気にはなれなかった。

でも私は遅《おく》れて立ち上がると、それっぽく怒《おこ》っている顔を作ってみる。

「許すには、二つ条件があります」

「は、はい」先輩《せんぱい》は直立不動の姿勢を取る。

「では、ひとつ目。『人間失格』の感想を教えてください」

「……そんなんでいいの？」

「私、文芸部長ですから」

威風堂々《いふうどうどう》と胸を張る。

森先輩《もりせんぱい》に脅《おど》されたのもあり、廃病院《はいびょういん》の次くらいに、私は『人間失格』が怖《こわ》くなってしまった。怖《こわ》いか、怖《こわ》くないかだけでも教えてもらえたら、とっても助かる。

堪《こら》えきれなかったように先輩《せんぱい》が笑う。

「了解《りょうかい》しました。でも、まだ読み終わってないの。だいぶ先になってもいい？」

大歓迎《だいかんげい》の意を込《こ》め、私は首肯《しゅこう》してみせた。

「じゃあ、二つ目は？」

「あなたの名前を教えてください」

はっきりと、先輩《せんぱい》が息を呑《の》む。

手紙に記されていたのが、彼女の名前なのだろう。でも直接教えてもらったわけではない。ちゃんと、目の前の人から聞きたかった。

「私は、愛川《あいかわ》ナオっていいます。おじいさんを演じたのは、真田《さなだ》アキくんです」

先輩《せんぱい》は隣《となり》に移動してきて、手のひらに漢字を書きながら教えてくれる。

「わたしはリョウ。すずみの名前は、漢字で書くと未《いま》だに涼《すず》しい、って描《か》くの。涼《りょう》の字を取って、リョウ。お母さんとお父さんがつけてくれた、わたしだけの名前」

さんずいから始まる、冷たくて美しい字。

目の前の人にぴったりの名前を、唇《くちびる》で辿《たど》ってみる。

「リョウ先輩《せんぱい》、ですね」

呼べば、今までいちばん柔《やわ》らかい表情で、リョウ先輩《せんぱい》が微笑《ほほえ》む。

「ナオちゃん。わたしを見つけてくれて、ありがとう」

窓の閉まった美術室に、生まれたての風を呼び込むような。

その微笑《びしょう》は、美術室で抱《だ》きすくめられた感触《かんしょく》よりもずっと温かかった。

「あなたに会えて、良かった」

私はその言葉が、大袈裟《おおげさ》でなく、涙《なみだ》が出るほどに嬉《うれ》しかった。

「わたし、富士宮《ふじのみや》の……わたしの家に帰るよ。すずみの両親ともちゃんと話す。それですずみが目を覚ますまで、辛抱強《しんぼうづよ》く待ち続けるんだ。だからいつか、わたしの本当のお母さんとお父さんに会いに来てくれる？」

「富士宮《ふじのみや》って、どんなものがあるんですか？」

んー、とリョウ先輩《せんぱい》が口元に手を当てる。

「そうだなぁ。なんといっても、まかいの牧場があるよ。先輩《せんぱい》が連れてってあげよう」

魔界《まかい》の牧場。なんともおそろしげな響《ひび》きだが、私は勇気を出して答えた。

「必ず、遊びに行きます」

呪《のろ》われた廃病院《はいびょういん》よりも怖《こわ》い場所なんて、そうそうないはずだから。

微笑《ほほえ》めば、リョウ先輩《せんぱい》も笑い返してくれたのだったが、私たちはほとんど同時に思いだした。

「部誌！」

時計を確認《かくにん》する。午後四時四十分。青陵祭《せいりょうさい》が終わるまで、あと二十分しかない。

先を争うように美術室を出て、階段を下りていく。開きっぱなしのドアから飛び込むと、部室にはりっちゃんとアキくんがいた。

「ナオ先輩《せんぱい》ようやく来たっ。部誌、売れてますよ、けっこう！」

片づけのあと直行したのだろう。まだ阿倍《あべ》の右大臣様なりっちゃんが声高《こわだか》に言《い》い募《つの》る。

「えっと、夢の話？」

「現実です！」

寝言《ねごと》ではなかった。見た目にも分かりやすく、机に並べられた部誌の冊数が減っている。

言っている間にも女の子のグループが入ってきた。私はアキくんと交代し、りっちゃんの隣《となり》に立つ。りっちゃんがお金のやり取り、私は主に部誌を渡《わた》す係だ。

部室の外まで行列ができる、ということは一度もなかったが、体育館で演劇を鑑賞《かんしょう》した生徒や一般来場者《いっぱんらいじょうしゃ》が、帰る前に寄ってくれているらしい。

阿倍《あべ》の右大臣に写真撮《と》っていいですか、と申し出る人もちらほら。りっちゃんは照れくさそうにしながら笑顔《えがお》で応じている。いちいち派手なポーズを取ってくれるので、子どもたちに大人気だ。メイド服よりも、ずっと効果てきめんである。

一度、背後の壁際《かべぎわ》から「この前はごめんなさい」というリョウ先輩《せんぱい》の声が聞こえてきた。振《ふ》り返《かえ》ってみたらアキくんが愁眉《しゅうび》を開いていたので、ほっとした。

そうして迎《むか》えた、午後四時五十八分。

「残り二冊、ですね」

と、りっちゃんが震《ふる》え声で言った。

刷ったのは、全体で百五冊。五冊は部員や部室で保管する分なので、別に取ってある。売り上げ百冊達成まで、あとたった二冊。しかしこの絶体絶命の局面で、完全に客足が途絶《とだ》えてしまった。校内に残っている来場者自体、ほぼいないだろう。

文芸部三人、顔を見合わせる。

「ここまで売れたら、いいってことにしてもらえますかね」

「誤差の範囲内《はんいない》だな」

「だよね」

それっぽく話すものの、全員の顔色が悪い。

間もなく青陵祭《せいりょうさい》は終わる。終わってしまう。九十八冊は四捨五入すれば百冊だけれど、そんなおまけをしてもらえるのだろうか。

そこに救世主が現れた。

「二百円、だよね？」

ポケットを探《さぐ》ったリョウ先輩《せんぱい》が、カウンター代わりの長机の前に立ったのだ！

「はわ」

りっちゃんは、変な返事をして銀色の硬貨《こうか》を受け取っている。

「ほわ」

手渡《てわた》す私も同じだった。極限状態すぎて、お礼の言葉がうまく出てこない。

あと一冊。あと一分。ううん、もう二十秒、切ってる。

頭皮から汗《あせ》が、ぶわぶわ出ている。めまいがしてくる。気を抜《ぬ》いたら倒《たお》れちゃいそう。

間もなくスピーカーから、青陵祭終了《せいりょうさいしゅうりょう》を告げるアナウンスが……。

「僕も一冊、頼《たの》む」

そんな文芸部室に息せき切って駆《か》け込《こ》んできた人物がいた。

「望月《もちづき》せんぱぁい！」

三人の声はぴったりと合った。

最後の一冊を渡《わた》すのと同時、青陵祭終了《せいりょうさいしゅうりょう》のアナウンスが校内に流れだした。本日は第十七回青陵祭《せいりょうさい》にご来場いただき、誠《まこと》にありがとうございました。お帰りの際は、お忘れ物のございませんよう、足元にお気をつけてお帰りください。生徒の皆《みな》さんは、このあと十七時三十分より、体育館にて後夜祭が始まるので……。

とてもじゃないが大人しく、耳を傾《かたむ》けてはいられない。

両手を握《にぎ》り合《あ》った私とりっちゃんは、その場にへなへなと座り込んだ。

「う、売れた」

四捨五入する必要はない。これでぴったり、百冊だ。

「文芸部の皆《みな》さん、よくがんばりました」

涙目《なみだめ》の私たちを見下ろして、リョウ先輩《せんぱい》はにこにこしている。

「それじゃあ、廃部《はいぶ》の件は」

「しっかり先生たちに話すよ。もう実績のない部なんて言えませんよね、って。ここから先は、生徒会長に任せなさい」

元だけどね、とリョウ先輩《せんぱい》が屈託《くったく》なく笑った。力強い宣言だった。

「わたしは先に体育館向かうね。お疲《つか》れ様会《さまかい》の支度《したく》しないとだから」

リョウ先輩《せんぱい》は時計を確認《かくにん》し、慌《あわ》ただしく出て行こうとする。

後期生徒会への引《ひ》き継《つ》ぎは済んでいるが、お疲《つか》れ様会《さまかい》で前会長が挨拶《あいさつ》をして、新会長にマイクを手渡《てわた》すのは鉄板となっている。

「森《もり》、ひとつだけいいか」

そんなリョウ先輩《せんぱい》を、望月先輩《もちづきせんぱい》が呼び止める。

「望月《もちづき》くんごめん、今は時間ないから」

「聞いてくれ。演劇が成功したら、もういちど言おうと思ってたんだ」

思わせぶりな物言いに、リョウ先輩《せんぱい》が足を止める。

頬《ほお》を赤くした望月先輩《もちづきせんぱい》が、すぅ、と大きく息を吸い、一気に吐《は》きだした。

「前に伝えた通り、僕は森《もり》のことが好きだっ。だから、へ、返事を聞かせ」

「ごめんなさい！」

ギャラリーが色めき立つ暇《ひま》もなく、リョウ先輩《せんぱい》は頭を下げていた。

絶句する私たち以上に、度肝《どぎも》を抜《ぬ》かれたのは望月先輩《もちづきせんぱい》だろう。

「好きな人がいるの。望月《もちづき》くんとは、付き合えません」

望月先輩《もちづきせんぱい》の顔が、紙のように薄《うす》く、白くなっていく。

そんな絶望的な数秒間のあと、リョウ先輩《せんぱい》はぺろっと舌を出してみせた。

「……なーんてね。安心して、すずみの答えは違《ちが》うと思うよ」

「え？　は？　うん？　すずみ？」

「お疲《つか》れ様会《さまかい》が終わるまで、待っててよ。望月《もちづき》くんに話したいことあるんだよね」

じゃあね、と駆《か》けだしていく。奔放《ほんぽう》な背中を、誰《だれ》も呼び止めることはできなかった。

「いや、わけわからないな、あいつ」

置いて行かれた望月先輩《もちづきせんぱい》は呆然《ぼうぜん》としている。

「部室でまたラブコメされた、だと……？」

りっちゃんは変なところに衝撃《しょうげき》を受けているが、一部始終がラブコメディだったかは微妙《びみょう》だ。

私にだけは分かっている。さっきのは、すずみ先輩《せんぱい》が大好きなリョウ先輩《せんぱい》からの、望月先輩《もちづきせんぱい》への意地悪だ。失恋《しつれん》のしっぺ返しとしては、望月先輩《もちづきせんぱい》には手痛かったかもしれないが。

お疲《つか》れ様会《さまかい》が終わったら、すべての事情をリョウ先輩《せんぱい》は話すつもりなのだろう。

惚《ほう》けていた望月先輩《もちづきせんぱい》だが、ぎりぎりのところで気持ちを立て直したらしい。

「ええとさ。二月にも、如月《きさらぎ》公演っていうのがあるんだ」

私は小首を傾《かし》げた。望月先輩《もちづきせんぱい》は、今回の青陵《せいりょう》祭《さい》公演を最後に引退する予定だったはずだ。

「来年は静岡市民文化会館でやるから、移動も楽。僕ひとりなら見送ってたが、後輩《こうはい》が参加するなら別だと思ってな」

こほん、と望月先輩《もちづきせんぱい》が咳払《せきばら》いをする。

「つまりさ。……お前ら、このまま演劇部入らねえ？」

それは不器用すぎる先輩《せんぱい》からの、勧誘《かんゆう》だったらしい。

顔を見合わせて会議をすることはなかった。横に並んで、文芸部一同は頭を下げる。

「すみません」

百冊の部誌を売り切って、改めて感じた。この狭《せま》くて、大してきれいでもない部室が、どれほど心地《ここち》いい場所なのか。

出しっぱなしの扇風機《せんぷうき》。転がっているボールペン。創刊号から保管された部誌だらけの段ボール箱。赤井《あかい》先生が窓際《まどぎわ》に並べていったカエルのフィギュア。あんまり興味の湧《わ》かないジャンルの本とか。

そういうものに囲まれて、私はまた、次の一冊を読みたい。隣《となり》にはアキくんがいて、向かいにはりっちゃんがいてほしい。

「そっか。残念だけど、仕方ないな」

望月先輩《もちづきせんぱい》は苦笑《くしょう》しただけだった。問う前から返事は予想していたのだろう。そもそも百冊目を買って文芸部を救ってくれたのは、他でもない彼なのだ。

「でも本当に楽しかったです、演劇」

それは心からの気持ちだった。最初は不安でいっぱいだったのに、今となっては充足感《じゅうそくかん》と、まだ続けていたかったという物足りない感じが、胸の中で渦《うず》を巻いている。

「自分も、最高に楽しかったですっ」

りっちゃんが満面の笑《え》みを見せれば、「俺も」とアキくんが小声で同意する。

「それなら、僕的には満足だ」

腕《うで》を組んだ望月先輩《もちづきせんぱい》は重々しく頷《うなず》いてから、朗《ほが》らかに言う。

「お疲《つか》れ様《さま》でした」

私もまた、多目的ホールで何度もそうしたように、同じ言葉を口にして頭を下げた。

それが演劇部としての、最後の挨拶《あいさつ》だった。

望月先輩《もちづきせんぱい》はそのまま体育館に向かうそうなので、私たちは部室の前で別れた。りっちゃんはいったんクラスの様子を見に行くという。私とアキくんもそうすることにしたが、道中の会話はなかった。それくらいお互《たが》い疲《つか》れていた。

廃病院《はいびょういん》で、『竹取物語』で、部誌で、てんてこ舞《ま》いの一日だったのだ。疲労《ひろう》を認識《にんしき》した身体《からだ》は現金なことに、とたんにずっしり重くなっていた。

忙《いそが》しい一日だった。私の人生史上、最も長い一か月でもあった。

人気《ひとけ》のない渡《わた》り廊下《ろうか》は夕暮れに染まっていて、くるぶしを包む気温は緩《ゆる》やかで、このままここで横になりたい、なんて思ってしまう。

「ナオ」

振《ふ》り返《かえ》るのも億劫《おっくう》だったが、響《ひび》きの切実さが私の首を動かした。

呼び止めてきたアキくんは、難しい顔をしている。見た覚えがある。どこだっけ。つい最近、どこかで。

記憶《きおく》を漁《あさ》っているうちに顔が近づいてきて、何かが鼻筋にちょんと触《ふ》れて、ぱっと離《はな》れた。

……ん？

私はしばらくきょとんとしていた。何が起こったのかよく分からなかった。

何事もなかったように、アキくんは歩きだしている。

「クラス、片づけ終わってっかな」

んん？

そのあともアキくんは、頭をかきながらごにょごにょ言っている。聞き取りづらい。発声練習の成果がさっぱり出ていない。

「でさ、クラスの片づけ、そろそろ終わったよな」

壊《こわ》れたCDみたいに、同じことを繰《く》り返《かえ》している。

言わないほうがいいだろうか。でも、やっぱり。

「ね、アキくん」

「なに」

「今さ、キス、失敗した？」

ぴたっとアキくんが立ち止まった。一向にこっちを見ない。

「失敗じゃない。狙《ねら》い通《どお》りの位置だった」

「私の鼻にキスしたかったの？」

「理論上はそうなる」

正面に回り込んで、自分の鼻先をちょんとつついてみる。

「鼻、そんなに好き？」

「好きだけどさぁー」

アキくんはとうとう頭を抱《かか》えて座り込んでしまった。

廊下《ろうか》に影《かげ》が伸《の》びる。ぶるぶるしている。男の子のプライドを傷つけてしまったかもしれない。

でも私は、気になることは気になると、声を大にして言いたい派なのだ。

「それと、水族館でもキスしようとしてた？」

悶《もだ》えるアキくんのうなじが、汗《あせ》をかいている。

「許してください。ごめんなさい」

ぐすっ、と洟《はな》をすする音がした。なんだか私が泣かせたかのようだ。さすがに本気で泣いているわけじゃないだろうけど、アキくんの泣《な》き真似《まね》は、かわいそうでかわいい。

おばけ屋敷《やしき》、暗いからさ。キスとかされちゃうかもよ。

佐藤《さとう》さんの言葉が、頭の中で再生される。

私が思い当たる以上に、チャンスは何度もあったはずだ。怯《おび》えた私を気遣《きづか》って、アキくんが遠慮《えんりよ》していただけで。

挫《くじ》けずタイミングを見計らってくれたのに、あえなく撃沈《げきちん》しちゃった。

私は両膝《りようひざ》を抱《かか》えるようにしゃがんで、そんな恋人《こいびと》の耳元にひそひそした。

「じゃあ、もういっかい、して？」

気になることは気になると、声を潜《ひそ》めてでも言いたい派だから。

静かになったアキくんが顔を上げた。目が合うだけで、鎖骨《さこつ》から全身に甘いしびれが走る。

「ちゃんとアキくんと、したい」

ばくばくばく、って大騒《おおさわ》ぎ。

心臓の音が激しすぎて、自分の声すらよく聞こえなかったけれど、アキくんには届いたようだった。男らしい喉仏《のどぼとけ》が上がったのが、返事になっている。

「いい？」

「……いいよ」

この期《ご》に及《およ》んで確認《かくにん》なんてもどかしい。

髪《かみ》の一房《ひとふさ》を、アキくんの手が絡《から》め取《と》る。まだ唇《くちびる》じゃないのに、触れられるだけで全身の産毛《うぶげ》がぞわぞわする。

頰《ほお》に当たる吐息《といき》の熱っぽさを感じて、私の呼吸は止まった。

重なっていく輪郭《りんかく》は、今度こそ、辿《たど》り着《つ》くところを間違《まちが》えたりしない。

「あっ、こんなとこにいた。お二人さん、もうお疲《つか》れ様会《さまかい》始まっちゃうぞー」

間違《まちが》えるより早かった。

私とアキくんは、ばばっとお互《たが》いから顔を背《そむ》けた。

示し合わせたわけでもないのに、どうやらきれいに背中合わせになっていたらしい。

「なにそれ？　どゆ遊び？」

能天気に角を曲がってきた吉井《よしい》くんを、アキくんは一度だけぽかっと殴《なぐ》っていた。

「なんでぇっ」

忘れられない文化祭になった。

◇◇◇

そんな感じで、最後まで事件だらけだった青陵祭《せいりょうさい》。

その締《し》めくくりとなるお疲《つか》れ様会《さまかい》が、体育館にて始まろうとしていた。

黒いワイヤレスマイクを手に、壇上《だんじょう》へと上がるリョウ先輩《せんぱい》の表情はどこか晴れ晴れしい。

ステージとして働き通しだった体育館には、演台が戻《もど》されていない。そのおかげで、まっすぐ歩く姿が何物にも遮《さえぎ》られずによく見える。

他のクラスに倣《なら》い、いつも全校集会で並んでいるあたりに一組の面々は固まって座っていた。

まともに整列している人はいない。後片づけが間に合わなかったクラスは、代表者だけ駆《か》けつけたようだ。一年五組のあたりを見たら、友達と話しているりっちゃんの後頭部を発見した。

私の前は小道具班で、後ろには吉井《よしい》くんたちがいる。そのさらに後ろにアキくんがいる。こんな目立つところで分かりやすく二人でくっつくのは、けっこう難易度が高いのだ。

欠伸《あくび》を堪《こら》えたり、最優秀賞《さいゆうしゅうしょう》の予想を挙げたりして、誰《だれ》もが真面目さとはほど遠い。でもみんな意識の半分くらいを傾《かたむ》けて、元生徒会長の声を聞いていたのだと思う。

ちゃんと、聞いていたのだと思う。

「皆《みな》さんご存じの通り、青陵祭《せいりょうさい》は、前生徒会と新生徒会が協力して運営する行事です。このイベントを一丸になって乗《の》り越《こ》えて、わたしたちはようやく引退のときを迎《むか》えます。新生徒会にとっては、小姑《こじゅうと》みたいな存在だったかもしれませんが」

茶目っ気たっぷりにリョウ先輩《せんぱい》が言うと、前方で笑いが起きた。左前方で先生たちと一緒《いっしょ》に並ぶ生徒会の面々は、顔の前で手を横に振《ふ》っている。望月先輩《もちづきせんぱい》の姿もある。

そのとき、体育館を見回していたリョウ先輩《せんぱい》の目が、私を見つけた。

軽くウィンクをしてくる。私はお返しにふざけて肩《かた》を竦《すく》めてみせた。ほんの一瞬《いっしゅん》、きっと他の誰《だれ》にも読み取れない挨拶《あいさつ》を交《か》わす。

白い歯をこぼすみたいに破顔して、リョウ先輩《せんぱい》は続ける。

「こうして青陵祭《せいりょうさい》を、大きな事故もなく乗《の》り越《こ》えることができたのは、先生方、実行委員の皆《みな》さん、地元の皆《みな》さま、そして何よりも全校生徒の皆《みな》さ」

がきぃん！

落下音と混じった強すぎるハウリング音に、鼓膜《こまく》を殴《なぐ》りつけられた。

とっさに目を閉じて耳を塞《ふさ》いだり、俯《うつむ》いた生徒がいた。私も思わず耳に手をやっていた。

三秒後に片目で壇上《だんじょう》を眺《なが》めると、マイクが落ちていた。ハウリングの出所はそれだった。小さな赤いランプを灯《とも》したまま、体育館の冷たい床《ゆか》に跳《は》ね返《かえ》って転がったようだ。

その近くに奇妙《きみょう》なオブジェがあった。

それは、制服でできていた。

茎《くき》が折れた花のように広がったスカートの上に、折り重なるようにして、ブラジャーが、長《なが》袖《そで》のシャツが、ワインレッドのリボンが、ブレザーが散らばっている。

するりと縄《なわ》抜《ぬ》けをしたような。

身にまとっていたすべてを脱《ぬ》いで誰《だれ》かが消えてしまったような、その不気味さに覚えがある。素直《すなお》と行った実験。呼びだされた私が、服を着《き》替《が》えてから消されると、着る人がいなくなった洋服だけがその場に残る。目の前の光景は、それと酷似《こくじ》していた。

でも体育館のどこにも、オリジナルのすずみ先輩《せんぱい》はいない。そもそも彼女は眠《ねむ》り続《つづ》けていて、リョウ先輩《せんぱい》を自由に消したり呼んだりできる状態ではない。

その事実が意味するのは。

「もりりん会長？」

奇妙《きみょう》なほど、誰《だれ》かの呼び声が大きく響《ひび》く。

混乱は広がっている。生徒の多くは状況《じょうきょう》を把握《はあく》できていなかった。マジックか何かかと思った人もいたようで、囃《はや》し立《た》てるような手拍子《てびょうし》が聞こえたが、それもざわめきの中に溶《と》けていった。数十秒が経過しても、種明かしがないからだ。

何人かが立ち上がり、どこかにリョウ先輩《せんぱい》が隠《かく》れていないかと辺りを見回す。

生徒会顧問《こもん》の若い先生が教頭たちと何かを話し、予備のマイクの電源を入れる。また小さなハウリングが起きる。

転がるマイクは電源が入ったまま。誰《だれ》も、壇上《だんじょう》には近づこうとしない。

みんな、とりあえず落ち着いて。一クラスずつ教室に戻《もど》って、帰宅の準備をしなさい。表彰《ひょうしょう》については後日発表します。繰《く》り返《かえ》します。

先生たちに誘導《ゆうどう》されるまま立ち上がり、生徒は出入り口に向かってぞろぞろと歩きだす。

わざとゆっくりとした速度で歩くアキくんが、距離《きょり》を置いて隣《となり》に並んだ。

「ねぇ、アキくん」

「うん」

「オリジナルの心臓が止まったら、レプリカは」

息が詰《つ》まって、それ以上は言葉にできなかった。したくなかった。

「もりりん先輩《せんぱい》、マジック失敗して異空間に飛ばされたりしてないよな。大丈夫《だいじょうぶ》だよな」

前を歩いている。ちっともふざけていない吉井《よしい》くんの呟《つぶや》きが、耳にこびりついて離《はな》れなかった。

最終話　レプリカは、失う。

「ご両親から連絡《れんらく》があった。先週の日曜日、三年の森《もり》すずみさんが亡《な》くなったそうだ」

十一月四日の木曜日。青陵祭《せいりょうさい》が終わり、二日間の代休と祝日を挟《はさ》んだ日の朝だった。

沈黙《ちんもく》する生徒の顔を見ず、目線を落とした担任の先生は淡々《たんたん》と説明を続ける。

「七月の終わりに頭を打ってから、自宅で長いこと寝《ね》たきりで療養《りょうよう》をしていたらしい。がんばっていたんだが、最後は両親に見守られて静かに息を引き取ったそうだ。通夜《つや》と葬儀《そうぎ》は親族のみで執《と》り行《おこな》ったそうで、学校では明日の六限から、体育館でお別れ会を行うことになった」

死を意味する言葉の羅列《られつ》。ぽんぽん飛びだしてくるそれを、バドミントンの羽根のように打ち返せる人は、教室内にはいない。

高校生にとっての死は、触《ふ》れたことがないというほど遠い現実ではない。祖父母や親戚《しんせき》、近所のお年寄りが亡《な》くなることだってある。

でも。

「先生。もりりん会長って、体育館にいたはずですよね」

佐藤《さとう》さんがみんなの気持ちを代弁するように、戸惑《とまど》い気味に言う。

お疲《つか》れ様会《さまかい》における挨拶《あいさつ》の真っ最中だったのだ。この場にいる誰《だれ》もが目撃《もくげき》していた。森《もり》すずみは自宅で寝《ね》ていたのではなく、体育館でマイクを握《にぎ》っていたし、数時間前にはかぐや姫《ひめ》だって演じていた。

先生はしばらく黙《だま》っていたが、溜《た》め息交《いきま》じりに口を開いた。

「気分の悪い生徒がいたら、申し出なさい。保健室に行ってもいいし、カウンセラーの先生も今日は朝から対応している。それじゃあ、一限の準備をするように」

職員室でも、最低限の情報共有がされているだけなのだろう。佐藤《さとう》さんの言葉に答えることはなく、先生は教室を出て行った。

校内は異様な雰囲気《ふんいき》に包まれていた。

一組からは、早退した女生徒が二人いた。他のクラスも似たような状況《じょうきょう》だったようだ。どことなく重苦しい空気が、学校中を靄《もや》のように覆《おお》っている。

前生徒会長の消失は、十月の初めに撒《ま》かれたビラとも自然と関連づけられた。

学校に潜《ひそ》むドッペルゲンガーの正体は、森《もり》すずみだった。あれは、その事実を何者かが告発するビラだったのではないか。

飛び交い始めた噂《うわさ》は、しかし、間もなく鎮火《ちんか》していくことになる。彼女と仲の良かった女子がこぞって主張したからだ。

「もりりんはさ、きっと、魂《たましい》だけになって会いに来てくれたんだよ」

「お祭りごと大好きだったもん。あたしたちと最後に青陵祭《せいりょうさい》やるために、がんばってくれたんだ」

そんな美しい解釈《かいしゃく》は、生徒会や彼女の所属クラスを中心として迅速《じんそく》に広がっていった。

二年一組にも昼休みのうちに届いたくらいだ。故人の名誉《めいよ》を守るための策だったのか、心の底から全員がそう信じていたのかは、分からない。

明日や来週を想像する。森《もり》すずみを幽霊《ゆうれい》か、はたまたドッペルゲンガーかと揶揄《やゆ》するような人物は、他の生徒から不謹慎《ふきんしん》だと後ろ指を指されることになるだろう。そういった声は摘《つ》み取られ、表向きには聞かれなくなるはずだ。

帰りのショートホームルームでは、生徒全員に一枚ずつのメッセージカードが配られた。お別れの会で、棺《ひつぎ》代わりの空っぽの箱にひとりずつ入れていくものだという。

小さなカードを手にしたとき、二つに破こうかなと思った。そんなことをしたら、すずみ先《せん》輩《ぱい》の友人に涙《なみだ》ながらに詰《つ》め寄《よ》られるのだろうけど。

彼女たちは、リョウ先輩《せんぱい》の名前すら知らない。

◇◇◇

文芸部の部室で、私はアキくんとりっちゃんに話した。

私が知る限りの、リョウ先輩《せんぱい》のこと。すずみ先輩《せんぱい》のこと。話してみたら十数分で終わってしまって、私は二人のことをほとんど知らなかったのだと、突《つ》きつけられたようだった。

部室を出ると、階段を上る後ろ姿を見つける。

一段ずつ離《はな》れていく望月先輩《もちづきせんぱい》の手には、見覚えのあるピンク色の封筒《ふうとう》が握《にぎ》られていた。すずみ先輩《せんぱい》のお母さんが渡《わた》したのだろうか。確認《かくにん》しようとして踏《ふ》み止《とど》まった。そんなことをしても無意味だ。だって、すずみ先輩《せんぱい》もリョウ先輩《せんぱい》も、

「ナオ」

肩《かた》を叩《たた》かれて、はっとした。

私は自転車を引いていた。鼻先に電柱があった。

声をかけてもらわなかったら、ぶつかっていた。一歩分、用心深く後ろに下がる。

近くにりっちゃんはいなかった。裏門のあたりで別れたのかもしれない。明確な記《き》憶《おく》がない。

「家まで送る」

アキくんの申し出に、私は、口のはしっこを緩《ゆる》める。

「いつかと逆だね」

「そうだな」

「自転車、乗って。用宗《もちむね》まで遠いから」

九キロは、散歩やリハビリと呼ぶには長すぎる。

アキくんはリュックを背負ったまま自転車に跨《また》がった。左足で地面を蹴《け》りつけ、思いだしたようにペダルに足を乗せると、ちょっとの距離《きょり》をゆっくりと漕《こ》ぐ。

歩道の私とつかず離《はな》れず。からからとホイールは、いつもと違《ちが》う速さで回る。

「今日、雨だったら良かったな」

お天道様《てんとさま》を見上げて、呟《つぶや》く。最後に雨が降ったのは、いつだっただろう。

そのときの私は、こんな未来を想像すらしていなかった。

「季節外れの台風でも良かった」

「そっか」アキくんは、相槌《あいづち》だけ返してくれた。

ぽつりぽつりと話しながら、足を動かす。

静岡大橋《しずおかおおはし》は今日も風が強い。ブレザーを着ていてもちょっと寒いくらいだ。

子ども会でボウリングをやったトマトボウルや、アイスが四割引のスーパー田子重《たごじゅう》を横目に、素直《すなお》が卒業した小学校の前を歩いていたら、用宗駅《もちむねえき》に着いていた。いつもの帰り道とはぜんぜん違《ちが》うルートでも、大雑把《おおざっぱ》な方角さえ合っていたら知っているところに出る。

ところどころ居残りの紅葉が見られる城山を背景に、東海道新幹線が猛烈な風切り音を上げて、右から左に通過していく。

今日のように晴れている日は富士山《ふじさん》も見える。それだからか、ときどき大きなカメラを持った人を見かけることがある。

振《ふ》り向くと駅からでも、赤く染まった水平線が見えた。

「海行こうよ」

誘《さそ》うと、アキくんは断らなかった。

五分くらい歩いたら海に出る。堤防前《ていぼうまえ》に自転車を置いて、二人で砂浜《すなはま》に下りていった。

波音は静かだ。潮風が渡《わた》るオレンジ色の海面には、皺《しわ》ができている。陸の上でもだいぶ肌寒《はださむ》いので、海の水はもっと冷たいだろう。

遠くに、箒《ほうき》みたいな道具を手にしたシルエットが浮《う》かんでいる。逆光でよく見えないが、ボードに乗って立《た》ち漕《こ》ぎしているようだった。まさか漂流《ひょうりゅう》しているわけじゃないだろうけど。

「SUPだよ。スタンドアップパドルボード」

アキくんがさらっと教えてくれる。

小石を蹴《け》る片足に、後ろから視線を感じる。前科ありの私は、衝動的《しょうどうてき》に海に入るのではないかと注意深く見守られている。

でも、そんな心配は杞憂《きゆう》だ。というのをアピールする意味もあって、私は波打《なみう》ち際《ぎわ》とは遠いところで、ごろんと砂浜《すなはま》に寝《ね》そべってみせた。

「ナオ?」

アザラシになった私の頭の上から、声が降ってくる。

「これ、けっこう痛いや」

頭が痛い。背中も。身体中《からだじゅう》にあるツボを無理くり押すみたいに、石ころが牙《きば》を剝《む》いている。

目を閉じる。しばらく裏側で、ちかちかと白い光が散る。

うっとうしい洗礼を越《こ》えれば、いろんなものが静かになって、波の音が聞こえてきた。濡《ぬ》れていない足先が、波に浸《つ》かっているような感覚がした。

アキくんが右隣《みぎどなり》に、腰《こし》を下ろした気配があった。

仰《あお》向けから横向きの姿勢になってみる。海を見つめるアキくんの頭上で、山がちな東の空から、満月に近い形の月が姿を現している。

月の都。リョウ先輩《せんぱい》が、すずみ先輩《せんぱい》と共に向かったのかもしれない場所。『人間失格』の感想を聞かせてくれると言ったのに。魔界《まかい》にある牧場にも行こうって、約束したばかりだったのに。

責めるのはお門違《かどちが》いだと、頭では理解している。

じゃあ今、行き場のないこの感情を、私はどうしたらいいのだろう。水切りの石のように、海に放り投げることなんてできないのに。

リョウ先輩《せんぱい》の顔が浮《う》かんだ。素敵《すてき》な絵を描《か》く人だった。絵画コンクールの代表に選ばれるかもしれなかった。大人っぽい顔の下に、孤独《こどく》を抱《かか》えていた。

見つけてくれてありがとう、と笑っていた。

あなたに会えて、良かった、って。

「アキくんは、いなくならないよね」

横顔を見つめながら問うた。この海で私を引っ張り上げたように、彼ならば言ってくれると思った。

「そう、言い張りたい」

勝手な期待は、無残にも裏切られた。

アキくんは、夕日が沈《しず》む水平線を見ていた。視線はいつまでも絡《から》まなかった。

レプリカの取扱説明書《とりあつかいせつめいしょ》があるなら、そこには注意書きが加えられたことだろう。オリジナルが死んだ場合は、レプリカも連動して同時刻に消える仕様です。

壇上《だんじょう》に服や下着だけが残されたように、跡形《あとかた》もなく。

それこそ海の泡《あわ》のように。月に帰ったかぐや姫《ひめ》のように。肉も、骨も、灰すら残らずに。

「ナオ」

後ろに両手をついて風を浴びていたアキくんが、私の名前を呼ぶ。

「いいんだ、別に」

「なにが？」

「雨じゃなくて、嵐《あらし》じゃなくたっていい」

テトラポッドに当たって砕《くだ》けていく波は、どんなことを考えているのだろう。

「好きなときに、好きなだけ泣けばいい」

私は、むくりと起き上がった。

鼻の奥が熱い。目頭《めがしら》が染《し》みている。

無言の頰《ほお》を何かが垂れていった。触《ふ》れてみたら、涙《なみだ》だった。

それに気がついた瞬間《しゅんかん》、大口を開けて、わんわん言って、私は子どもみたいに泣いていた。何度もリョウ先輩《せんぱい》の名前を呼んだ。砂を蹴《け》飛《と》ばした。泣《な》き叫《さけ》んだ。口の中から髪《かみ》の毛《け》の味がした。恨《うら》み言《ごと》もごっちゃになった。砂の味がした。支離滅裂《しりめつれつ》だった。

雨じゃなくて、嵐《あらし》じゃないから、私の泣き顔や罵《ば》詈《り》雑言《ぞうごん》を、何も隠《かく》してはくれない。

傘《かさ》を差していたかった。雨のにおいがまとわりついたクリーム色のレインコートを被《かぶ》っていたかった。リョウ先輩《せんぱい》に会いたかった。リョウ先輩《せんぱい》に、会いたかった。

マジックが失敗して海で漂流《ひょうりゅう》してたんだよ、なかなか連絡《れんらく》できなくてごめんね、なんて、とぼけた口調で言い放って、舌を出して笑ってほしかった。

会えるなら、もう、なんだって良かったのに。

「ナオ」

お腹《なか》が苦しい。耳が千切れそうに熱い。喉《のど》が痛い。ぜんぶ痛い。

身を捩《よじ》って私は泣き続けた。アキくんの逞《たくま》しい腕《うで》が私を抱《だ》き寄《よ》せた。閉じ込めるみたいに、きつく抱《だ》きしめてくれた。

私を呼ぶ声は濡《ぬ》れていた。涙《なみだ》は溢《あふ》れるだけだった。止める術《すべ》が、分からなかった。

波の音があまりにも穏《おだ》やかでうんざりする。

どうして私には、感情なんてものがあるのだろう。

なんにも知らないロボットのように、生まれてきたら良かった。プログラムであれば良かっ

た。そうしたら私はきっと、明日をおそれることなんてなかった。

不用意に誰《だれ》かを好きになったりは、しなかった。

……ああ。

そんな風に本気で思えたら、どんなにか気楽だったろう。泣き顔を隠《かく》してくれる優《やさ》しい腕《うで》を知らないほうが良かったなんて、心の底から言えたなら。

私は、私じゃなかった頃《ころ》には戻《もど》れない。

だから今はただ、身体《からだ》から水がなくなるまでみっともなく駄々《だだ》をこねることを、あなたとの別れを嘆《なげ》くことを、許してほしいと思った。

◇◇◇

アキくんに付《つ》き添《そ》われて、家に帰ってきた。

靴《くつ》がないので、両親とも帰ってきていないようだ。自転車のスタンドを立てて、玄関《げんかん》の明かりをつけておく。

もうアキくんは、駅に向かって歩きだしているだろうか。

泣《な》き疲《つか》れてぼうっとした頭が重い。瞬《まばた》きをするたび、目蓋《まぶた》がひどく腫《は》れているのを痛烈《つうれつ》に実感する。

全身が水分を求めていたけれど、台所には寄らなかった。流した涙《なみだ》の分を補給したら、私の身体《からだ》は心なんて置き去りに、すっきりしてしまう気がした。

二階に上る。いちいち段差があって、いやがらせのようだと思う。意地でも転びたくなかったのに、最後の段の前でつまずいた。

「ただいま」

「おかえり」

短い儀式《ぎしき》を経て、部屋に招き入れられる。

遅《おそ》かったね、と言いかけた素直《すなお》が眉《まゆ》を曇《くも》らせる。赤く腫《は》らした目も、掠《かす》れた声も、疲《つか》れた足取りも、彼女の目には異様に映ったのだろう。

「どうかした」

「先輩《せんぱい》が、亡《な》くなったの」

素直《すなお》が、静かに目を瞠《みは》る。

「仲いい人だったの？」

「ううん」

案ずるようだった瞳《ひとみ》に、訝《いぶか》しげな色が宿る。

私は素直《すなお》に、リョウ先輩《せんぱい》のことを話していなかった。語りたい言葉を静かな美術室でようやく知ったと思ったのに、今はもう、何を言えばいいか分からなくなった。

青陵祭《せいりようさい》から帰ってきた日、私は素直《すなお》に早く消してほしいとだけ頼《たの》んだ。そうすれば次に呼ばれるまで、余計なことをなんにも考えなくて済むからだ。

今日も、そうお願いするつもりだった。

渋《しぶ》られたら、いつかの電話相手について触《ふ》れてみるのだ。素直《すなお》は知られるのを露骨《ろこつ》にいやがっていた。その話題を口にすれば、うざったい私のことなんか問答無用で消してくれる。

「あ、そうだった」

そうして私が卑怯《ひきよう》な手段を講じようとする間にも、素直《すなお》は、ふと思いついたような顔をして動きだしている。

「ねぇ、ナオ」

あの美しい瞳が、私を見つめていた。

その瞬間《しゆんかん》、遅すぎる予感が胸に芽生えて、私の身体《からだ》は音もなく凍りついていた。

一度は覚悟《かくご》を決めたはずだったのに。彼女から、この海の見える町から離《はな》れる日が来るのだと、悟《さと》ったはずだったのに。

その瞬間《しゆんかん》、どうか言わないで、と私は願っていた。けれど制止を意味する言葉は出なかった。

力なく立ち尽くすだけの私に向かって、素直《すなお》が言う。オリジナルが口にしてしまう。

私《レプリカ》が終わる言葉、を、

「明日からは私が学校行くから。試験の日も、だるい日も、毎日、ずっと」

あとがき

えっ、２巻ですか？

と困惑《こんわく》してしまった日を、今でも覚えています。

本作は、かなり早い段階から２巻の構想を練ってほしい旨《むね》のご連絡《れんらく》をいただいておりました。ありがたいことでしたが、大いに悩《なや》みました。わたし自身、このお話は１巻で完結しているものだとばかり思っていたのです。

「社会人になった素直《すなお》の話はどうでしょう」「主人公を男の子にしてみたいです」「ＳＦに全振《ぜんぶ》りするのは……」など、いろいろな案を出しました。理由はそれぞれ異なりますが、そのすべてが却下《きゃっか》されました。

「ひとりの読者として、ナオの物語の続きを知りたいです」

そう担当様から言われたとき、自分の心に迷いがあることに気がつきました。

笑顔《えがお》で手を繋《つな》いで、光の向こうに歩いていった二人を呼び止めるのは、本当に正しいことなのか。わたしは、ずっとそこに引《ひ》っ掛《か》かっていたのです。

しかしナオの世界は、最初から美しいものばかりではありませんでした。悪意があり、理不《りふ》尽《じん》があり、彼女は生きている人間が味わったことがない、大きな恐怖《きょうふ》までも経験しています。

そして本当は、最初から知っていました。別にわたしが書かなくたって、ナオは今日も自転車を漕《こ》いで、いろんなものを見て、何かを一生懸命《いっしょうけんめい》に考えて、恋《こい》だってしているのです。

じゃあ、書くしかないな。そう腹をくくって、もういちど、彼女の小さな背中を追いかけてみることにしました。

担当様の一言を憎《にく》らしく思った夜もありますが、あの言葉があったからこそ、2巻を書き切ることができたのだと思います。

今のわたしは「えっ、2巻ですか？」なんて言いません。「これが2巻です！」と胸を張って言えます。えへん！（ウィスパーボイス）

第1巻発売の際には、たくさんの貴重な経験をさせていただきました。

豪華《ごうか》なPVに始まり、JR東海道本線にてトレインジャック広告の展開、静岡エリアの書店限定でリーフレットの配布、直近だとテレビCMになったりなどなど。

「なにそれ見逃《みのが》した！」という方はスマホで検索《けんさく》していただくと、だいたい画像や動画とかが出てくるので、ぜひご覧になってみてください。ネットは便利です。

レプリコの広告に囲まれ、担当様と二人で電車に揺《ゆ》られながら、2巻の内容についてあーでもないこーでもないと語り合った日は、これから先も忘れられないと思います。

作者の近況報告《きんきょうほうこく》をしますと、以前から気になっていたJR東海主催《しゅさい》の「さわやかウォーキング」というウォーキングイベントに、気の置けない友人と共に参加してまいりました。

朝早くに駅を出発し、公園や博物館を巡《めぐ》って、午後三時までに同じ駅に戻《もど》ってきてゴールする……というルールでしたが、花を見ながら歩き、夢中になって話し、たい焼きおいしいね〜なんて言いながら駅に着いたら、午後六時になっていました。

生まれ育った静岡県内でも、まだまだ知らない魅力的《みりょくてき》なお店や場所だらけで、生きている間にぜんぶ見て回るのは無理だなぁ、としみじみ感じました。もったいないのと嬉《うれ》しいのが半々です。

一生、時間内のゴールはできないような気がしますが、のんびり気ままな冒険《ぼうけん》に来月も参加してまいります。今からわくわくです。

それでは、謝辞に移らせていただきます。

担当編集様には、今巻でも大変お世話になりました。だめなところはだめ、いいところは最高にいいと褒《ほ》めちぎってくださる飴《あめ》と鞭《むち》、怠惰《たいだ》なわたしにこの上なく効果的です。

イラストレーターのｒａｅｍｚ様、いつもありがとうございます。デザインを拝見して、元生徒会の二人がいっそう愛おしくなりました。そして今巻でもナオやアキの新たな表情を引きだしていただけて、感無量です。

そしてこの一冊を選んでくださったあなたに、心より感謝申し上げます。胸に響《ひび》くものがありましたら幸いです。

本作『レプリカだって、恋《こい》をする。』のコミカライズも、電撃《でんげき》マオウにて連載《れんさい》が始まっております。花田《はなだ》ももせ様が、ナオたちの日々を漫画《まんが》の世界で描《えが》いてくださっています。ときめきが止まらなくなる素敵《すてき》な漫画《まんが》ですので、ぜひ小説と併《あわ》せてお楽しみくださいね。

最後に、ちょっとしたご提案です。

この本が発売する頃《ころ》は、アイスがおいしい季節だと思います。

まだみんな夏服の第１巻も、一緒《いっしょ》に読み返してみるのはいかがでしょうか。

二〇二三年五月　榛名《はるな》丼《どん》

引用文献

■本書四六頁　九〜十行目　《親が子を見ても、老人が若いものを見ても、美しいものは美しい。そして美しいものが人の心を和げる威力の下には、親だって、老人だって屈せずにはいられない。》
↓森鷗外　『雁』岩波文庫（岩波書店、一九三六年）四刷　五八頁

■本書六五頁　十〜一三行目　《今は昔、竹取の翁といふ者ありけり。野山にまじりて竹を取りつつ、よろづのことに使ひけり。名をば讃岐のみやつことなむいひける。その竹の中に、もと光る竹なむ一筋ありける。あやしがりて寄りて見るに、筒の中光りたり。それを見れば、三寸ばかりなる人、いとうつくしうてゐたり。》
↓大井田晴彦『竹取物語　現代語訳対照・索引付』（笠間書院、二〇一二年）一刷　一頁

◉榛名丼著作リスト

「レプリカだって、恋をする。」（電撃文庫）
「レプリカだって、恋をする。2」（同）

本書に対するご意見、ご感想をお寄せください。

ファンレターあて先
〒 102-8177　東京都千代田区富士見 2-13-3
電撃文庫編集部
「榛名井先生」係
「raemz先生」係

本書は書き下ろしです。

電撃文庫

レプリカだって、恋《こい》をする。2

榛《はる》名《な》丼《どん》

2023年7月10日　初版発行

発行者　山下直久
発行　株式会社KADOKAWA
〒102-8177　東京都千代田区富士見2-13-3
0570-002-301（ナビダイヤル）
装丁者　荻窪裕司（META＋MANIERA）
印刷　株式会社暁印刷
製本　株式会社暁印刷

●お問い合わせ
https://www.kadokawa.co.jp/（「お問い合わせ」へお進みください）
※内容によっては、お答えできない場合があります。
※サポートは日本国内のみとさせていただきます。
※ Japanese text only

※定価はカバーに表示してあります。

ISBN978-4-04-915008-7　C0193　Printed in Japan

電撃文庫　https://dengekibunko.jp/

電撃文庫創刊に際して

文庫は、我が国にとどまらず、世界の書籍の流れのなかで〝小さな巨人〟としての地位を築いてきた。古今東西の名著を、廉価で手に入りやすい形で提供してきたからこそ、人は文庫を自分の師として、また青春の想い出として、語りついできたのである。

その源を、文化的にはドイツのレクラム文庫に求めるにせよ、規模の上でイギリスのペンギンブックスに求めるにせよ、いま文庫は知識人の層の多様化に従って、ますますその意義を大きくしていると言ってよい。

文庫出版の意味するものは、激動の現代のみならず将来にわたって、大きくなることはあっても、小さくなることはないだろう。

「電撃文庫」は、そのように多様化した対象に応え、歴史に耐えうる作品を収録するのはもちろん、新しい世紀を迎えるにあたって、既成の枠をこえる新鮮で強烈なアイ・オープナーたりたい。

その特異さ故に、この存在は、かつて文庫がはじめて出版世界に登場したときと、同じ戸惑いを読書人に与えるかもしれない。

しかし、〈Changing Times,Changing Publishing〉時代は変わって、出版も変わる。時を重ねるなかで、精神の糧として、心の一隅を占めるものとして、次なる文化の担い手の若者たちに確かな評価を得られると信じて、ここに「電撃文庫」を出版する。

1993年6月10日
角川歴彦